Lisa Diletta

Weihnachtsküsse in Cornwall

Über die Autorin:

Lisa Diletta lebt in Österreich und schreibt Liebesromane. In ihren Geschichten rund um Beziehungen kommen Humor sowie romantische Emotionen nicht zu kurz und manche überraschen mit gefühlvollem Tiefgang und dramatischen Entwicklungen. Die Schauplätze reichen von lieblichen Dörfern in den Alpen bis an traumhafte Küsten und Städte in mediterranen sowie anderen Gegenden der Welt. Insbesondere liebt die Autorin das Meer und seine scheinbare Endlosigkeit, was sich in einigen ihrer Romane wiederfindet.

Wenn Lisa Diletta nicht schreibt, strickt und häkelt sie gerne oder versinkt lesend in einem Buch und träumt sich an zauberhafte Sehnsuchtsorte voller Liebesromanzen mit Happy End. Diese Magie wünscht sie auch ihrer Leserschaft.

Lisa Diletta

Weihnachtsküsse in Cornwall

Magic Christmas

Band 4

Liebesroman

Bibliografische Information der Deutschen Nationalbibliothek:
Die Deutsche Nationalbibliothek verzeichnet diese Publikation in der Deutschen Nationalbibliografie; detaillierte bibliografische Daten sind im Internet über http://dnb.d-nb.de abrufbar.

Empire-Verlag OG, Lofer 416, 5090 Lofer

Carolin Wenner

https://www.die-zeilenschleiferei.de/

Korrektorat: Heidemarie Rabe

Cover: Chris Gilcher
https://buchcoverdesign.de/

Illustrationen: Adobe Stock ID 438771716, Adobe Stock ID 281923508, Adobe Stock ID 316881867

Buchsatz: Samantha Halama

http://www.samanthahalama.com/

gesetzt aus der Garamond Libre

erstellt mit Affinity Publisher

Bestellung und Vertrieb: Nova MD GmbH, Vachendorf

1

Emilia

Emilia war auf dem Weg zum Weihnachtsladen in der Winterfunstreet, um Geschenke für ihre Familie zu besorgen. Im Gegensatz zu Sizilien, wo sie den Sommer über als Köchin gearbeitet hatte, präsentierte sich das Wetter in London feucht und kühl. Da ihr Arbeitsvertrag ausgelaufen war, hatte sie den gesamten Dezember frei und verbrachte die erste Woche davon bei ihrem Vater und dessen Familie in London. Anschließend hatte sie vor, in ihrer Zweizimmerwohnung in Wien nach dem Rechten zu sehen, alte Freunde und ihre Großeltern in Tirol zu besuchen und sich bis spätestens Mitte Januar eine neue Stelle als Köchin zu organisieren. Bevorzugt in Italien. So wie sie das die letzten fünfzehn Jahre getan hatte. Vielleicht hatte sie Glück und lief bei ihrem nächsten Job ihrer italienischen Mutter über den Weg?

»Sorry!« Vor lauter Gedankenkarussell übersah Emilia beinahe die ältere Dame, die ihren Weg kreuzte. Sie warf der Frau ein entschuldigendes Lächeln zu, was diese mit einem Nicken quittierte.

»Keine Sorge, mir ist nichts passiert.«

Emilia ärgerte sich über die Schusseligkeit, die sie einholte, sobald sie über ihre Mutter nachdachte. Zu ihrem Leidwesen hatte sie diese nie kennengelernt. Aber Schluss mit den trüben Gedanken. Weihnachten stand vor der Tür und Emilia brauchte Geschenke.

Der feine Nieselregen in London setzte ihr zu. Auf Sizilien hatte sie vor drei Tagen beim Strandspaziergang die Jeans aufgekrempelt und war mit bloßen Füßen ins Meer gewatet. Der Sommer ging in den letzten Jahren ständig in Verlängerung bis Ende November. Emilia liebte es, wenn es warm war, dennoch litt sie im Hochsommer unter den Hitzeperioden. Obwohl die Hotelküchen über Klimaanlagen verfügten, war es oft unerträglich heiß. Und das nicht nur von den Öfen und Küchendämpfen, sondern ebenso von der Hitze, die sich auf Sizilien den Sommer über in jeder Mauerritze einnistete und wie ein feuerspeiender Kobold ihr Unwesen trieb.

Sie zog die Wollmütze tiefer ins Gesicht und sah sich um. Hier in der Winterfunstreet musste sich laut Mary der bekannte Weihnachtsladen befinden. Ihre Stiefmutter hatte von dem Geschäft derart geschwärmt, dass in Emilia Vorfreude über das bevorstehende Weihnachtsfest aufkam.

»Ach, da vorne! Das muss es sein.« Vor einer weihnachtlich dekorierten Fassade drängten sich Menschen jeden Alters. Mütter und Väter mit ihren Kindern, Jugendliche mit Schulrucksäcken und ältere Personen unterhielten sich lachend, bestaunten die Waren in den Schaufenstern oder strömten mit gefüllten Tüten aus dem Laden. Mit einem tiefen Atemzug warf Emilia sich ins Gewühl der Kunden. Eine zarte elfenhafte Melodie drang an ihr Ohr, sobald sich die Glasschiebetür öffnete. »Have Yourself A Merry Little Christmas« von Frank Sinatra begleitete sie beim Eintreten und ein wohliger Schauer rieselte ihre Wirbelsäule hinab.

Auf Anhieb erfasste sie kindliches Staunen. Es glitzerte und funkelte von den Regalen, aromatischer Duft nach Zimt und Lebkuchen erfüllte den Verkaufsraum. Nicht nur die Wangen der Kinder verfärbten sich rot vor Aufregung. Auch die Augen der Erwachsenen leuchteten beim Anblick der Waren, die jeden Weihnachtsfan zum Jubeln brachten. Inmitten des Verkaufslokals war auf einem Tisch eine Winterlandschaft aufgebaut, durch die eine Bahn mit Dampflokomotive fuhr. Neben den Schienen der Eisenbahn entdeckte Emilia ein Weihnachtsdorf. Die Häuschen und Bäumchen waren mit Kunstschnee bedeckt und sahen zuckersüß aus. Im Zentrum des kleinen Ortes leuchtete ein lieblicher Weihnachtsbaum. Eine Elfenwerkstatt und eine Backstube ergänzten das Ensemble. Glücklich seufzend riss Emilia sich von der Miniaturlandschaft los und begutachtete den restlichen Laden. Bestimmt würde sie im Santas Art & Craft Geschenke für die Familie finden. Und womöglich zusätzlich eine winzige Dekoration für ihre Wohnung. Staunend entdeckte sie eine Schneekugel, in der Santa Claus über die verschneite Tower Bridge spazierte.

Emilia schüttelte den Kopf und schmunzelte. Nicht nur die Schneekugel, sondern der ganze Laden entsprach exakt ihrer Vorstellung von einem kitschigen

Weihnachten, wie sie es liebte. Regal um Regal betrachtete sie verträumt die verschiedensten weihnachtlichen Mitbringsel. Insbesondere die Stricksachen hatten es ihr angetan. Sie packte eine rot-grün-weiß gestreifte Wollmütze für Mary in den Einkaufskorb, den sie sich am Eingang mitgenommen hatte. Für ihre beiden Halbgeschwister entdeckte sie entzückende handgestrickte Wichtelmützen in Grün mit rotem Zackenrand und Ohren. Ihrem Vater stand die blaue Strickmütze mit dem weißen Schneekristall bestimmt gut zu Gesicht. Nun war sie selbst an der Reihe, sich eine Kleinigkeit auszusuchen, die sie im Koffer verstauen konnte.

»Kann ich behilflich sein?«, mischte sich eine tiefe Stimme in ihre Gedanken.

Emilia drehte sich dem Sprecher zu und sah direkt in das Gesicht eines älteren Mannes mit roter Mütze. Die blauen Augen blitzten gutmütig hinter einer silbernen Brille. Der weiße Rauschebart wackelte beim Reden genauso wie der Bauch, der in der typisch roten Kleidung steckte. War ja klar, dass ein als Weihnachtsmann verkleideter Verkäufer in so einem Laden nicht fehlen durfte. Eine Handvoll Kinder zeigte auf den Mann und tuschelte hinter vorgehaltenen Händen. Besser, er kümmerte sich um die Kleinen als um sie. Emilia lehnte seine Hilfe ab. Notfalls konnte sie immer noch eine seiner Kolleginnen oder Kollegen fragen, die als Elfen verkleidet die Kundschaft bedienten.

»Danke, ich komme schon zurecht.«

»Das glaube ich dir gerne. Wir haben hier vieles, was den Menschen gefällt. Und für dich sogar etwas ganz Besonderes.« Ein belustigtes Augenzwinkern untermalte seine Worte.

Das sagte der Kerl bestimmt zu allen. Typisch Verkäufer!

»Danke, das ist sehr nett von Ihnen. Sie haben hier wirklich tolle Sachen.« Etwas unbehaglich berührt versuchte sie, den Weihnachtsmann loszuwerden. Irgendwie kam er ihr trotz seiner positiven Ausstrahlung seltsam vor.

»Mach dir keine Gedanken! Dieses Weihnachten findest du, was du dein ganzes Leben schon suchst.« Nach einem kurzen, aber zuversichtlichen Nicken wandte der Mann sich den Kindern zu, die mittlerweile an ihn herangerückt waren.

Verblüfft über den letzten Satz sah Emilia ihm nach, wie er mit den Kleinen in Richtung eines großen Weihnachtsbaums verschwand. Dort ließ er sich auf einen Lehnsessel nieder. Geduldig redete er mit jedem Kind, bestimmt um dessen Wünsche zu erfahren, während die Eltern fotografierten.

Ihr größter Wunsch war es, endlich ihre Mutter kennenzulernen. Seit die sie als Neugeborenes ihrem Vater gebracht hatte und daraufhin verschwunden war, wünschte sie sich nichts sehnlicher. Aber woher sollte der Verkäufer im Weihnachtsmannkostüm davon wissen? Das war unmöglich.

Emilia schüttelte den Kopf, ging einen Verkaufsraum weiter, um dem Sichtfeld des Weihnachtsmannes zu entkommen, und staunte nicht schlecht. Hier standen jede Menge Geschenke, die mit dem Meer zu tun hatten. Fische aus Holz und Porzellan, Kaffeetassen mit maritimen Motiven, Möwen aus Holz, Netze, in denen Muscheln, Seesterne und Fische hingen, Anker zum Aufstellen oder Aufhängen aus diversen Materialien und Boote in Miniaturform als Dekoration für den Tisch oder Sideboards. Der Laden schien nicht nur an Weihnachten gut zu laufen, sondern das restliche Jahr über von Dekoartikeln zu leben.

Beseelt von so vielen maritimen Gegenständen stöberte Emilia durch die Abteilung. Sie liebte das Meer und arbeitete deshalb meist an den Küsten Italiens und selten im Landesinneren. Aus diesem Grund nahm sie sich Zeit, die Waren ausgiebig zu betrachten.

An der Wand entdeckte sie handgemalte Bilder mit Strandmotiven. Fasziniert glitt ihr Blick über die Kunstwerke, auf denen Küstenlandschaften mit Häfen und Leuchttürmen abgebildet waren. Eines stach ihr dabei besonders ins Auge. Das Aquarell war in einen weiß lasierten Holzrahmen gespannt, auf dem Muscheln klebten. Abgebildet war das Meer in Blau- und Türkistönen. Ein einsames Segelboot zog der Sonne entgegen. Der Name des Bootes war deutlich zu erkennen. »Emilia«.

»Seltsam«, schlüpfte es ihr über die Lippen und ein Schauder erfasste sie. Sie selbst reiste nirgendwohin, ohne das Bild, das ihre Mutter ihr als Abschiedsgeschenk hinterlassen hatte. Diese Malerei erinnerte sie genau an jene, die sie ständig begleitete. Bestimmt gab es Tausende ähnliche Bildchen, versuchte Emilia sich zu beruhigen, und der Name war bestimmt nur dem Zufall zu verdanken. Doch dann blieb ihr Blick an der Signatur hängen.

»Das ist unmöglich!« Sie presste sich die Finger gegen den Mund. Nicht dass jemand sie für eine Eigenbrötlerin hielt, die Selbstgespräche führte. Peinlich berührt über ihren Gefühlsausbruch sah sie sich um. Doch niemand hatte sie bemerkt. Sie war allein. Offenbar interessierte sich die Kundschaft nur für die Weihnachtssachen. Sie konzentrierte sich auf ihren Atem, stockte aber, als ihr der Name der Künstlerin ins Auge fiel. Es war dieselbe Person, die auch die einzige Hinterlassenschaft ihrer Mutter signiert hatte. Alessia. Und somit ihre Mutter!

Was hatte der Weihnachtsmann zu ihr gesagt? Dieses Weihnachten würde sie das finden, was sie schon ihr ganzes Leben suchte?

2

Finley

»Und wann kommst du zurück?« Adam wickelte die Leash um die Finne, verstaute das Surfboard in der dafür vorgesehenen Ablage der Surfschule und sah Finley herausfordernd an.

»So bald wie möglich.« Das meinte Finley ernst. Er hatte nicht vor, in Cornwall zu bleiben. Nie mehr. Hätte er Einfluss darauf nehmen können, hätte er keinen Fuß mehr in diese Gegend gesetzt. Aber diesmal blieb ihm keine Wahlfreiheit.

»Ich brauche dich hier. Das weißt du so gut wie ich, Finley. Also mach Ernst! Weihnachten naht und somit jede Menge Arbeit.« Adam und er führten die Surfschule auf Hawaii seit fünfzehn Jahren. Obwohl Finleys hawaiianischer Freund und Surfkollege ein paar Wochen allein zurechtkommen würde, konnte er nicht dauerhaft auf Finley verzichten. Oder besser gesagt: Er wollte nicht. Immerhin waren die beiden nicht nur Geschäftspartner, sondern auch Freunde und hatten die letzten zwanzig Jahre damit zugebracht, die besten Spots der Welt zu erkunden und die Zeit dazwischen

Surfunterricht zu geben. Was nicht die schlechteste Option für Finley war, denn er liebte das Surfen.

Ein Leben ohne zu surfen wäre für Finley, als ob man ihm das Atmen nehmen würde. Er war mit dem Board an den Beinen geboren worden.

»Mach dir keine Gedanken, ich ziehe die Sache rasch durch und komme so schnell wie möglich zurück.«

»Ich nehme dich beim Wort, Bro!« Adam hielt ihm die Hand hin und Finley schlug ein. Dann ließ Adam ihn allein im vorderen Bereich, um hinten aufzuräumen.

»Ist es möglich, sich hier ein Board auszuleihen?« Eine attraktive etwa Dreißigjährige im knappen Bikini stand im Eingangsbereich und musterte Finley von oben bis unten. Er kannte die Blicke der Frauen, die nicht allein wegen des Surfens hier aufkreuzten. Vielmehr interessierten sie sich für die beiden Surfprofis, und somit für ihn und Adam. Dass sich die braun gebrannte Schönheit mit ihren blond gefärbten Locken wie unzählige andere im Urlaub mit ihm vergnügen wollte, ignorierte er.

Er ging nie auf derartige Angebote ein. Zwar hatte er Beziehungen hinter sich, doch die waren auf der gemeinsamen Liebe für das Wellenreiten und die Natur aufgebaut gewesen. Meist hatten sie sich nach wenigen Wochen verlaufen, die Spuren waren vom Meer weggespült worden und niemand dem anderen böse. Perfekte Surfstrände lagen weit verstreut. Wellenreitende waren ständig auf der Suche nach den besten Spots und reisten viel. Eine Fernbeziehung mit einer Frau, die nicht surfte, kam für Finley nicht infrage. Für ernste und längerfristige Beziehungen blieb kein Platz.

Surfen war wie eine Droge. Man bekam nie genug davon.

»Hast du Erfahrung mit dem Wellenreiten oder bist du Anfängerin?« Finley antwortete spät. Er war wieder einmal mit den Gedanken zu weit abgeschweift.

»Ich hab's schon mal probiert.« Die Blonde zog einen Mundwinkel hoch.

»Lass mich raten! Im Urlaub.« Adams kehliges Lachen drang aus dem hinteren Bereich der Surfbude.

Finley verkniff sich ein Lachen. Adam hatte es wieder einmal auf den Punkt gebracht. Sie hatten erst vor Kurzem darüber gesprochen, dass nicht einmal Monsterwellen manche Frauen aufhielten, um sie beide aufzureißen. Ein tiefer Atemzug erdete Finley, sodass er emotionsfrei antworten konnte.

»Wir haben hier ausgezeichnete Surflehrer und auch Surflehrerinnen. Niemand sollte allein unterwegs sein. Die Wellen und die Strömung in der Bucht sind nicht zu unterschätzen.«

»Das habe ich mir bereits gedacht. Deswegen bin ich zu dir gekommen. Du bist doch Finley? Der bekannte Surfer. Wer sollte mir das Surfen beibringen können, wenn nicht du?« Der Augenaufschlag war nicht zu übersehen. Genauso wenig wie die aufreizende Körperhaltung. Mit einem Lächeln strich die Blondierte ihre Haare hinter die nackte Schulter.

Innerlich stöhnte Finley auf. »Ich kann dir gerne ein Autogramm geben, wenn du das möchtest. Aber ich stehe im Moment nicht als Surflehrer zur Verfügung. Tut mir leid.«

»Auch nicht, wenn ich extra dafür bezahle?« Sie konnte es nicht lassen. Vermutlich handelte es sich um eine reich geborene Göre irgendeines Milliardärs, die glaubte, sie könnte sich jeden Wunsch mit Geld erfüllen.

»Die Preisliste haben wir hier angeschlagen. Ab zehn Stunden gibt es Rabatt. Das Surfen erlernst du in etwa ein bis zwei Wochen. Das kommt auf dein Gefühl dafür und auf deine körperliche Kondition an.« Er konnte sich einen Blick auf ihren schlanken Körper nicht verkneifen. Sie war ohne Zweifel attraktiv. »Wann möchtest du die erste Stunde ansetzen?«

Nun schien sie zu begreifen, dass sie bei Finley nicht landete. Sie schürzte die Lippen und bohrte mit den goldlackierten Zehen ein Loch in den Sand vor der Tür. »Den Termin muss ich mit meiner Freundin abstimmen. Ich komme später noch mal vorbei.« Abrupt drehte sie sich um und eilte über den Strand davon.

Das wäre geschafft.

Finley seufzte erleichtert auf.

»Wenn du so weitermachst, vertreibst du uns alle Kunden.« Adam, der im Nebenraum für Ordnung gesorgt hatte, trat neben ihn und klopfte seinem Freund auf die braun gebrannte Schulter.

»War keine Absicht«, grummelte Finley, auch wenn sich sein Kumpel nur über ihn lustig machte.

»Im Ernst. Die kommt wieder und bringt ihre Freundin auch noch mit. Bin gespannt, wie die aussieht.«

»Du und deine Weiber!«

»Frauen sind dazu da, geliebt zu werden. Und die Liebe ist neben dem Surfen die schönste Sache der Welt.« Adam hielt beide Hände an seine Brust und lächelte selig.

Finley schüttelte den Kopf. »Du wirst dich wohl nie ändern.«

»Habe ich nicht vor.« Adam grinste breit. Er war ein Genießer, wenn es darum ging, zu essen, zu surfen und die Liebe zu leben. Dennoch hielt er sich nie lange bei derselben Frau auf. Warum auch.

»Ich bin dann mal weg. Muss noch packen«, beendete Finley das Gespräch.

Auf Adams Gesicht spiegelte sich Bedauern. »Ich wünschte, ich könnte dich begleiten. Es wird nicht einfach für dich werden, dein Zuhause aufzusuchen. Jetzt, wo alle ...« Adam räusperte sich.

»Tot sind?« Finley beendete den Satz und fuhr sich durch das halblange Haar. Er konnte es noch immer nicht fassen, dass er der einzige Erbe des Anwesens seiner Familie war. Warum nur war sein Bruder vom Pferd gefallen?

Obwohl er ihn von Kind auf gehasst hatte, hatte ihn die Nachricht über dessen tödlichen Unfall tief getroffen. Lastete ein Fluch auf seiner Familie? Würde er der Nächste sein?

Er drehte sich um und hastete zu den Unterkünften. Er hatte nicht vor, in Cornwall zu bleiben, sondern so schnell wie möglich das Erbe anzutreten, um alles anschließend so schnell wie möglich zu verkaufen. Seine Welt war das Surfen. In Cornwall war es sowieso zu kalt dafür.

3

Emilia

»Ich bin wieder dahaa!«, rief Emilia, sobald sie die Wohnung ihres Vaters betrat.

Samuel kam mit seiner Plüschgiraffe in der Hand um die Ecke geflitzt und schlang die Arme um ihren rechten Oberschenkel. Mit seinen drei Jahren reichte er nicht höher hinauf. »Hast du mir was mitgebracht?«

Emilia lachte und streichelte dem Wirbelwind über den Kopf. »Diesmal nicht. Aber du weißt, dass bald Weihnachten ist, dann bekommst du bestimmt gaaaanz viele Geschenke.«

»Aber die bringt doch Father Christmas.« Samuel ließ sie los und zog eine Schnute. Er zupfte am Ohr seiner Giraffe und sauste davon.

Emilia entledigte sich ihrer Daunenjacke und stellte die Winterstiefel auf die Abtropfschale. Danach machte sie sich mit ihren Einkäufen in den Wohnbereich auf.

Mary saß mit Tessy im Lehnstuhl und stillte sie. Das Baby nuckelte zufrieden und ließ sich von Emilia nicht ablenken.

»Hast du alles bekommen, was du gesucht hast?« Mary lächelte neugierig.

Emilias Gedanken rasten zu dem Bild, das möglicherweise ihre Mutter signiert hatte. »Ja, danke, das habe ich. Es ist ein toller Laden. Ich schätze, ich werde ihn ein weiteres Mal aufsuchen.« Sie setzte sich ihrer Stiefmutter, die nur acht Jahre älter war als sie, gegenüber auf die Couch und stellte die Tasche mit den Einkäufen auf den Wohnzimmertisch.

»Wenn du Lust hast, begleite ich dich. Ohne Kids. Dein Vater darf gerne mal auf die Kleinen aufpassen und mir ein Stündchen in aller Ruhe gönnen.«

»Hast du dir verdient. Ich nehme dich gerne mit. Aber ich könnte ebenso die beiden hüten, während du mit Papa bummeln gehst.«

»Booh! Mit Paul macht das keinen Spaß! Der steht doch nur herum und wartet, dass ich endlich fertig bin.« Mary kicherte in dem hohen Ton, der so typisch für sie war.

»Wo du recht hast ... Papa ist tatsächlich nicht fürs Einkaufen geeignet.« Emilia dachte an früher, als ihr Vater und sie allein gelebt und er sich darum gekümmert hatte, dass sie versorgt war. Bereits im Alter von zwölf war sie ohne ihn losgezogen, um sich mit Kleidung einzudecken. Das war in Wien kein Problem gewesen. Er hatte ihr ausreichend Geld mitgegeben und Emilia hatte früh gelernt, sparsam damit umzugehen. Immerhin war ihr Vater alleinerziehend und sie hatten keine großartige Unterstützung von außerhalb gehabt.

Das Baby ließ abrupt Marys Brustwarze los und drehte den Kopf in Emilias Richtung. Mit riesigen Kulleraugen sah Tessy Emilia an, als ob sie sagen wollte, dass sie ebenfalls an der Mädels-Shopping-Tour teilzunehmen gedachte.

»Sweety, du bist noch zu klein, für ausgiebige Einkaufmarathons. Du würdest sowieso alles in deinem Buggy verschlafen.« Mary tippte ihr mit der freien Hand auf das Näschen.

Zur Antwort rülpste Tessy.

»Braves Mädchen! Würdest du sie bitte halten, damit ich die Milchbar verstauen kann?«

Emilia nahm ihre Halbschwester auf den Arm und drückte ihr einen Kuss auf die Schläfe. »Du bist so süß, kleines Schwesterherz! Und du riechst so wahnsinnig gut!« Tief sog sie den Babyduft ein und schloss genießerisch die Augen. Wie hatte ihre eigene Mutter sie nur weggeben können? Emilia hatte sich das oft gefragt, doch war zu keiner Antwort gekommen.

»Darf ich deine Einkäufe sehen? Ich bin so neugierig, welch schöne Sachen du gekauft hast.« Mary hatte ihre Kleidung zurechtgerückt und sah Emilia auffordernd an.

Diese schüttelte den Kopf. »Tut mir leid, aber du musst noch warten. Weihnachten kommt erst in vier Wochen.«

»Da bist du doch gar nicht mehr hier!«, entrüstete sich Mary. »Wolltest du nicht nach Wien fliegen und deine Wohnung entstauben?«

»Das habe ich vor, wie du weißt.« Emilia war sich nicht so sicher wie wenige Stunden zuvor. Immerhin hatte sie in dem Laden einen Hinweis auf den Verbleib ihrer Mutter gefunden. Emilia würde sie alles fragen.

So viel von ihr wissen wollen. Doch das Warum drängte am allermeisten. Hatte sie Emilia nicht geliebt?

»Was unendlich schade ist! Ich würde gern mit dir Weihnachten feiern. Diesmal verbringen wir die Feiertage bei meinen Eltern in Newquay. Du müsstest ihr Cottage sehen! Und die Küste in Cornwall! Einfach zauberhaft!« Mary geriet ins Schwärmen.

»Mum, darf ich Schokolade haben?« Samuel war aus seinem Zimmer gekommen und kletterte auf den Schoß seiner Mutter. Daraufhin patschte er mit den Handflächen an ihre Wangen, bis er seine Ärmchen um ihren Nacken legte und ihr einen feuchten Kuss auf die Lippen drückte.

»Bei so viel Charme kann ich kaum Nein sagen.« Marys gute Laune, die sie generell an den Tag legte, gipfelte in einem laut schmatzenden Kuss auf Samuels Wange. »Wie wäre es mit heißer Schokolade für uns alle?«

»Ich habe übrigens ein paar Cookies aus dem Laden mitgebracht. Daran konnte ich nicht vorbeigehen«, warf Emilia in den Raum.

»Cooookiiiees!«, rief Samuel und schlüpfte vom Schoß seiner Mum.

Emilia angelte nach der Tasche mit den Einkäufen. Vorsichtig holte sie die Packung mit den Plätzchen hervor und legte sie auf den Tisch. »Soll ich die Schokolade zubereiten?«, fragte sie an Mary gewandt.

»Kümmere dich bitte um Tessy. Die kleine Auszeit in der Küche tut mir gut.« Das Wort »Auszeit« untermalte Mary mit imaginären Gänsefüßchen. Sie hatte es nicht leicht mit den beiden Kleinkindern.

»Und ich bleibe bei dir und esse Cooookiiiieees!«, rief Samuel begeistert und griff nach der Packung.

»Aber nur eines, mein Junge!« Mit erhobenem Zeigefinger ging Mary in den Nebenraum. Alsbald klirrten die Töpfe und die Kühlschranktür wurde geöffnet.

Samuel knabberte zufrieden an seinem Cookie und Emilia streichelte über Tessys Gesicht, bis das Baby lächelte. Ein Rascheln verriet, was ihr kleiner Bruder vorhatte. Emilia schmunzelte und tat so, als ob sie nichts bemerkte. Sollte er doch, wenn es ihm schmeckte. Während Samuel sich einen unerlaubten zweiten Schokokeks in den Mund schob, zog Emilia Grimassen. Tessy gluckste vor Vergnügen.

Mit einem lauten »Ich bin zurühück!«, machte Emilias Vater sich im Flur bemerkbar. Der Gruß erinnerte Emilia an ihre Kindheit und löste wohlige Gefühle in ihr aus. Ein Schlüsselbund klimperte und Schuhe wurden in das Regal gestellt. Paul wusch sich die Hände im Badezimmer. Emilia hob ein Stückchen Keks vom Boden auf, das Samuel in seinem Eifer fallen gelassen hatte, und legte es auf den Tisch. Der Junge griff danach und aß es auf. Emilia lachte. Noch bevor sie etwas sagen konnte, kam ihr Vater in den Wohnraum und ließ sich in seinen Ohrensessel fallen.

»War ein anstrengender Tag. Ich bin froh, wenn die Weihnachtsferien beginnen.«

»Hi Darling! Möchtest du auch heiße Schokolade oder wartest du lieber aufs Abendessen?« Mary huschte zu ihm und küsste ihn zur Begrüßung auf den Mund.

»Beides.«

Plötzlich zischte es in der Küche.

»Oh, die Milch!« Mary eilte hinüber. Ihr Schimpfen und Lachen füllten Küche und Wohnzimmer mit ihrem Klang.

»Dad, wir haben Coooookiiiieeees! Möchtest du eines?« Samuel hielt seinem Vater einen Keks vor die Nase.

»Danke schön!« An Emilia gewandt nickte er wie zur Bestätigung. »Wie du siehst, habe ich es gut getroffen. Mary und Samuel lieben es, mich zu verwöhnen.«

»Ich bin froh, Papa, dass du Mary kennengelernt hast. Sie bereichert unser Leben. Und die beiden Racker hier sind sowieso unbezahlbar süß.« Sie drückte Tessy einen Kuss auf den Scheitel. Mittlerweile schlief das Baby friedlich und satt auf ihrem Arm.

»Aber etwas bedrückt dich.« Dass ihr Vater in ihr wie in einem offenen Buch las, war kein Geheimnis. Immerhin waren Emilia und er von Anfang an ein eingeschworenes Team gewesen.

»Vor dir kann ich nichts verbergen.« Emilia seufzte und holte das Bild aus der Einkaufstüte. »Schau mal! Das hier habe ich heute im Weihnachtsladen entdeckt.« Sie reichte ihm die Malerei über den Tisch.

Er nahm sie entgegen, wickelte sie aus dem Verpackungspapier und betrachtete sie eingehend. Staunen zeichnete sich in seinem Gesicht ab. »Wie ist das möglich?«, gab er ziemlich sprachlos von sich. »Das ist doch die Unterschrift von Alessia ...« Er beendete den Satz nicht, sondern studierte die Signatur genau.

»Von meiner Mutter. Ja. Das Bild stammt vermutlich von ihr. Es sieht ähnlich aus wie jenes, das sie mir ins Körbchen gelegt hat, als sie mich bei dir abgegeben hat. Nur ist bei diesem hier ein Rahmen drauf. Vor allem aber stimmen die Unterschrift und der Name überein.«

»Hast du das genau überprüft?« Ihr Vater hob den Kopf.

»Noch nicht. Aber das muss ich auch nicht. Ich bin mir sicher, dass es von ihr ist.«

»Unglaublich. Der erste Hinweis nach ihrem Verschwinden nach dreiunddreißig Jahren. Ich kann es nicht fassen.«

»Was kannst du nicht fassen, Darling?« Mary kam mit den Tassen in den Wohnraum und sah ihn fragend an.

»Dieses Bild hier. Es ist ein ähnliches Motiv wie auf jenem, das Emilias Mutter ihr in die Wiege gelegt hatte. Gemeinsam mit dem Brief. Auch die Signatur stimmt überein. Emilia hat es heute im Weihnachtsladen entdeckt.«

»Oh, Wahnsinn! Weißt du, woher das Bild stammt?« Marys Augen weiteten sich vor Neugier.

»Auf der Rückseite steht, dass es in Cornwall im Jahr 2023 entstanden ist.« Nur dass Emilia ihre Halbschwester im Arm hatte, hielt sie davon ab, aufzuspringen, das Bild selbst in die Hand zu nehmen und ihrem Vater sowie ihrer Stiefmutter die Notiz zu zeigen. Die Kleine sollte auf keinen Fall Schaden erleiden.

»Cornwall!«, rief Mary so laut aus, dass Tessy erschrocken den Mund verzog und die Ärmchen streckte. »Vielleicht ist deine Mutter in Cornwall? Du musst unbedingt mit uns mitkommen. Nein! Besser noch, du fährst gleich morgen los. Meine Eltern freuen sich, wenn du sie besuchst. Und wir kommen nach, sobald Paul Urlaub hat. O mein Gott, ich bin ja so aufgeregt! Du wirst deine Mutter bestimmt finden. Ich drücke dir so sehr die Daumen.«

4

Finley

Kein Platz in diesem verdammten Zug? War denn das die Möglichkeit? Finley schleppte seine Reisetasche und sein Surfboard aus Kindertagen, das er sogar bei einem Flug ins All mitgenommen hätte, durch die Gänge der Waggons, ohne einen Sitzplatz zu finden. Er hätte einen buchen sollen, ärgerte er sich. Doch wer hätte gedacht, dass die Direktverbindung von London nach Newquay dermaßen ausgebucht sein würde? Und das Ende November!

Was hatten die Menschen in dieser verlassenen Gegend in Cornwall vor? Der Sommer war doch längst vorüber, bis Weihnachten dauerte es noch ein paar Wochen. Die Vorweihnachtszeit war nicht unbedingt die Hauptsaison, was das Surfen in Newquay betraf. Jedenfalls nicht für ihn. Er war warmes Wetter gewohnt.

Grummelnd öffnete er die Verbindungstür zum nächsten Waggon. Dort! Ein Platz! Er atmete auf und beeilte sich, trotz seines sperrigen Gepäcks die Sitzgelegenheit zu belegen. Die Reisetasche schob er zwischen die Sitzreihen. Den Rucksack verfrachtete er in die obere Gepäckablage. Das Board? Keine Chance.

Er setzte sich gegen die Fahrtrichtung und hielt es mit der rechten Hand an seiner Seite fest. Somit stand es im Gang und würde hoffentlich niemanden stören. Erst jetzt sah er sich um. Links von ihm befand sich eine Dame, die abwesend aus dem Fenster blickte. Der andere Fensterplatz war von einem Burschen besetzt, der offenbar über Kopfhörer Musik hörte, denn er klopfte mit den Fingern im Rhythmus auf seine Oberschenkel. Ihm gegenüber saß eine junge Frau, die ihn interessiert beobachtete und ihren Blick zwischen ihm und dem Board pendeln ließ. Ein Schmunzeln zeichnete sich um ihre Mundwinkel ab. Die schwarzbraunen Augen blitzten amüsiert. Das überaus lockige dunkelbraune Haar fiel ihr bis knapp über die Schultern und umrahmte ihr Gesicht, das trotz der Jahreszeit und des kühlen englischen Herbstes sonnengebräunt schien. Bestimmt hatte sie die letzten Wochen nicht in England verbracht.

»Stört dich mein Board?« Finley betrachtete die Frau eingehend.

Ihre definierten Augenbrauen zogen sich abrupt in die Höhe.

»Nicht im Geringsten!«, erwiderte sie mit einem Lächeln. »Es scheint nur ziemlich unbequem zu sein, wenn du das Teil die ganze Zeit über halten musst.«

»Ich gebe es ungern aus der Hand. Es ist mein zweites Ich.«

»Dein zweites Ich? Muss ich das verstehen?« Sie lachte. Dabei zeigte sich eine Reihe perlweißer Zähne. Ihre Zunge huschte hervor und befeuchtete ihre Lippen.

Finley konnte den Blick nicht abwenden. Das ärgerte ihn. Denn diese unbekannte Schönheit löste mit ihrer Unbefangenheit etwas in ihm aus, das ihn berührte. Mehr als er sich zugestand, weil seine Mission eine wesentlich andere war, als Frauen kennenzulernen.

»Ich bin Surfer. Das Board ist mein Talisman. Und somit kommt es immer mit. Wohin ich auch gehe.« Warum erzählte er ihr das alles? Konnte er nicht seine Klappe halten und darüber nachdenken, wie er am schnellsten unbeschadet aus der Erbschaftssache rauskam?

»Surfer? Braucht man dazu nicht auch ein Segel?« Ein fragender Ausdruck legte sich auf das Gesicht der Schönen. Es schien, als ob sie interessiert wäre. Auf jeden Fall hatte sie keine Ahnung vom Wellenreiten. Schade!

»Nun, es gibt mehrere Möglichkeiten, den Surfsport auszuüben. Beim Windsurfen nutzt man den Wind mit einem Segel, das auf dem Board befestigt ist. Das Kitesurfen funktioniert mit einem Lenkdrachen. Dann gibt es noch das Bodyboarden, bei dem man auf dem Board liegt oder kniet, und auch noch einige andere Arten, besonders aber das Wellenreiten. Die Boards haben unterschiedliche Größen und Merkmale. Man kann im Meer, auf Seen oder auch in Flüssen surfen.«

»Langsam, langsam.« Ihr Lachen klang interessiert. »Ich komme mir vor wie bei einem Vortrag! Aber ehrlich gesagt habe ich doch etwas Ahnung. Zumindest vom Windsurfen. In Italien wird das an vielen Stränden angeboten. Ich habe es mehrmals versucht.«

»Und?«

»Was und?«

»Wie fühlt es sich an?«

»Wie es sich anfühlt? Nass. Vor allem, wenn man so wie ich ständig ins Wasser fällt.« Sie kicherte.

Wie von selbst wanderten seine Mundwinkel in die Höhe. »Du bist also kein Talent?«

»Könnte ich nicht gerade behaupten. Aber wenn das Meer ganz ruhig und flach vor mir liegt, schaffe ich es, ein paar Meter darauf zu gleiten. Leider gelingt mir die Wende nicht.«

»Das könnten wir ändern.«

»Du meinst, du könntest mir beibringen, zu surfen?« Ungläubig starrte sie ihn an und er fragte sich, wie er auf die Idee gekommen war, ihr das anzubieten, wo er doch gar nicht in Cornwall blieb. Abgesehen davon hatte er keine Ahnung, wohin sie reiste.

»Auf jeden Fall! Ich bin Surflehrer. Bei mir bist du in guten Händen.« Er zwinkerte ihr zu. Der Gedanke an eine Unterrichtsstunde mit ihr weckte gute Laune in ihm.

»Och! Im Winter ist es doch viel zu kalt. Vor allem in England.«

»Deswegen benutzen wir Neoprenanzüge. Die Dicke des Stoffs ist der Temperatur angepasst.«

»Du bist echt ein Freak.« Sie nickte.

»Tut mir leid, wenn es sich für dich so anfühlt.«

»Muss es nicht. Ich finde es toll, wenn jemand so für eine Sache brennt. Das zeugt von Leidenschaft, Motivation, Enthusiasmus, was auch immer.« Sie sagte es mit Achtung. Das gefiel ihm.

Die Schaffnerin unterbrach ihr Gespräch. Sie mussten die Fahrkarten zeigen.

»Sir, Sie hätten Ihr Board im Gepäckwagen unterbringen müssen«, tadelte die Kontrolleurin.

»Sorry, das wusste ich nicht. Beim nächsten Mal werde ich dem nachkommen und mich rechtzeitig darum kümmern. Sie müssen wissen, ich komme direkt aus Hawaii. Die Reise exakt zu planen, war nicht so einfach.« Finley versuchte, sich herauszureden. Denn sein Surfboard würde er bestimmt nicht in einem unaufgeräumten Gepäckwagen verkümmern lassen. Nicht dieses Board.

»Nun, das ist natürlich ...« Die Schaffnerin musterte Finley. Daraufhin zeichnete sich Erkenntnis in ihrem Gesicht ab. »Du bist Finley! Finley, unser Surfweltmeister! Wahnsinn! Ich glaube es nicht!«

Finley kniff die Augen zusammen und sah sie genauer an. Es war jedoch unmöglich, die Frau von früher zu kennen. Sie war viel zu jung. Innerlich schüttelte er den Kopf. Er war berühmt in Surferkreisen. Ihr zuliebe nickte er zustimmend. »Ich bin nicht Kelly Slater. So erfolgreich wie er war ich nie, auch wenn ich an den Meisterschaften teilgenommen habe. Surfst du?«

»Aber natürlich. Ich bin aus Newquay. Wie könnte man da nicht surfen? Wir, also mein Freund und ich, haben alle deine Wettkämpfe verfolgt. Wir sind deine Fans! Du bist mega!« Sie biss sich auf die Unterlippe. »Sorry, ich rede zu viel.«

»Schon gut«, beruhigte er sie. »Wir sehen uns auf einem der Strände. Das Brett lasse ich mal hier im Abteil, wenn es dich nicht stört.« Er zwinkerte ihr zu.

»Manchmal muss man auch eine Ausnahme machen dürfen.« Die Schaffnerin grinste breit. »Ich freue mich, dir beim Surfen zuzusehen. Kann's gar nicht erwarten. Das muss ich Ian sofort erzählen. Darf ich ein Selfie schießen?«

Finley sog scharf die Luft ein. Er war nicht der Typ, der sich privat im Internet präsentierte. Schweren Herzens sagte er dennoch zu. Eine Hand wäscht die andere. Für dieses Board würde er alles tun. Schließlich war es das letzte Geschenk seiner Mutter.

Nachdem das erledigt war, lehnte er sich in den Sitz zurück und schloss die Augen. Sie würden ihm die Tür einrennen, wenn er in seiner Heimatstadt auftauchte, befürchtete er. Und das war eines der Dinge, die er nicht mochte.

»Du scheinst sehr bekannt zu sein«, holte ihn eine angenehme Stimme aus seiner Reise in die Dunkelheit zurück ins Licht.

Er öffnete die Lider und sah sich abermals der südländischen Schönheit gegenüber. Ihr Mund war leicht geöffnet. Ihre Lippen zartrosa und voll. Wie sie sich wohl anfühlen würden, wenn er sie ... küsste?

»Nur in Surferkreisen. Das ist eine eingeschworene Gemeinschaft.« Und so war es tatsächlich. Wer sich für den Sport nicht interessierte, kannte nicht mal den Weltmeister. Finley war das egal. Er betrieb das Wellenreiten aus Leidenschaft und nicht, weil er berühmt werden wollte.

»Hm – ja. Ich habe bereits öfter beobachtet, dass man sich untereinander kennt. Stimmt der Mythos, dass Surfer ständig auf der Suche nach der perfekten Welle sind?«

Finley amüsierte nicht die Frage an sich. Aber in Verbindung mit dem Gesichtsausdruck der Unbekannten – er sollte sie endlich nach ihrem Namen fragen – erschien sie ihm witzig. Er lachte. Etwas, das er so befreit schon lange nicht getan hatte. »Wir Surfer sind ein seltsames Völkchen. Aber ja. Man möchte immer etwas noch Besseres erleben. Von daher kann ich dir zustimmen.«

»Warst du an vielen Stränden der Welt?«

»Auf sehr vielen.«

»Und zuletzt auf Hawaii?«

»Ich betreibe dort gemeinsam mit einem Freund eine Surfschule.«

»Oh! Na ja, man muss ja auch von etwas leben.«

»Zum Glück braucht man als Surfer nicht viel. Wir sind sehr genügsam.«

»Dann stimmt der Mythos doch. Surfer sind so etwas wie Hippies. Leben von Luft und Liebe.« Er liebte ihr schelmisches Lachen und fiel mit ein.

Dann herrschte kurz Stille.

»Wie ist eigentlich dein Name? Meinen kennst du ja schon.« Er war neugierig, woher sie kam und wohin sie reiste. Die Schaffnerin hatte nicht mit ihr gesprochen, sondern nur das Ticket kontrolliert.

»Emilia.« Sie warf einen Blick aus dem Fenster. Ein Schatten fiel über ihr Gesicht.

»Ein schöner Name.«

»Meine Mutter hat ihn mir gegeben.« Herausfordernd streckte sie ihr Kinn vor. Hatte das etwas zu bedeuten?

»Und dein Vater hatte kein Mitspracherecht?«, wich er aus.

Sie schüttelte den Kopf. »Für den Namen ist meine Mutter verantwortlich.«

»Sie hat ihn gut gewählt.«

»Wenigstens das. Du fährst bis Newquay?« Lenkte sie ihn mit der Frage ab?

»Ja. War schon lange nicht mehr dort. Um die Jahreszeit sind da nicht so viele Touristen und die Strände nicht so voll. Und du? Wohin reist du?«

»Auch nach Newquay.« Sie kräuselte die Lippen.

»Wohl nicht zum Surfen, nehme ich an.«

Sie schüttelte lachend den Kopf. »Ich besuche Verwandte.«

»An deinem Akzent höre ich, dass du keine Engländerin bist. Wie kommt es, dass du in Newquay Familie hast?« War er zu indiskret?

»Lange Geschichte. Wir sind eigentlich nicht miteinander verwandt. Sie sind die Eltern der Frau meines Vaters.«

Wieder huschte ein Schatten über ihr Gesicht. Doch der verflog augenblicklich.

Er ging auf die Verwandtschaftsverhältnisse nicht genauer ein. Es ging ihn nichts an, obwohl sie ihn neugierig gemacht hatte. Lag es an der Art, wie ihr Gesichtsausdruck wechselte? Belastete sie etwas?

5

Emilia

Finley sagte nichts, sondern musterte sie nur. Sollte sie ihm erzählen, warum sie nach Cornwall reiste? Womöglich würde er ihre Mutter kennen, wenn er von dort stammte? Nein. Die Wahrscheinlichkeit war definitiv nicht gegeben.

»Ich bin Österreicherin und komme aus Wien, wo ich bei meinem Vater aufgewachsen bin. Meine Mutter ist Italienerin. Sie hat mich als Baby bei ihm ausgesetzt und ist Hals über Kopf verschwunden. Ich habe sie nie kennengelernt.« Sie hatte ihre Klappe doch nicht halten können. Aber manchmal tat es gut, zu erzählen, was sie ihr Leben lang belastete. Und dieser Finley würde mit dem Wissen nicht hausieren gehen, wie sie ihn einschätzte. Abgesehen davon würde sie ihm nie mehr begegnen. Newquay war eine Stadt mit rund 20.000 Einwohnern.

Der braun gebrannte nordische Hüne mit dem Man Bun schob die von der Sonne gebleichten Augenbrauen in die Höhe. Seine Augen blitzten in einem unglaublich bestechenden, hellen Blau. Das hatte Emilia von

Anfang an fasziniert. Sein Körper war zwar in einem meeresfarben gemusterten übergroßen Hoodie versteckt, aber der Mann war bestimmt muskulös. So viel konnte sie erahnen. Und das ließ sie nicht kalt.

»Das tut mir leid.« In seiner Stimme klang Mitgefühl.

»Muss es nicht. Ich bin es gewohnt, ohne Mutter aufzuwachsen. Mein Vater hat alles wettgemacht. Er ist der beste Vater der Welt.« Die Erinnerungen an die gemeinsame Zeit mit ihrem Vater zauberten ein Lächeln auf ihre Lippen.

Finleys Gesichtszüge wurden weich. »Scheint so, als ob es bei uns genau umgekehrt gelaufen wäre.«

»Deine Mutter war Alleinerzieherin?«, stellte Emilia sofort die Frage.

Er schüttelte den Kopf. »Das nicht. Aber sie war die beste Mum der Welt.« Seine Augen wurden einen Touch dunkler und er senkte seine Stimme.

»War?« Emilia traute sich kaum, die Frage zu stellen. Sie wollte nichts aufrühren, was ihn schmerzte.

»Meine Mum ist vor sechsundzwanzig Jahren ums Leben gekommen. Tragischer Unfall. Ich war damals elf, aber das ist lange her.« Seine Stimme klang belegt. Bestimmt litt er noch immer an dem Verlust.

»Das tut mir leid.« Mehr als derselbe Satz, den auch er geäußert hatte, fiel ihr nicht ein. Er gehörte wohl heute zur Standardantwort für schmerzhafte Dinge, auf die man keinen Einfluss hatte.

»Danke. Manches kann man nicht ändern, man muss es hinnehmen, wie es kommt.«

»Da sagst du die Wahrheit.«

Schweigen breitete sich zwischen ihnen aus. Irgendwie hatten sie den Faden verloren. Offenbar hing nicht nur sie selbst, sondern auch Finley seinen Gedanken nach.

Eine Lautsprecherdurchsage über den nächsten Halt durchbrach die Stille zwischen ihnen, die nur vom Gemurmel der Mitreisenden und dem Geräusch der fahrenden Bahn untermalt war. Die ältere Dame, die neben Finley saß, stand auf und verließ ihren Platz, ohne auf ihre Nebensitzenden zu achten. Vermutlich war sie einfach nur höflich, kümmerte sich um ihre eigenen Sachen und belauschte keine Fremden.

Die Lokomotive bremste ab und blieb stehen. Leute stiegen aus, andere ein. Der Platz neben Finley wurde nicht besetzt. Deswegen lehnte er sein Surfboard vor den leeren Sitz. Aus den Ohrstöpseln ihres verbliebenen Sitznachbarn hörte man Bässe. Der Junge hatte bestimmt nicht mitbekommen, worüber Finley und Emilia gesprochen hatten. Und das war gut so.

»Wirst du ...«

»Bleibst du ...«

Sie lachten, weil beide gleichzeitig zu sprechen begonnen hatten.

»Du zuerst«, kam Finley ihr zuvor.

»Warum nicht du?« Emilia musterte ihn genau. Doch das sollte sie lieber nicht tun. Er strahlte etwas aus, das sie berührte. Nicht nur ein freundschaftliches Gefühl, eher tiefgehender, durchdringender. Ein sehnsuchtsvolles Kribbeln, das bis auf den Grund ihrer Seele vorzudringen schien und sie zugleich aufwühlte und beruhigte. Sie schluckte trocken.

»Wirst du Weihnachten mit – wie war das noch mal? Mit deinem Vater und dessen Frau bei deren Eltern verbringen?« Wow. Das Verwandtschaftsverhältnis hatte er sich echt gut gemerkt. Alle Achtung!

»Ich weiß noch nicht genau. Aber Papa wünscht es sich. Wir haben uns ewig nicht mehr an Weihnachten gesehen.«

»Warum das?«

»Normalerweise arbeite ich um die Weihnachtszeit.«

»Lass mich raten: Du organisierst die Zustellung der Päckchen durch den Weihnachtsmann.« Er verzog das Gesicht zu einem breiten Grinsen. Seine exakte Zahnreihe hatte sie von Anfang an fasziniert.

»Nope. Falsch geraten.« Emilia unterdrückte ein Prusten.

»Ganz falsch oder nur ein bisschen?« Verschmitzt bettelte er um wenigstens einen Punkt.

»Völlig daneben.« Sie lachte.

»Was bekomme ich, wenn ich es errate?«

Einen Kuss? Huch, wie kam sie auf diese absurde Idee? »Warum sollte ich dir eine Belohnung geben?« Sie konnte doch nicht einen wildfremden Mann, dem sie erst vor einer Stunde über den Weg gelaufen war, einen Kuss anbieten? So war sie nicht. So war Emilia niemals gewesen. Das verstörte sie.

Finley zuckte mit den Schultern. »Wie wäre es mit einem Abendessen in einem Pub?« Kaum hatte er das ausgesprochen, biss er sich auf seine Unterlippe und zog die Augenbrauen zusammen. Er schien von seinem eigenen Vorschlag überrascht. War sie nicht attraktiv genug für ihn, weil er plötzlich über sich selbst erschrocken war? Oder hatte er an etwas Ähnliches gedacht wie sie?

»Dazu müsstest du erraten, wovon ich lebe. Das wird nicht einfach für dich. Ich gebe dir noch zwei Chancen.« Auffordernd zog sie den Mund schief. Woher nahm sie all den Mut? Eigentlich hatte sie mittels dieser Reise eine wichtigere Aufgabe geplant, als sich mit einem Surfer einzulassen, den die Strände der Welt riefen und der nach einem gemeinsamen Essen abtauchen würde. In Emilias Leben passte keine Beziehung. Mit den Saisons wechselte sie ihre Aufenthaltsorte in Italien, um ihre Mutter ausfindig zu machen, und hatte es deshalb aufgegeben, sich an jemanden zu binden.

Finley kaute an seiner Unterlippe. Sein markantes Kinn war von brünettem Bartwuchs bedeckt und zeugte davon, dass er sich mindestens zwei Tage nicht rasiert hatte. »Du machst es mir ehrlich nicht leicht. Aber ich versuche es.« Er zupfte die Ärmel seines Hoodies über die Handgelenke und verschränkte die Arme vor der Brust. Daraufhin studierte er sie mit hochgezogenen Lippen und seitlich geneigtem Kopf.

Emilia spürte, wie ihre Wangen unter seinen prüfenden Blicken heiß wurden. Auf die Art hatte sie selten ein Mann angesehen.

»Du bist die CEO eines weltweit agierenden Unternehmens. An Weihnachten macht ihr das größte Geschäft, deshalb hast du bisher ausgerechnet an den Feiertagen gearbeitet.« Er zuckte mit den Achseln, was so viel hieß wie: Er hatte keine Ahnung.

Schmunzelnd schüttelte Emilia den Kopf. »So wirst du nie gewinnen. Das sieht man mir doch an, dass ich keine Managerin bin. Abgesehen davon säße ich nicht im Zug, sondern würde mit dem Privatjet unterwegs sein.«

»Den Privatjet benutzt du nicht, weil die Firma etwas mit Umwelt- und Klimaschutz zu tun hat.«

»Das wird ja immer besser!« Sie lachte. »Aber ja, das wäre natürlich eine nicht zu verleugnende Möglichkeit. Privatjets verpesten die Umwelt. Bahnfahren macht Sinn.«

»Ganz meine Meinung.« Finley löste die verschränkten Arme und ließ sie auf seine Oberschenkel sinken.

»Gehörst du zur Fraktion der Klimaschützer?« Emilia konnte dem etwas abgewinnen.

»Nicht direkt.« Er räusperte sich. »Also, ich bin keiner, der sich wo festklebt, wenn du das denkst. Aber ich liebe die Natur. Beim Surfen bin ich eins damit, wenn du verstehst, was ich meine.«

»Ah, klar. Sonne, Strand und Meer. Deine Leidenschaft lebst du inmitten der Natur aus. Deswegen schätzt du sie.«

Er nickte. »Wobei ich gestehen muss, dass ich viel zu oft fliege. Aber die perfekten Wellen befinden sich eben verstreut auf der Welt. Ich versuche, das auszugleichen, indem ich möglichst lange an einem Ort bleibe, um meinen ökologischen Fußabdruck wieder zu verkleinern. An den Spots selbst lebe ich sehr naturnah. Oftmals nur mit Schlafsack und Zelt.«

»Bist du Vegetarier?«

»Flexitarier. Wobei ich kaum Fleisch esse. Eher Fisch.«

»Das liegt nahe, wenn man sein Leben am Meer verbringt.«

»Und du?«

»Ich esse vegetarisch, aber auch Fisch.«

»Wien ist aber nicht gerade berühmt für seine Fische.« Er lachte.

»Wer sagt denn, dass ich ständig in Wien lebe?« Er hatte sich sogar dieses Detail gemerkt. War das der Beweis dafür, dass er sich für sie interessierte und nicht nur die fünf Stunden Fahrzeit mit oberflächlichem Geplänkel überbrücken wollte?

»Oooops! Diese neue Erkenntnis muss ich wohl in meine Überlegungen einbauen. Ich fasse zusammen: Die fischessende Vegetarierin Emilia aus Wien wohnt nicht ständig in Wien. An Weihnachten hat sie die letzten Jahre gearbeitet. Was ist ihr Job?«

»Du wirst nie draufkommen.«

»Ich habe Zeit, bis wir in Newquay ankommen.«

Emilia stieß den Atem aus. »Nahezu vier Stunden also.«

»Exakt.« Bedächtig sah er sie an. So, als ob er ihr sagen wollte, dass es die schönsten vier Stunden seines Lebens werden würden. Offensichtlich lag er nah dran mit seiner Vermutung. Denn zumindest für sie verflog die Fahrt im Nu.

Kurz vor der Ankunft in Newquay kannte Emilia sämtliche Surfhotspots der Welt. Er hatte ihr einige Fachausdrücke erläutert und ihr erklärt, worauf man beim Wellenreiten achten musste. Über all das und noch viel mehr hatte sie komplett vergessen, dass er die dritte Chance, ihren Beruf zu erraten, nicht genutzt hatte. Beim Aussteigen hatten sie sich im Gewühl der Menschen aus den Augen verloren.

Jetzt stand sie am Bahnsteig und wurde von Marys Mutter in einer herzlichen Umarmung regelrecht zerquetscht.

»Oh, Emilia! Wie wunderschön, dich endlich kennenzulernen. Ich bin so froh, dass du dich dazu entschieden hast, die Weihnachtszeit bei uns zu verbringen. Du wirst es bestimmt nicht bereuen. Es ist herrlich hier in Cornwall. Wir werden so vieles gemeinsam erleben und tun. Ich freue mich wahnsinnig darauf. Herzlich willkommen in Newquay!«

Sobald Harriet Emilia losließ, holte diese Luft. »Harriet, ich danke dir, dass du und Fred mich bei euch aufnehmen. Ich möchte euch aber nicht zur Last fallen.«

»Das tust du doch nicht. Übrigens, Fred wartet am Auto. Wir haben keinen richtigen Parkplatz gefunden und stehen im Parkverbot. Gehen wir rasch zu ihm, damit er keine Strafe zahlen muss.« Harriet packte Emilia am Ellbogen und zog sie mit sich in Richtung Bahnhofshalle.

Emilia sah sich um, ob sie Finley irgendwo entdecken konnte. Doch der war weg. Vermutlich sogar aus ihrem Leben. Erst jetzt fiel ihr auf, dass sie keine Telefonnummern und Adressen getauscht hatten. Warum hatte sie nicht daran gedacht? Ein kalter Schauder überrollte sie.

Okay, sie könnte nach ihm googeln und ihn in den Social-Media-Kanälen suchen. Aber hätte er nicht darauf bestanden, dass sie Nummern tauschten, wenn er Gefallen an ihr gefunden hatte?

Abgesehen davon hatte er die Chance auf ein gemeinsames Essen in einem Pub nicht mehr wahrgenommen.

Nun gut, vielleicht war es besser so.

Emilia war nicht hierhergekommen, um sich einen Freund zu angeln. Schließlich befand sie sich auf der Suche nach ihrer verschollenen Mutter.

6

Finley

Mit Surfboard, Rucksack und Reisetasche bepackt wanderte Finley die Straße entlang in Richtung Fistral Beach. Die zwei Kilometer Fußmarsch hatte er nach der langen Fahrt im Zug und der vorherigen Anreise aus Hawaii dringend nötig. Hätte er Emilia doch um ihre Telefonnummer fragen sollen?

Er hatte während der Zugfahrt daran gedacht, den Gedanken jedoch verworfen. Finley war nicht auf der Suche nach einer Frau. Er hatte vor, die Zelte hier in Newquay endgültig abzubrechen und für immer nach Hawaii zu ziehen. Es war besser so. Auch wenn ihm diese hübsche Frau mit den dunklen Kulleraugen und dem bezaubernden Lächeln nicht mehr aus dem Kopf ging und sein Innerstes berührte.

Aber was hätte er Emilia schon bieten können? Finley war kein Familienmensch. Seit seine Mum umgekommen war, hatte für ihn keine Familie mehr existiert. Sie hatte das Meer geliebt. Sie war es gewesen, die ihm das Wellenreiten beigebracht hatte. Nie würde er die glücklichen Tage seiner Kindheit vergessen. Deswegen trug er immer das Board bei sich, das seine Mum ihm zuletzt geschenkt hatte, obwohl er damit nicht mehr surfte. Dazu war es zu brüchig. Aber es war sein Glücksbringer und ein Erinnerungsstück an sie. Einer Person, die ihn mehr als alles auf der Welt geliebt hatte. So wie er sie.

Der kalte Wind pfiff ihm um die Ohren. Finley zog die Kapuze seines Hoodies tief ins Gesicht, um sich vor der ungewohnten Kälte zu schützen, und kramte eine Jacke aus seinem Rucksack, in die er schlüpfte. Zusätzlich legte er einen Zahn zu, damit ihm wärmer wurde. Das unberechenbare Wetter hatte er trotz seiner meteorologischen Kenntnisse unterschätzt. Aber die paar Meter bis zur Pension brauchte er kein Fahrzeug.

Zwanzig Jahre war er nicht mehr in der Stadt gewesen. Einiges von früher war erhalten geblieben, vieles hatte sich geändert. Hier eine renovierte Fassade, dort frisch gestrichene Fensterläden. Neue Gebäude, andere Stores. Newquay hatte sich gemausert. Die neu gegründeten Unterkünfte, Geschäfte, Bars und Kaffeehäuser zeugten davon, dass die Stadt vom Tourismus lebte. Bereits früher hatte es Touristen gegeben. Doch nun stand Cornwall hoch im Kurs. Gut für die Einnahmen. Schlecht für die traumhaften Strände. Die unendliche Weite und Einsamkeit, die Finley so liebte, konnte er wohl vergessen.

Auf dem Bürgersteig wich er einer Schar schwatzender älterer Damen aus, die ihn nicht weiter beachteten. Offenbar waren sie es gewohnt, dass Leute wie er sogar im nahenden Winter mit Gepäck und Surfboard unterwegs waren. Er war froh, dass er die Shorts und

Flipflops schon in Hawaii gegen die lange Cargohose und Sportschuhe getauscht hatte. Schon allein wegen des Fluges. Nichts gegen warme Kleidung. Nicht auszudenken, wäre er mit seinem hawaiianischen Strandoutfit Ende November hier aufgetaucht.

Er schmunzelte über sich selbst. Als Einheimischer müsste er doch am besten wissen, dass man für alle Wetterlagen gerüstet sein sollte. Zum Glück regnete es nicht. Zumindest noch nicht, denn der Himmel zog zu.

Zehn Minuten später erreichte er die Pension, die von Patrick, seinem Freund aus Kindheitstagen, geführt wurde. Gerade rechtzeitig, bevor der Himmel sein Wasser über ihn ausschütten konnte.

Finley öffnete die Tür und schlüpfte hinein. »Jemand da?« Seine Stimme hallte von den Wänden in dem engen Vorraum wider.

Patrick kam aus einem Nebenraum geschlurft. Im Gegensatz zu Finley trug er Flipflops. Okay, er war ja auch im Inneren des Cottage, das er laut ihrer E-Mail-Konversation aufgrund der Buchung von seiner Großmutter väterlicherseits geerbt hatte. Er hob den Kopf, musterte Finley und auf seinem Gesicht zeichnete sich freudige Erkenntnis ab. »Finley, alter Hund! Wie schön, dich zu sehen!«

Zwei Schritte und Patrick umarmte seinen Freund und klopfte ihm auf die Schulter.

Mit so einer emotionsgeladenen Wiedersehensfreude hatte Finley nicht gerechnet. »Hi, Patrick«, sagte er nur und erwiderte die Umarmung. In ihm tobten die Emotionen. Sie rollten über ihn hinweg wie flache

Wellen. Wiedersehensfreude und der Wunsch, ganz weit fort zu sein, brandeten in seinem Inneren gegeneinander, während er verzweifelt versuchte, den Boden nicht unter den Füßen zu verlieren.

»Als du gemailt hast, dass du kommst und ein Zimmer brauchst, dachte ich, ich lese nicht recht. Wie geht es dir, alter Kumpel? Oh, ja! Du bist alt geworden. So wie ich.« Patrick strich über seinen wohlgerundeten Bauch. Man sah ihm an, dass er dem Essen und dem einen oder anderen Bierchen nicht abgeneigt war.

»Du bist um ein halbes Jahr älter. Schon vergessen?« Finley zwinkerte ihm zu.

Patrick und er hatten sich oft gegenseitig aufgezogen, wenn sie sich Kämpfe auf dem Board lieferten.

»Das wird sich wohl nicht so rasch ändern.« Er lachte mit einem dröhnenden Bass. »Wenn du dein Gepäck oben ablegen möchtest, dann tu das. Ich lade dich ins Pub ein. Da können wir in Ruhe reden.«

»Keine schlechte Idee.« Finley nahm den Schlüssel entgegen, den Patrick ihm reichte.

»Zimmer 1 gleich im ersten Stock.«

»Scheint so, als wärst du zu einem Hotelmanager mutiert.« Finley grinste seinen Freund an.

Der zeigte um sich herum. »Dieses kleine Ding da ist nur ein Pensiönchen, wenn du verstehst, was ich meine. Hotel? Das wäre eine echt coole Sache. Aber leider hatte meine Grandma nur das Häuschen zu vererben.«

»Ich hoffe, du kannst davon leben?«

»Wir wohnen im Haus meiner Eltern, damit wir hier alle Räume vermieten können. Zusammen mit den Stunden unten an der Surfschule reicht es zum Leben. Und Kathy arbeitet zusätzlich im Supermarkt.«

»Kathy?«

»Bring deine Sachen rauf, dann erzähle ich dir meine Lebensgeschichte.« Patrick wies ihm mit einem Zwinkern die Richtung.

Finley stieg die knarrende Holztreppe hoch, öffnete die Zimmertür und lagerte sein Gepäck. Für die Begutachtung der Einrichtung nahm er sich keine Zeit. Sie war ihm nicht wichtig. Er würde nicht lange bleiben und stellte deshalb keine Ansprüche. Hauptsache sauber. Da vertraute er voll auf seinen Freund.

Patrick wartete unten im Vorraum.

»Wohin soll es gehen?«, fragte Finley.

»Zu Joe.«

»Sollte ich den kennen?«

Patrick öffnete die Eingangstür und schüttelte gleichzeitig den Kopf. »Der ist die letzten Jahre mal aufgetaucht und arbeitet in Annies Pub als Kellner. Annie kann nicht mehr so wegen ihres Rückens. Joe ist ein cooler Typ. Still und unaufdringlich. Stellt keine Fragen. Österreicher.«

Bei dem Wort musste Finley an Emilia denken. Dieses winzige Land inmitten Europas hatte er niemals besucht. Warum auch? Es lag nicht am Meer. Ob Emilia ihm noch einmal über den Weg laufen würde? Er hatte bewusst darauf verzichtet, mit ihr die Handynummern zu tauschen. Nun bedauerte er das. Sie war eine hübsche und überaus nette Person. Und er musste immer wieder an ihr süßes Lächeln denken, das ihn so sehr verzaubert hatte.

»Klingt nach einem vernünftigen Menschen. Verdammt! Es regnet!«

»Ach komm, Finley, bist du etwa aus Zucker?« Patrick lachte und beeilte sich, das Pub zu erreichen, welches hundert Meter weiter vorne in der Straße lag.

Finley hastete ihm nach. Wie flink der Teufel trotz seines Übergewichts laufen konnte.

Aufgrund des späten Nachmittags war nicht besonders viel los. Gut so, denn so begegneten sie keiner riesigen Horde Menschen. Patrick führte ihn zu einem Tisch nahe der Theke. Während Finley sich setzte, machte Patrick sich auf, um zu bestellen.

Der Barkeeper war ein langhaariger muskulöser Kerl. Unter seinem T-Shirt lugte die nackte Haut seiner Arme hervor. Sie war mit Tattoos übersät.

»Hi, Patrick. Bier für dich?«

»Ja und für meinen Freund. Finley ist sein Name. Was habt ihr heute zum Essen?«

»Gulasch.«

»Ach, diesen Fleischeintopf nach Wiener Art? Das musst du unbedingt probieren, Finley. Schmeckt herrlich!« Patrick kreiste mit der flachen Hand über seinen Bauch und leckte über seine Lippen.

»Mir soll's recht sein.« Finley hatte keine Ahnung, was auf ihn zukommen würde, aber etwas, das aus Wien stammte, musste lecker schmecken. Emilia zuliebe.

»Joe surft übrigens auch. Er arbeitet als Barkeeper und dergleichen, bleibt ein paar Monate an einem Ort und zieht wieder weiter«, erklärte Patrick.

Finley nickte geistesabwesend. Seine Gedanken kreisten wieder einmal um die Gespräche mit Emilia.

Er hätte ihr entlocken sollen, was ihr Job war, und sie ins Pub einladen. Jetzt war es zu spät.

Joe stellte die Getränke auf die Theke und winkte ihnen zu. Patrick holte sie und setzte sich zu Finley an den Tisch.

»Yehes da!« Patrick prostete ihm auf Kornisch zu. Vermutlich deswegen, um seinem Freund zu zeigen, dass er nun in der Heimat angekommen war. Denn früher hatten sie es bei einem einfachen »Cheers!« belassen.

Finley nahm sein Glas und stieß mit seinem Freund an. »Yehes da!« Er trank einen großen Schluck von dem kornischen Bier. »Gott! Wie habe ich das vermisst!«

»Du hättest öfter mal vorbeikommen und dir ein paar Bierchen genehmigen sollen. Inzwischen bist du alt genug, um nicht nach einem betrunken zu sein.« Patrick kicherte einen Tick zu hoch. So hatte er bereits zu Schulzeiten gegackert, wenn er unsicher war. Unsicher blickte er zu Finley und wartete ab, wie der auf seinen Vorwurf reagierte.

»Wegen des Bieres, ja. Aber ansonsten? Wenn ich nicht müsste, wäre ich nicht hier«, stieß Finley mürrisch aus.

»Es tut mir leid wegen deines Bruders.« Patrick starrte auf den Tisch, als er das von sich gab.

»Wie du weißt, haben wir uns nicht besonders gut leiden können. Trotzdem ist es komisch, jetzt der Einzige zu sein, der übrig ist. Wenn du verstehst, was ich meine.«

Patrick nickte und musterte seinen Freund. »Was hast du nun vor? Ich meine, ich freue mich natürlich, dass du in meiner Pension übernachtest, aber hättest du nicht im Herrenhaus ein Bett gefunden? Immerhin gehört das gesamte Anwesen dir.«

»Da bin ich mir nicht so sicher.«

»Wie meinst du das?«

»Die Testamentseröffnung beim Notar steht noch aus. Ich habe keine Ahnung, wem Kendrick was vererbt hat. Falls noch jemand auftaucht, von dem ich nichts weiß, muss ich meine Pläne umwerfen.«

»Die da wären?«

»Ich werde alles verkaufen und nach Hawaii zurückgehen.«

»Du willst also deine Wurzeln in der Heimat kappen?« Patrick pfiff durch die Zähne.

Finley sog geräuschvoll den Atem ein. »Ich lebe seit zwanzig Jahren nicht mehr hier. Einen Großteil meines Lebens habe ich woanders als in Newquay verbracht. Mich bindet nichts mehr. Was soll ich mit den alten Gemäuern und Kendricks Pferden?«

»Dass du mit Pferden nichts anfangen kannst, musst du mir nicht erzählen. Ich weiß, dass dein Vater dich deswegen verachtet hat. Nun, Kendrick haben sie ebenfalls kein Glück gebracht.« Patrick nahm einen großen Schluck von seinem Bier.

»Er hat mich verprügelt.«

»Wer? Kendrick?« Patricks Augen wurden groß.

»Der auch hin und wieder, wobei es nicht immer gut für ihn ausgegangen ist.« Finley grinste bei der Erinnerung an so manche Rangelei mit seinem Bruder. »Aber ich meine meinen Vater. Weil ich Angst vor Pferden hatte. Ich war damals sechs Jahre alt und er hatte es sich in den Kopf gesetzt, dass ich reiten lernen sollte. Der erste Versuch ging schief. Von da an versuchte er, mir die Liebe zu Pferden mit Gewalt anzutrainieren, wie er es nannte.« Bei der Erinnerung an die Geschehnisse aus seiner frühesten Kindheit hämmerte Finleys Herz wie damals. Seine Hände wurden kalt und er zog den Kopf tief zwischen die Schultern. Er klammerte sich so fest an das Bierglas, dass er fürchtete, es könnte zerspringen.

»Davon hast du mir nie erzählt.« Betroffenheit zeichnete sich auf Patricks Gesicht ab. Mit offenem Mund schüttelte er den Kopf. »Dein Vater war ein Schwein. Ich weiß noch, wie oft er dich vom Strand geholt und nach Hause gezerrt hat. Es muss furchtbar für dich gewesen sein.«

»Als Mum gestorben war, ging es erst richtig los. Bis dahin hatte sie mich in Schutz genommen, so gut sie konnte. Danach wollte er mir das Surfen verbieten. Als Strafe, weil ich mich weigerte, mich aufs Pferd zu setzen. Ich weiß bis heute nicht, wie Mum es bei diesem Tyrannen ausgehalten hat.«

»Zweimal Gulasch.« Joe unterbrach sie und stellte die gefüllten Teller auf den Tisch. Dazu reichte er Weißbrot. »Guten Appetit.« Diskret zog er sich zurück.

Finley kam die Unterbrechung gerade recht. Er redete nie über die Vorfälle aus seiner Kindheit. Warum er ausgerechnet jetzt von sich gab, was ihn belastete, konnte er sich nicht erklären.

Sie aßen schweigend. Finley schätzte es, dass sein Freund wusste, wann er still sein musste.

Erst als Joe die Teller abserviert hatte, fand Finley wieder Worte.

»Und jetzt erzähl mal du: Wer ist Kathy?«

7

Emilia

Die Sonne blinzelte durch die geblümten Gardinen ins Zimmer. Emilia rieb sich die Augen und gähnte ausgiebig. Sie hatte wie ein Baby in dem weichen Bett geschlafen. Das Cottage der Pepperloves war traumhaft schön. Es wirkte verspielt mit den weißen Möbeln und der gleichfarbigen Holztreppe. Auf den Kommoden lagen gehäkelte Deckchen und vor den Fenstern hingen Vorhänge mit Rosen- oder Blütenmustern. Das Haus passte zu den Besitzern. Emilia bereute nicht, Harriet und Fred Pepperlove kennengelernt zu haben.

Sie stieg aus dem Bett. Es musste sich um Marys ehemaliges Mädchenzimmer handeln, denn im Bücherregal standen Jugendromane und Fotos, die sie mit Freundinnen zeigten. Rasch schlüpfte Emilia in Jeans und einen dicken, winterweißen Wollpullover, den sie in den wenigen Tagen in London erstanden hatte, um für die kalten Winde in Cornwall gerüstet zu sein. Daraufhin begab sie sich nach unten in die Küche, um erst einmal nach Kaffee zu suchen. Ohne ging gar nichts.

Harriet war soeben dabei, in einem Heft zu blättern. Als sie Emilia bemerkte, drehte sie sich zu ihr um und strahlte sie freudig an. »Emilia! Wie schön, dass du wach bist. Hast du gut geschlafen? War es auch nicht zu kalt oder zu warm? Brauchst du noch ein Kissen? Oder eine Decke?«

Die Sorge um ihren Gast stand Harriet ins Gesicht geschrieben. Ihre Herzlichkeit und Fürsorge ließen in Emilia die Sonne aufgehen.

»Es ist alles perfekt. Das Einzige, was ich jetzt noch vertragen könnte, wäre ein Schlückchen Kaffee. Wenn du mir sagst, wo ich alles finde, mache ich mir einen.« Mit einem Lächeln, das von Herzen kam, suchte Emilia nach einem Kaffeeautomaten.

»Oh, du bist Kaffeetrinkerin. Wie dein Dad.« Harriet schaltete die Kaffeemaschine an und zeigte Emilia, wo sie Butter, Toast, Marmelade, Eier, Speck und Würstchen fand.

Weil Harriet das Backen unterbrechen und für Emilia den Tisch decken wollte, protestierte diese. »Danke, aber ich bereite mir das Frühstück selbst zu. Was backst du denn Schönes?« Emilias Blick war auf das Rezeptheft gefallen, in dem Harriet zuvor geblättert hatte.

»Den Christmas Cake«, rief Harriet aus. »Das ist ein altes Familienrezept. Ich verrate es dir gern. Dieses Weihnachten feiern wir als große Familie. Ich backe am besten drei Stück, damit wir ausreichend davon haben.« Harriets Gesichtszüge zeugten von überschäumender Freude.

»Und ich darf das Familienrezept tatsächlich kennenlernen? Ist das nicht ein Geheimnis?«

»Du gehörst doch zur Familie, mein Liebes!« Ihr Lachen klang herzerwärmend. Emilia wurde wohlig warm in ihrer Brust.

Gleich nach dem Frühstück half Emilia, die Zutaten für die Kuchen abzuwiegen und den Teig zu mischen. Trockenfrüchte, Gewürze, Mehl, Eier, Butter, geröstete Mandeln und den Brandy. Harriet bereitete die Backform vor und bald darauf schob sie ihn in den Ofen.

»Wie lange braucht der Kuchen?«, fragte Emilia.

»Zwei Stunden mindestens, besser drei. Erst dann können wir den nächsten backen. Denn ich habe leider nur diese eine Form. Dafür zieht das Aroma heute durch das gesamte Haus.« Harriet schloss die Augen, reckte die Nase in die Luft und sog tief den Atem ein.

»Was machen wir in der Zwischenzeit?«

»Ich muss zu meiner Nachbarin und deren Katze bespaßen, weil sie ein paar Tage weggefahren ist. Aber wie wäre es mit einem Spaziergang ans Meer? Du könntest mit dem Fahrrad hinunter zum Hafen fahren und dich ein wenig umsehen.«

»Keine schlechte Idee. Aber ich helfe dir gerne mit der Katze.«

»Das musst du wirklich nicht tun. Ich bin rasch fertig. Und wenn du zurückkommst, gibt es Lunch.«

Emilia nahm den Vorschlag an, denn sie war zu neugierig darauf, die Stadt genauer kennenzulernen. Womöglich entdeckte sie einen Hinweis auf ihre verschollene Mutter.

Keine zehn Minuten später saß sie auf Marys altem Fahrrad und radelte los. Beinahe hätte sie vergessen, dass hier Linksverkehr herrschte. Oje! Das konnte heiter werden.

Konzentriert fuhr sie die Straße entlang, die von weiß getünchten Cottages mit lieblichen Vorgärten gesäumt war. Wie schön musste es hier im Sommer sein, wenn alles blühte.

An der Kreuzung geriet Emilia in Bedrängnis. Hier sollte sie nach rechts abbiegen. Ein Auto kam ihr entgegen, ein anderes kam von links. Wer hatte Vorfahrt? Wo musste sie sich einreihen? O mein Gott!

Geschafft. Wuhuuu! Dieser Linksverkehr war nicht ungefährlich. Warum sahen das die Engländer nicht ein? Erleichtert, weil nichts passiert war, fuhr sie weiter und staunte nicht schlecht, als sie nach kürzester Zeit einen Blick auf das Meer erhaschte. Die Straße führte sie direkt darauf zu. Zum Glück hatte Harriet ihr verraten, wie sie am schnellsten zum nächstgelegenen Strand kam. Das musste der Tolcarne Beach sein.

Emilia wechselte die Straßenseite und blieb stehen. Von ihrem Platz aus ließ sie das Panorama auf sich wirken. Vor ihr lag eine sandige Bucht. Klippen, auf denen Gebäude standen, teilten die Küste in mehrere Abschnitte. Am Ende ihres Sichtfelds erkannte sie den Hafen, der von einer Halbinsel geschützt friedlich dalag. Eine Weile genoss sie den Ausblick, dann fuhr sie weiter. Dabei kam sie an Hotels, Restaurants und Kaffeehäusern vorbei, bis sie den Radweg entdeckte, von dem Harriet erzählt hatte. Den schlug sie ein. So vielen Menschen wie in Italiens Küstenstädten im Sommer begegnete sie hier nicht. Die meisten hatten Hunde dabei und schienen Einheimische zu sein. Um diese

Jahreszeit verirrten sich bis auf hartgesottene Surfer wesentlich weniger Touristen in die Stadt, wie Finley ihr während der Bahnfahrt berichtet hatte. Finley! Wo er nur sein mochte?

Was sie bis jetzt von Newquay gesehen hatte, war, dass man sich hier nicht leicht über den Weg laufen würde. Die Küste war kilometerlang. Und es gab hier in der Umgebung elf Strände.

Der Radweg endete und Emilia schlug nach rechts ein. Sie wollte endlich zum Meer. An einem Fahrradabstellplatz befestigte und versperrte sie Marys Rad. Hoffentlich war es noch da, wenn sie zurückkam.

Den restlichen Weg ging sie zu Fuß. An diesem Küstenabschnitt tummelten sich mehr Spaziergänger als zuvor. Vom Meer wehte eine frische Brise. Emilia zog die pinkfarbene Wollmütze tiefer in die Stirn und folgte dem Pfad durch den Park. Schließlich landete sie am Strand. Wow, so weitläufig. Bei Ebbe zog sich das Meer weit zurück, so wie gerade eben. Das mussten an die Hundert Meter sein. Oder sogar mehr? Sie hatte nicht gedacht, dass der Tidenhub am Atlantik wesentlich höher war als am Mittelmeer. Das faszinierte sie.

Gut gelaunt lief sie über den feuchten Sand bis zur Wasserlinie und ließ ihre Blicke über den Ozean schweifen. Ein Gefühl von Freiheit durchflutete sie. Sie lauschte den Möwen und dem Geräusch der heranrollenden Wellen. Es roch nach Salz, Tang und Fisch. Außer einem Frachter, der weit draußen seine Bahn zog, entdeckte sie nichts auf dem Meer. Kein Surfer, der die späte Vormittagssonne nutzte. Schade.

Sie sah sich um. Zu ihrer Rechten ragte ein riesiger Felsblock aus dem Sand, der mittels einer Brücke mit dem Festland verbunden war. Dort marschierte sie hin. Zum Glück reichte das Wasser während der Ebbe nicht bis hierher. Bei Flut musste es sich um eine Insel handeln, denn die Felswände waren dunkel und zeugten von einer Wasserlinie. Von unten schoss Emilia ein Foto mit dem Handy und staunte über die schwindelerregende Höhe des Blocks. Das mussten an die Fünfzig Meter sein. Emilia kräuselte die Lippen. Das Schätzen von Entfernungen und Höhen war noch nie ihre Stärke gewesen.

Nachdem sie den Felsen umrundet hatte, schlenderte sie den Strand entlang zur Stadt. Zum Hafen gelangte sie nur, wenn sie die Steilküste wieder hinaufstieg und die Bucht verließ. Sie folgte den Treppen, ließ das Rad stehen und gelangte in eine belebte Straße. Diese war umsäumt von Lokalen jedweder Art und unzähligen Geschäften. Zu ihrem Leidwesen tauchten jede Menge Surfshops auf, die sie an Finley erinnerten. An ihn sollte sie nicht mehr denken. Die Bahnfahrt war Geschichte. Und sie war nur kurz hier, um ihre Mutter zu suchen. Dennoch hatte der surfende Hüne etwas in ihr hinterlassen, das sich ihr immer wieder aufdrängte. Entschlossen schob sie die zarten Gefühle beiseite. Leider gelang ihr das nicht so recht. Eine leichte Brise wehte in ihrem Inneren und stob hin und wieder Emotionen auf, die ihr Herz wummern ließen und ihr ein Lächeln ins Gesicht zauberten.

Plötzlich tauchte ein Laden vor ihr auf, der dem Weihnachtsladen in London ähnelte. »Santas Art &

Craft« stand auf einem Schild. Tatsächlich. Es musste sich um eine Zweigstelle handeln.

Girlanden schmückten die Fassade und in den Schaufenstern tummelten sich allerhand Dekoartikel, die die Freude aufs Fest anfachten. Emilia hielt den Atem an. Ob es hier Bilder von ihrer Mutter geben würde?

»Wonderful Dream« von Melanie Thornton erklang, sobald sie die Tür öffnete. Welch stimmungsvolle Idee! Bereits in London war ihr das Spiel einer Melodie im Weihnachtsladen aufgefallen.

8

Finley

Ein Kopf voller Gedanken an das Erbe hielt Finley trotz Jetlags vom Schlafen ab. Weil er es verabscheute, ausgiebiger über seine Probleme nachzugrübeln und den Tag in einem winzigen Zimmer zu verbringen, flüchtete er aus der Pension. Der Notartermin stand erst am Montag an. Somit verfügte er über ausreichend Zeit, sich zu akklimatisieren und die Lage am Meer zu erkunden.

Hoffentlich passte die Dünung, damit er eine Runde surfen konnte. Falls nicht, war das eben so. Hauptsache, er war am Meer und nicht in dem engen Raum eingesperrt. In den Rucksack hatte er Handtuch und Badehose eingepackt. Den Neoprenanzug und das Brett würde er sich ausleihen. Sein Glücksboard stand in seinem Zimmer in der Pension.

Der Fistral Beach, einer der vielen Strände in der Gegend von Newquay, lag nur wenige Hundert Meter von Patricks Pension entfernt und war somit fußläufig erreichbar. Dieser Umstand spülte Patrick, wie er ihm gestern erzählt hatte, jede Menge Surfer ins Haus.

Die frische Seeluft einatmend nahm Finley den Fußweg am Golfplatz vorbei. Er hatte eine Mütze aufgesetzt und zog die Kapuze seines Hoodies zusätzlich darüber, um nicht erkannt zu werden. Heute passte ihm der Trubel nicht. Was er dringend benötigte, war Ruhe, um sich zu erden. Die Emotionen hatten sich mit dem nächtlichen Grübeln in ihm hochgeschaukelt. Es war ihm definitiv nicht egal, dass er der einzige Nachfahre seiner Familie war, der noch lebte.

Die Dünen säumten das Ufer, die Möwen kreischten und die Wellen brandeten mit ihrem unverwechselbaren Rauschen an die Küste. Der Wind spielte mit Finleys Haarspitzen, die unter der Mütze hervorlugten. Es roch kräftig nach Salz, Tang und Fisch. Am Strand tummelten sich Wanderer und etwa dreihundert Meter entfernt entdeckte er einige Surfer, die sich in die kalten Fluten gewagt hatten. Dennoch war der weitläufige Sandstrand nicht überfüllt wie an sommerlichen Tagen.

Ein schon lange nicht mehr empfundenes Heimatgefühl erfüllte ihn. Die Vertrautheit mit dem Meer, die Erinnerungen an frühere Surfnachmittage mit seiner Mutter, die Sonne auf seiner Haut. Er schritt auf das Meer zu. Ein dunkler Schatten drängte sich auf. Sein Vater. Die Streitereien. Finley schüttelte den Kopf. Jetzt war keine Zeit für schlechte Erinnerungen.

Der Wellengang war nicht besonders hoch und der Wind wehte landeinwärts. Bedingungen für Anfänger. Lieber wartete er auf richtig hohe Wellen.

Die Geduld dafür aufzubringen, war Finley gewohnt. Die Natur konnte er nicht beeinflussen. Deswegen verzichtete er heute darauf, sich einen Ritt zu gönnen. So entging er auch der Gefahr, dass er im Verleih erkannt wurde. Die Surfcommunity würde noch früh genug auf ihn aufmerksam werden.

Statt sich der Inquisition durch alte Bekannte zu stellen, schlug er den Weg zum Little Fistral Beach ein, um zu sehen, wie es dort nach all den Jahren lief. Er marschierte den festgetretenen Küstenweg entlang und genoss das beruhigende Geräusch der heranrollenden Wellen, wenn sie auf die Steilküste klatschten. Die Sonne hatte sich hervorgewagt und tauchte die Küstenlandschaft in ein wärmendes Licht. Hier hatte sich kaum etwas verändert. Wie oft war er mit seinen Freunden und manchmal auch mit Kendrick über die Halbinsel gelaufen, um von einem Strand zum anderen zu gelangen. Er konnte es nicht zählen. Glückliche Zeiten waren das gewesen. Doch sobald er abends heimgekommen war, hatte er die Hölle erlebt. So leise wie möglich hatte er sich ins Haus geschlichen und war in seinem Zimmer abgetaucht. Sein Vater hatte ihn trotzdem oftmals aufgesucht, ihn angebrüllt und ihm verboten, an den Strand zu gehen. Er solle lieber lernen und sich um die Pferde kümmern, hatte dieser ihm vorgeworfen.

Finley war kein schlechter Schüler gewesen. Doch als sein Vater ihn in das Internat für reiche Leute gesteckt hatte, sackten seine Noten ab. Was nicht zuletzt darin begründet lag, dass das Meer meilenweit entfernt war und Reiten in allen Variationen sowie das Polospiel fix im Stundenplan verankert waren. Finley hatte sich regelmäßig krank gemeldet und sonstige Ausreden erfunden, um nichts mit Pferden zu tun haben zu müssen, während Kendrick die Pferde geliebt hatte. Warum sein Vater nie eingesehen hatte, dass er den Gäulen nichts abgewinnen konnte, verstand Finley bis heute nicht.

Er erreichte Towan Headland. Von hier aus hatte er Sicht auf beide angrenzende Buchten. Ein Gefühl von wohltuender Wärme erfüllte ihn. Das hier war seine Heimat. Trotz allem.

Er blieb eine Weile stehen und atmete mit geschlossenen Augen die würzige, altbekannte Seeluft. Innere Ruhe flutete ihn. Die Spannung, die sich seit seiner Ankunft aufgebaut hatte, fiel von ihm ab.

Sein Vater war tot. Er lag begraben unter der Erde und hatte damit keine Chance mehr, ihm das Leben schwer zu machen. Sein Bruder ruhte daneben.

Sie konnten ihn nicht mehr verletzen. Nie wieder. Der Gedanke erleichterte ihn und schmälerte gleichzeitig die seltsame Trauer, die er um seinen Bruder empfand. Auch wenn ihr Verhältnis schwierig gewesen war, hatte er die eine oder andere schöne Erinnerung an Kendrick. Der Nachmittag, als sie sich aus dem Haus geschlichen hatten, um wilde Brombeeren zu suchen, kam ihm in den Sinn. Ihr Vater hatte Stunden nach ihnen gesucht und das ganze Personal aufgescheucht. Als er sie endlich am Rande der entlegensten Pferdeweide gefunden hatte, hatte selbst Kendrick Ärger bekommen. Aber das war lange her. Sie waren tot. Beide.

Finley öffnete die Lider und sah seine Heimat mit anderen Augen. Die Sonne wärmte sein Gesicht. Die Brandung hörte sich wie eine altbekannte Melodie an. Die Möwen sangen dazu mit ihren nie enden wollenden Liedern. Zwei Hunde balgten sich um ein Stück Holz und wedelten freudig mit den Ruten. Drei Frauen schoben Kinderwagen über den befestigten Pfad in seine Richtung und schwatzten und lachten, während ein paar Kinder um sie herumtollten und laut tobten.

Finley musste lächeln. Obwohl er es nicht vorgehabt hatte, wuchs in ihm die Lust, die Stadt seiner Kindheit und Jugend genauer in Augenschein zu nehmen. Mal sehen, was sich in zwanzig Jahren Abwesenheit verändert hatte. Woher kam sein plötzliches Interesse an Newquay? Lag das am Zauber Cornwalls? Seiner Heimat?

Er schüttelte über sich selbst den Kopf. Was so ein bisschen heimatliche Meeresluft in ihm auslöste!

Voller Elan wanderte er über die Halbinsel zurück in Richtung Hafen.

In einem ihm unbekannten Touristen-Café gönnte er sich Kaffee und Kuchen. Der Apple-Pie war exakt das, was er nach dem pikanten Frühstück in der Pension brauchte. Er schmeckte beinahe so wie bei Beth. Beth!

Sie war die Person im Haushalt seiner Eltern, die am wenigsten dafür konnte, was damals geschehen war. Als Angestellte seines Vaters hatte sie nichts zu sagen. Dennoch hatte sie ihn wann immer möglich vor den Angriffen seines Vaters und Bruders beschützt und ihn sogar mit zu sich nach Hause genommen. Arme Beth! Sie hatte bestimmt Angst um ihren Job gehabt. Er sollte sie besuchen, um zu sehen, was aus ihr geworden war.

Der Kuchenteller war leer, der Kaffee getrunken, Finley verließ das Café und schlenderte die Straße entlang. Hier, oberhalb des Hafens reihten sich Shops, Restaurants und Bars wie Perlen auf einer Schnur. Manche Namen kamen ihm bekannt vor, andere hatten sich geändert.

Die Surfläden boten alles, was das Herz begehrte. Boards in verschiedenen Formen und Größen sowie knalligen Farben und ansprechenden Mustern. Dazu passende T-Shirts, Shorts und Hoodies von angesagten Designern. Sonnenbrillen und Mützen in jeder Menge und Variation. Rucksäcke, Flipflops, Geldbörsen und sogar Schlüsselanhänger konnte er entdecken. Er hatte Lust, einen Laden zu betreten, etwas zu stöbern und über das Surfen zu schwatzen. Doch das verschob er auf einen der kommenden Tage. Heute verfügte er nicht über ausreichend Energie, um sich als Surfprofi zu outen. Sicherheitshalber zog er die Mütze tief ins Gesicht. Sich in Ruhe und unerkannt in der Stadt umsehen zu können, war ihm am liebsten.

Vor einem weihnachtlich geschmückten Schaufenster blieb er stehen. Gleichzeitig wunderte er sich über sich selbst. Denn Weihnachten war ihm normalerweise ein Gräuel, hatte es doch immer Streit zu den Feiertagen gegeben, sogar als seine Mutter noch gelebt hatte.

Er konnte sich nicht erinnern, dieses Geschäft hier schon einmal gesehen zu haben. Was aber daran liegen konnte, dass er sich einzig und allein für die Surfläden interessiert hatte. Oder es war neu wie so vieles in seiner Heimatstadt.

Ihm fiel ein, dass er Patricks Frau Kathy und deren drei Sprösslingen eine Kleinigkeit als Dankeschön schenken könnte. Kurzentschlossen betrat er den Laden.

Sobald er die Tür geöffnet hatte, erklang »Driving Home for Christmas« von Chris Rea.

Diese Textzeile erfüllte ihn seit jeher mit einer unbestimmten Traurigkeit. Auch dieses Mal stieg sie in ihm auf und Tränen traten in seine Augen. Er blinzelte sie weg. Das war ihm noch nie passiert. Hastig drehte er sich in Richtung eines Regals, sodass niemand etwas von den hochgekommenen Emotionen mitbekam. Finley versuchte, die aufkommenden grässlichen Bilder an die Weihnachtszeit seiner Kindheit zu unterdrücken. Er hasste Weihnachten! Und eigentlich wollte er nur rasch die paar Geschenke besorgen und dann von hier verschwinden.

Nach einem tiefen Atemzug drehte er sich um. Irgendwo musste Verkaufspersonal sein, das ihn beraten könnte. Doch außer einem älteren Herrn im Weihnachtsmannkostüm war niemand zu entdecken. Bis auf ...

Konnte das denn die Möglichkeit sein?

Emilia stand vor ihm und sah ihm direkt ins Gesicht. Vor Erstaunen blieb ihm der Mund offen.

Im Gegensatz zur Bahnfahrt schienen auch ihr heute die Worte zu fehlen.

»Finley. Der Surfer.« Sie fing sich zuerst. Eine leichte Röte stieg in ihre Wangen und ihre Augen strahlten mit der Ladenbeleuchtung um die Wette.

»Emilia. Die Österreicherin.« Hatte ihm jemand seinen Verstand gestohlen?

»Ach, ihr beiden kennt euch schon. Das freut mich sehr. Denn da muss ich euch nicht miteinander bekannt machen, nicht wahr?« Der Weihnachtsmann gesellte sich zu ihnen. Welch skurrile Situation.

Wie war er nur auf die Idee gekommen, diesen Laden zu betreten?

Finley kam nicht dazu, genauer darüber nachzudenken, denn Emilia schüttelte den Kopf und stieß ein zittriges »Nein« hervor.

»Wie, nein?«, fragte Finley verwirrt, weil er keine Ahnung hatte, was sie meinte. Die Frau raubte ihm sein Denkvermögen. Oder war es der Verkäufer im Kostüm?

»Ich meinte, ja, wir kennen uns schon. Wir sind gestern gemeinsam mit der Bahn aus London angereist.« Emilia wandte sich dem Weihnachtsmann zu.

»Und ich habe es versäumt, mit ihr die Telefonnummern zu tauschen«, kam es über Finleys Lippen. Die Aussage überraschte ihn selbst, denn er war es gewesen, der darauf verzichtet hatte, mit ihr in Kontakt zu bleiben. Und sie hatte kein einziges Mal nachgefragt. Vermutlich war es ihr so wie ihm ergangen und sie sah es wie er: Sie hatten eine unterhaltsame Zugfahrt mit einer netten Person erlebt und danach ging jeder seiner Wege. Etwas in ihm kribbelte dennoch.

»Das solltet ihr dringend nachholen.« Der Weihnachtsmann zupfte an seinem Bart und lachte. Sein wohlgerundeter Bauch unter dem roten Kostüm wackelte im Takt seiner Worte.

»Sollten wir wirklich?« Emilia sah Finley fragend an. Der Wunsch um seine Nummer stand ihr ins Gesicht geschrieben.

»Unbedingt!« Er nickte. Sein Herz wummerte, als er sein Smartphone aus der Hosentasche angelte. »Tipp deine Nummer ein, dann rufe ich dich an.« Bevor er es ihr überreichte, stellte er die Ziffernauswahl ein. Was war schon dabei, mit ihr die Telefonnummern zu tauschen?

Konzentriert tippte Emilia an seinem Handy herum. Er konnte die Augen nicht von ihr lassen. Nicht erst jetzt merkte er, wie sehr sie ihm in den letzten Stunden gefehlt hatte. Ihr warmherziges und unbefangenes Wesen hatte sich unter seine Haut gegraben. Und vielleicht sogar noch viel tiefer.

»Hier bitte!« Lächelnd hielt sie ihm das Telefon vor die Nase.

Sofort rief er sie an, um den Kontakt herzustellen. Das hätte er gestern schon tun sollen, tadelte er sich selbst.

»Se bastasse una canzone« von Eros Ramazzotti erklang. Er stutzte. Das Lied mochte er. Ein Italiener, den er beim Surfen kennengelernt hatte, hatte es für ihn ins Englische übersetzt. Ja, wenn ein schönes Lied genügen würde, um jeglichen Gegenwind zu stoppen und Liebe und Frieden zu verbreiten, wäre das Leben einfacher. So wie es der italienische Interpret sang. Hatte Emilia nicht erzählt, dass ihre Mutter aus Italien stammte, sie aber keine Ahnung hatte, wo sie lebte?

»Ach, beinahe hätte ich vergessen, dir das Bild einzupacken, das du dir ausgesucht hast, liebe Emilia.« Der Verkäufer im Weihnachtsmannkostüm sah sie zufrieden lächelnd an.

Emilia lief hinter ihm her zum Kassenbereich und stolperte über ihre eigenen Füße.

Mit Schwung zog Finley sie in seine Arme, um sie vor einem Sturz zu bewahren.

»E-entschuldige! Manchmal bin ich einfach zu schusselig.« Ihre schwarzbraunen Augen schickten einen wohltuenden Schwall Wärme in Finleys Körper. Abgesehen davon fühlte es sich trotz der dicken Kleidung ausgesprochen prickelnd an, ihr so nah zu sein.

»Zum Glück bist du in meinen Armen gelandet.« Ein Grinsen konnte er sich nicht verkneifen.

Sie errötete. »Ja!«, hauchte sie, sah ihn aus großen Augen an, befeuchtete mit flinker Zunge ihre Lippen und löste sich von ihm. »Ich muss noch bezahlen.« Sie wandte sich dem Weihnachtsmann zu, der die Situation mit Wohlwollen beobachtet hatte.

»Sehr gerne, Emilia«, sagte dieser. Die beiden wickelten das Geschäft ab.

Wie angewurzelt stand Finley daneben und wartete darauf, bedient zu werden. Oder sollte er Emilia in ein Restaurant einladen? Er kratzte sich am Hals.

»Und jetzt geht ihr ins Seasight und gönnt euch einen heißen und würzigen Tee! Um die Jahreszeit mitunter das Beste, was man machen kann. Nicht wahr?«

Finley hob überrascht eine Augenbraue. Auch Emilia stand der Mund offen. Doch noch bevor einer von ihnen etwas dagegen sagen konnte, erklärte der Weihnachtsmann ihnen den Weg in das Restaurant, von dem aus man einen traumhaften Blick über die Bucht genoss.

»Viel Spaß euch beiden und eine fröhliche Weihnachtszeit!«

»Aber ich brauche noch Geschenke!«, fiel Finley ein.

»Die holst du dir an einem anderen Tag, mein Junge! Bis zu den Feiertagen dauert es noch eine Weile, nicht wahr?«

9

Emilia

Mit klopfendem Herzen trat Emilia ins Freie und gratulierte sich selbst, vor lauter Aufregung nicht sofort gegen einen Laternenmast geknallt zu sein. Zuerst der nächste Hinweis auf den Verbleib ihrer Mutter und dann Finley!

Das und wie es sie aufgewühlt hatte, als sie in seinen Armen gelegen hatte, war zu viel für ihr Nervenkostüm. Ihr Verstand setzte aus.

Der Klang der Türglocke hallte in ihrem Kopf nach und verwirrte sie zusätzlich. »It's the Most Wonderful Time of the Year« von Andy Williams entwickelte das Potenzial zu ihrem persönlichen Ohrwurm. Wie passend. Denn so fühlte es sich gerade an. Sie schmunzelte.

»Falls du doch nicht möchtest, ist es kein Problem für mich. Wir müssen nicht in dieses Restaurant«, rief Finley hinter ihr und riss sie mit seinen Worten aus ihren Überlegungen. Er würde doch jetzt nicht einfach abhauen? Nun, wo in ihr alles vibrierte, wenn sie nur seine Stimme hörte.

Abrupt blieb sie stehen und wandte sich ihm zu. »Wie? Nein … ich. Entschuldige, ich war mit den Gedanken bei der Melodie der Türglocke. Ich trinke gern Tee mit dir.« Sie konnte gar nicht anders, als zu lächeln. Seine blauen Augen strahlten ihr entgegen wie der Himmel über ihnen, und sein Blick schien sie zu durchdringen.

»Dann solltest du hier entlang. Du läufst in die falsche Richtung.« Ein schelmisches Grinsen zeichnete sich in seinem Gesicht ab.

»Oh! Ich Schussel! Da habe ich wohl etwas missverstanden. Nun gut, es handelt sich um meinen allerersten Ausflug in Newquay. Ich hoffe, ich finde mein Fahrrad wieder.« Mann, war das peinlich! Emilia lief die paar Meter zurück. Wie konnte sie auch so dumm sein, wo der Weihnachtsmann ihnen exakt und ausführlich erklärt hatte, welche Richtung sie einschlagen sollten. Finley machte sie eindeutig nervös.

»Du bist mit dem Fahrrad hier? Sollen wir es mitnehmen?« Finley zog die Augenbrauen hoch.

»Nein, nicht nötig. Es ist irgendwo dort … Ich fürchte, ich habe für den Moment die Orientierung verloren.« Suchend sah Emilia sich um. Leider kam ihr nichts bekannt vor.

»Ich wette, wenn wir am Meer sind, findest du dich wieder zurecht. Der Strand liegt übrigens hinter dieser Häuserzeile.« Er zeigte nach schräg links. »Dort befindet sich der Hafen.« Sein Arm wanderte ein Stück weiter nach links.

»Okay? Dann müsste das Fahrrad in der entgegengesetzten Richtung liegen, wenn ich mich nicht irre.

Ich habe zur Sicherheit ein Foto vom Straßenschild geschossen.«

»Kluges Mädchen.«

»Immer.« Sie lachte, weil sie sich gerade ziemlich dämlich vorkam. »Ach, da fällt mir ein, ich sollte Harriet Bescheid geben, dass ich nicht rechtzeitig zum Lunch zurück bin. Und herrje! Den nächsten Christmas Cake muss sie wohl selbst in den Ofen schieben. Dabei hatte ich vor, ihr zu helfen. Die Arme möchte heute drei Kuchen backen, weil sie denkt, dass zu Weihnachten das Haus voller Gäste ist.« Emilia schlug sich mit der flachen Hand gegen die Stirn.

»Voller Gäste? Wie groß ist denn die Familie?«

»Ihre Tochter Mary, mein Dad, meine beiden Geschwister und Harriet mit Fred.« Sie hatte ihm auf der Bahnfahrt von ihren Familienmitgliedern erzählt, sodass er bestimmt kein Problem hatte, ihr zu folgen.

Finley lachte auf. »Das hört sich nicht nach kräftigen Kuchenessern an. Ich denke, das Baby wird gar nicht davon naschen?«

»Tessy wird noch gestillt. Keine Chance auf Christmas Cake. Gib mir einen Moment bitte.«

»Gern.« Finley drehte sich bewusst weg, ging zwei Läden weiter und betrachtete das Schaufenster eines Surfshops, während Emilia Harriet benachrichtigte. Wie aufmerksam von ihm.

Für Harriet stellte ihr Fernbleiben kein Problem dar. Sie wünschte Emilia gute Unterhaltung und viel Spaß in der Stadt.

Nachdem sie das Telefonat beendet hatte, klopfte Emilia Finley gegen die Schulter.

Er schien dermaßen vertieft in die Begutachtung der ausgestellten Ware, dass er erschrocken hochfuhr. »Oh, du bist schon fertig. Alles in Ordnung?«

»Das ist es. Wir können gerne weiter, ich freue mich bereits auf wärmenden Tee.«

»Na, dann komm! Hier entlang.«

»Als ob ich das nicht wüsste.« Beide fielen in Gelächter.

Gemeinsam schlenderten sie durch die Gasse und bogen anschließend zum Strand ein. Nach wenigen Schritten war das Meer zu sehen.

»Oh!« Emilia stieß den Atem aus. »Jetzt weiß ich wieder, wo ich mich befinde. Gott, mein Orientierungssinn lässt manchmal zu wünschen übrig.«

»Welch Glück, dass du mich hast. Ansonsten hättest du vermutlich in einer der Schmugglerhöhlen übernachten müssen.«

»Schmuggler? Höhlen?« Das klang spannend.

»In Cornwall gibt es jede Menge davon. Besonders im Süden. In früheren Zeiten haben sich manche mit dem Schmuggeln von Brandy, Tabak, Seide oder Tee ein Zubrot verdient. Es gab einige berühmte Schmuggler und unzählige Höhlen, wo die Schmuggelware versteckt wurde. Ich kann dir welche zeigen, wenn du möchtest.«

»Das klingt nach einem aufregenden Sightseeing.« Und nach einem unkonventionellen Date. Oder machte er so wie bei der Bahnfahrt mit der Einladung ins Pub wieder einmal einen Rückzieher? Nun gut, den Besuch im Seasight hatte er ja angenommen. Hoffentlich nicht nur dem Weihnachtsmann zuliebe, sondern auch wegen ihr.

»Mann tut, was er kann, um deinen Aufenthalt so erlebnisreich wie möglich zu gestalten.« Finley warf ihr einen Blick zu und zog grinsend einen Mundwinkel hoch.

»Heißt das, du stehst ab sofort als mein persönlicher Fremdenführer zur Verfügung?« Sie hinterlegte die Frage mit einem verschmitzten Lächeln. Hoffentlich beantwortete er sie mit einem Ja. Sie wollte ihn unbedingt weiterhin treffen. Trotz ihrer eisernen Regel, dass sie sich nur auf die Suche nach ihrer Mutter konzentrierte. Die geriet soeben heftig ins Wanken. Finley und sie würden nach ihrem Aufenthalt ihrer Wege gehen, doch sie schätzte seine Begleitung. Sogar mehr, als sie vorhin noch zugegeben hätte.

Zuerst sah er in die entgegengesetzte Richtung, dann blieb er stehen und blickte sie an. »Wenn du das möchtest, Emilia?« Seine Stimme klang dunkel, rau und wesentlich verheißungsvoller als erlaubt.

Ihr Herz setzte einen Schlag aus und pumpte daraufhin zu viel Blut durch ihre Adern. Ihre Wangen wurden heiß und sie erwiderte seinen durchdringenden Blick.

»Das wäre ... schön.« Nervös zog sie die Unterlippe ein. Von Beginn an hatte sie ihn sehr sympathisch gefunden und es genossen, sich mit ihm über alles Mögliche zu unterhalten. Doch nun standen sie sich so nahe, dass sie nur die Hand heben müsste, um sie ihm an die Brust zu legen. Und das würde sie unheimlich gerne tun, durchfuhr sie der Gedanke.

Mit einem Räuspern durchbrach Finley den intimen Moment. Er wandte den Kopf ab. »Dort drüben befindet sich besagtes Restaurant mit dem Meerblick.

Ich schlage vor, wir suchen uns einen Platz am Fenster. Auf der Terrasse im Freien ist es selbst mit heißem Tee zu kalt.«

Sie riss sich von seinem Anblick los und drehte den Kopf. »Ja, im Innenraum ist es bestimmt gemütlicher. Obwohl die Sonne scheint.«

»Eine Seltenheit für Cornwall um diese Jahreszeit.« Finley setzte den Weg fort und sie folgte ihm.

»Ach, muss ich mich auf Schlechtwetter gefasst machen?« Nach dem heißen und wunderschönen Sommer auf Sizilien hatte sie Lust auf ein wenig Abwechslung im Wettergeschehen.

Er lachte. »Auf jeden Fall. Du darfst dich nicht täuschen lassen. In Cornwall wechselt das Wetter an einem Tag so schnell, dass du vier Jahreszeiten erleben kannst.«

»Nicht wahr!« Das konnte sie sich gar nicht vorstellen.

»Oh, doch!«

»Aber ich habe hier viele Palmengewächse in Vorgärten entdeckt. Schneit es denn auch?«

»Sehr selten. Aber wenn, dann ist es magisch.«

»Scheint so, als ob du ein romantischer Typ wärst.« Die Vorstellung gefiel ihr.

»Um ehrlich zu sein, darüber habe ich nie nachgedacht. Aber Schnee habe ich als Kind sehr gemocht. Vielleicht lag es auch daran, dass ich ihn selten gesehen habe.«

»Trotzdem lebst du in warmen Gegenden.«

Er lachte auf. »Ist praktischer fürs Wellenreiten. Wobei ich es als spannende Herausforderung empfinde, in eisigen Gewässern zu surfen.«

»Brrr! Das brauche ich nicht.«

»Ich gebe zu, ich auch nicht täglich.« Finley öffnete die Tür zum Restaurant, das sie mittlerweile erreicht hatten, und ließ Emilia den Vortritt. Ein Gentleman eben.

Obwohl das Lokal gut gefüllt war, erhielten sie einen Platz an der Fensterfront, die einen traumhaften Blick über die Bucht eröffnete.

»Wie wunderschön!«, rief Emilia beeindruckt aus. Die Jacke hängte sie über den leeren Stuhl neben sich, die Tasche stellte sie auf die Sitzfläche. Wie ihr Haar wohl aussah, wenn sie die Mütze vom Kopf zog? Egal. Ihre wilde Lockenmähne war sowieso kaum zu bändigen. Sie riss die Wollmütze runter. Mit fahrigen Fingern steckte sie diese ins Seitenfach ihrer Jacke. Dabei stieß sie die Tasche vom Stuhl. Schnell hob Emilia sie wieder auf. Ihre Wangen mussten förmlich glühen. Finley machte sie eindeutig viel zu nervös. Hektisch zupfte sie mit den Fingern das Haar zurecht. Bestimmt sah sie schrecklich aus.

Finley beobachtete jede ihrer Handlungen, äußerte sich jedoch nicht zu ihrem Missgeschick mit der Tasche. Einzig das Zucken seines rechten Mundwinkels verriet, dass er sich amüsierte. Das verstärkte das wummernde Gefühl in ihrem Brustkorb. Ihre Hände zitterten.

Seinem Blick entkam sie gedanklich nur, indem sie ihren aus dem Fenster schweifen ließ. Einen tiefen Atemzug später wandte sie sich ihm wieder zu.

Finleys Mütze saß immer noch auf seinem Kopf. Heute hatte er sein Haar nicht mit einem Haargummi befestigt. Dunkelblonde Locken mit ausgebleichten

Spitzen lugten unter der schwarzen Mütze hervor. Wie er wohl mit offenem Haar aussah? Vermutlich zum Niederknien.

Rasch richtete sie ihren Blick zurück aufs Meer. Der Mann ging ihr unter die Haut. Vielleicht sollte sie sicherheitshalber die Kontakte beschränken? Obwohl es sowieso erst das zweite Treffen war. Und das zufällig, wohlgemerkt. Es machte doch keinen Sinn, mit jemandem etwas anzufangen, wenn sich die Wege nach kurzer Zeit wieder trennten. Für eine Beziehung hatte Emilia keinen Platz in ihrem Leben. Sie würde ihre Mutter suchen und die nächste Saison in Italien arbeiten, wenn sie sie nicht aufspürte.

»Hi. Was darf ich euch bringen?« Eine Kellnerin war an den Tisch getreten.

»Wie wäre es mit Mulled Wine?«, schlug Finley vor und zeigte auf ein Kärtchen, das ihn als Spezialität des Hauses auswies.

»Glühwein? Ich bin mit dem Fahrrad unterwegs. Und dazu der Linksverkehr.« Emilia stöhnte.

»Wir können gerne auch Tee trinken, wie der Weihnachtsmann vorgeschlagen hat.« Sein Lächeln betörte sie. Emilia benötigte keinen Alkohol, um Finley zu verfallen. Verflixt!

»Tee bitte.« Mehr brachte sie nicht heraus. Jemand schien ihr die Sprache geklaut zu haben.

»Schwarztee oder eine unserer speziellen Frucht- und Kräutermischungen?« Die Kellnerin deutete auf einen Folder, der in einer Holzhalterung steckte.

»Oh, danke!« Emilia angelte ihn und warf einen Blick hinein. Sie entschied sich nach einem flüchtigen

Blick, denn die Serviererin hatte bestimmt jede Menge Arbeit und Emilia konnte sich bestens in sie hineinfühlen. »Christmas-Spicy bitte.« Der klang gut.

»Für mich bitte auch. Und Scones mit Clotted Cream und Marmelade für uns beide«, schloss Finley sich an und zeigte auf das entsprechende Bild in der Karte.

Mit einem »Gerne«, verschwand die Kellnerin.

»Scones. Das ist eine gute Idee. Habe ich dir verraten, dass ich Süßigkeiten liebe?«

Finley legte die Speisekarten beiseite und setzte ein Grinsen auf. »Musst du nicht. Das sehe ich dir an deiner Nasenspitze an. Und um ehrlich zu sein, stehe ich selbst auf Süßes.«

Emilia lachte. Ein Romantiker, der auf Mehlspeisen stand. Gut zu wissen. Sollte es nötig sein, würde sie ihn damit verführen können. Halt! Woran dachte sie da schon wieder?

»Es ist wunderschön hier.« Sie betrachtete das Panorama. Obwohl Emilia die letzten fünfzehn Jahre den Sommer über in verschiedenen Orten in Italien am Meer gearbeitet hatte, beeindruckte sie die Aussicht. Die schnuckeligen Häuser saßen wie Schwalbennester auf den Steilküsten und davor breitete sich ein Sandstrand aus, der zum Spazieren einlud. Das Wasser schimmerte am heutigen Tag türkisfarben und punktete mit seiner endlosen Weite.

»Als Kind war mir nicht bewusst, wie traumhaft die Küsten Cornwalls sind.« Lag Traurigkeit in Finleys Stimme?

»Wie war deine Kindheit in Cornwall?«

Finleys Augen wurden zu Schlitzen. Hart presste er die Lippen aufeinander und seine Nasenlöcher blähten sich. Er würde doch jetzt nicht wütend werden? Offensichtlich hatte sie an etwas gerührt, das ihn emotional tief berührte. Hätte sie ihm diese Frage lieber nicht stellen sollen?

10

Finley

Die Erinnerungen stürzten auf Finley ein, dass er am liebsten weit weggelaufen wäre. Das tat er natürlich nicht, denn Emilia konnte ja nicht ahnen, wie seine Kindheit verlaufen war. In ihren Ohren musste die Frage harmlos klingen. Und nicht so, als würde ihm eine glühende Klinge tief ins Fleisch schneiden.

Zum Glück kam in dem Moment die Serviererin und stellte die Tees sowie die Scones auf dem Tisch ab.

»Vielen Dank«, quetschte er zwischen den Zähnen hervor und versuchte sich an einem unverfänglichen Lächeln.

Emilias fragender Blick entging ihm nicht. Sie bedankte sich freundlich bei der Kellnerin. Anschließend warf sie ihm ein Lächeln zu, das so viel bedeuten sollte wie: Wenn du nicht antworten möchtest, musst du das nicht.

»Die Scones sehen sehr lecker aus. Und wie der Tee duftet! Da bekommt man gleich Lust auf Weihnachten.« Sie wechselte das Thema.

Finley atmete aus. Langsam fiel die Spannung von ihm ab.

»Ich vermute mal, in Österreich esst ihr keine Scones.« Er steuerte das Gespräch in harmlose Gefilde. Gesprächen über seine Kindheit ging er grundsätzlich aus dem Weg.

Emilia schüttelte den Kopf, sodass ihre wilde Lockenmähne nur so wackelte. Das sah frech und sexy zugleich aus und ging ihm tief unter die Haut. »Nein. Wir Österreicher sind bekannt für unsere Mehlspeisen, aber Scones stehen nicht auf der Liste. Obwohl ich bereits öfter mal welche zubereitet habe.«

»Ach, du backst?«

»Unter anderem.« Sie schüttete ein Päckchen Zucker in ihren Tee, der in der Tasse dampfte.

»Wie meinst du das?« Er spießte eine Brombeere auf, die als Garnitur auf den Teller gelegt worden war.

»Wenn ich dir das jetzt verrate, dann weißt du, welchen Beruf ich ausübe. Und das sollte ich vermeiden, denn zwischen uns läuft ja eine Wette, falls du das nicht vergessen hast.«

Er hielt sich die Hand vor den Mund, um die Brombeere nicht auszuspucken, weil er lachen musste. Daran hatte er jetzt gar nicht mehr gedacht.

»Stimmt! Noch habe ich nicht erraten, was dein Job ist. Aber ich gebe mir Mühe, dir Hinweise zu entlocken.«

»Nun ist es ja gar nicht mehr so schwierig, nehme ich an.« Sie leckte an der Clotted Cream. »Hm! Wusstest du, dass es in Österreich diese Art von Rahm nicht gibt?«

»Echt nicht? Kann ich mir gar nicht vorstellen. Was verwendet ihr stattdessen?«

»Es gibt mehrere Möglichkeiten, aber ich verwende am liebsten Schlagobers.« Sie benutzte absichtlich das österreichische Wort.

»Schlagobers«, versuchte er zu wiederholen und lachte selbst über die Aussprache. »Was ist das genau?«

»Das ist der süße Rahm der Milch. Whipped Cream sagt ihr Engländer dazu. Er wird aufgeschlagen und etwas gezuckert. Und er ist fluffig leicht und sehr lecker. Man verwendet ihn für verschiedenste Speisen in der Küche. Auch zum Binden von Soßen und Suppen. Da natürlich ohne Zucker.« Sie grinste. Er aber auch. Denn er hatte mittlerweile eine Idee, als was sie arbeitete.

»Klingt sehr vielseitig. Ich denke, Schlagobers habe ich schon mal gegessen.«

»Ich liebe es, wie du das Wort aussprichst.«

»So? Vielleicht kannst du mir noch andere Wörter beibringen?«

Sie zog den Teebeutel aus der Tasse und senkte den Blick. Was wohl in ihrem Kopf vorging? Ob sie ebenfalls Gefühle für ihn entwickelte so wie er für sie?

»Oachkatzlschwoaf.« Abrupt hob sie den Kopf. Direkt und herausfordernd sah sie ihm ins Gesicht.

»Was zur Hölle! Wie bitte?«

»Oachkatzlschwoaf.« Sie wiederholte das unaussprechliche Wort und grinste breit. Offensichtlich amüsierte sie sich über ihn.

»Was bedeutet dieses Wort?«

»Das ist die Probe, ob du gutes Österreichisch sprichst. Es ist ein Dialektwort. Wir Österreicher und auch die Bayern sagen zu den niedlichen Tieren Eichkätzchen. Sie sind auch als Eichhörnchen bekannt. Und der Schwanz wird als Schweif bezeichnet.«

»Das sind viel zu viele österreichische Wörter. Wie heißt das Tier in meiner Sprache?«

»Squirrel und das Teil dran ist der Tail«, erwiderte sie auf Englisch. Wie ihm gestern bereits aufgefallen war, sprach Emilia flüssiges Englisch. Offenbar war sie daran gewohnt, sich in seiner Sprache zu verständigen.

»Ah! Jetzt verstehe ich!« Er lachte. »Wie sagst du dazu in deinem Dialekt?«

»Oachkatzlschwoaf«, wiederholte sie langsam und deutlich.

»Oakgatslschwo-af. Richtig so?«

»Du musst das Ch im Gaumen schleifen lassen. Oach-katzl-schwoaf.«

»Kk, kch, kch, ch! Ja, jetzt habe ich es! Ch! Oachgatslschwoaf.«

»Beinahe! Das müssen wir noch üben.«

Er liebte ihr erfrischendes Lachen.

»Die Zeit nehmen wir uns garantiert.« Hatte er ihr eben etwas versprochen, was er nicht halten konnte? Nach der Testamentseröffnung reiste er so schnell wie möglich zurück nach Hawaii.

Als Antwort nahm sie einen Schluck vom Tee. Bestimmt ahnte sie, dass sich ihre Wege wieder trennen würden.

»Hm. Der Tee schmeckt herrlich! Genau das Richtige zur Weihnachtszeit. So würzig und fruchtig. Ich tippe auf Orangen, Äpfel, Zimt, Piment, Kardamom und Nelken.«

»Du scheinst dich mit Gewürzen perfekt auszukennen.« Er kostete ebenfalls vom Tee und konnte nachvollziehen, warum sie derart begeistert war.

Sie nickte. »Gewürze sind eine meiner Leidenschaften.«

»Ich fasse zusammen: Du backst, du kennst dich mit Lebensmitteln und Aromen aus. Bestimmt bin ich dir längst auf der Spur, was deinen Beruf betrifft.«

»Lass uns die Scones verspeisen und sehen, ob ihr Anblick hält, was er verspricht.«

»Du weißt, welche Marmelade auf den Scones serviert wird?«

»Erdbeermarmelade natürlich. Ups!« Sie hielt sich die Hand auf den Mund.

»Ich füge hinzu: Du kennst dich mit landestypischen Speisen aus.« Handelte es sich bei ihrem »Ups« um ein Eingeständnis? Er behielt seinen Trumpf bei sich.

Während sie die Scones verspeisten, blieben sie still. Finley genoss es, Emilia dabei zu beobachten, wie sie sich dem süßen Gebäck hingab. Nahezu andächtig stach sie Stücke davon ab, schob sie in den Mund und kaute mit geschlossen Augen. Ihre Zunge flitzte hin und wieder über die Lippen, um die Krümel zu entfernen, bevor sie sich dem nächsten Bissen hingab. Der Genuss war ihr ins Gesicht geschrieben. Beinahe vergaß Finley, selbst zu essen. Rasch holte er das nach.

»Herrlich!« Sie leckte die letzten Reste von der Gabel und legte sie weg. Mit der Serviette wischte sie sich den Mund ab, bevor sie einen Schluck trank. »Scones, der Tee, der Blick auf das Meer und ...«, sie räusperte sich. Ihre Wangen färbten sich rosa.

»Und?« Finley war neugierig, was sie noch hatte sagen wollen.

»Und die nette Begleitung«, stieß sie schnell aus. »Das ... also ... das ist ein unterhaltsamer Mittag mit gutem Essen«, stotterte sie herum.

»Ich genieße es auch, mit dir hier zu sitzen, zu plaudern und einiges über dich zu erfahren. Abgesehen von den leckeren Scones natürlich und der traumhaften Aussicht.« Er schob den Teller beiseite.

»Du erzählst ja nicht gerade viel aus deinem Leben.« Klang das nach Vorwurf?

»Es gibt nicht wahnsinnig viel zu berichten. Ich verbringe die meiste Zeit auf den Wellen. Außerdem habe ich dir gestern bereits einiges preisgegeben.« Hoffentlich nahm sie die Ausrede an.

»Schon in Ordnung. Mach dir keinen Kopf. Wir genießen die Zeit hier und gehen dann wieder unserer Wege.« Ein winziger Hauch Traurigkeit legte sich wie ein Schleier über ihr Gesicht, als ob sie etwas sagte, was sie nicht so meinte.

»Du bist Köchin.« Er stieß den Satz so abrupt hervor, dass er selbst darüber staunte. Denn falls er sich irrte, hatte er das Date im Pub verspielt.

Sie riss Augen und Mund auf. »Wie kommst du darauf?«

»Intuition.« Sicher war er jedoch nicht.

»Scheint so, als ob du mich zu einem Abendessen ins Pub einladen müsstest. Also nur, wenn der Deal noch steht.«

»Yes! Ich hatte recht! Du bist tatsächlich Köchin. Ich löse selbstverständlich meine Wettschulden ein.

Wie wäre es mit Mittwoch am Abend? Leider habe ich früher keine Termine frei.« Er grinste. Hoffentlich stieg sie auf seine Einladung ein und reiste nicht schon vorher ab. Die nächsten Tage wollte er sich unbedingt freihalten. Er wusste nicht, was beim Notar auf ihn zukommen würde und benötigte Zeit für sich.

»Klingt perfekt.« Ihre Augen strahlten. Sie zog ihr Handy aus der Tasche. »Oh, schon so spät! Ich sollte dann doch zu Harriet, um ihr beim Backen zu helfen.«

»Jetzt weiß ich auch, dass du ihr professionelle Unterstützung bieten kannst. Ich möchte dich nicht aufhalten.«

»Harriet meinte, sie würde bestens ohne mich zurechtkommen. Aber wenn sie und ihr Mann schon so lieb sind, mich gratis bei ihnen wohnen zu lassen, möchte ich mich natürlich erkenntlich zeigen.«

»Das ist sehr nett von dir.« Finley winkte der Bedienung, um zu zahlen.

»Die Rechnung übernehme ich«, grätschte Emilia dazwischen. »Am Mittwoch bezahlst du!«

Dem konnte er nicht widersprechen.

Draußen vor der Tür stellte er fest, dass der Wind sich verstärkt hatte. Wolken zogen auf. Emilia stand etwas orientierungslos neben ihm. Da fiel ihm ein, dass sie vermutlich keine Ahnung hatte, wo ihr Rad abgeblieben war.

»Wenn du mir verrätst, wie die Straße heißt, in der dein Fahrrad steht, bringe ich dich gerne hin.«

»Das würdest du für mich tun?«

Das und noch viel mehr, wollte er sagen, verkniff es sich aber.

»Ehrensache für einen kornischen Lord.« Verdammt! Jetzt hatte er sich verplappert. Er war zwar einer, aber das hängte er nie an die große Glocke. Finley war darauf nicht stolz. Im Gegenteil. Er empfand Tradition und alles drumherum als Belastung. Im Gegensatz zu seinem Vater, dem das immens wichtig gewesen war.

»Lord?« Sie ging sofort darauf ein.

»Vergiss es! War nur so als Spaß gemeint. Also, wie heißt die Straße?«

Verwirrt schüttelte sie den Kopf und angelte ihr Handy hervor. Sie hielt ihm das Bild mit dem Straßenschild vor die Nase.

»Hier lang.« Er schlug den Weg entlang der Küste ein und schritt zügig voran.

Kurze Zeit später erreichten sie Emilias Fahrradabstellplatz.

Sie entsperrte die Schlösser. »Und jetzt? Ratlos sah sie sich um.«

»Wie bist du denn hierher gelangt?« Belustigt verfolgte er, wie sie von links nach rechts sah und sich nicht entschließen konnte, welchen Weg sie einschlagen sollte.

»Ich bin einfach immer nach unten gefahren. Harriet wohnt etwas oberhalb in einem überaus hübschen Cottage.«

Finley lachte. »Davon gibt es hier jede Menge. Verrate mir die Adresse und ich erkläre dir, wie du hinkommst.«

Und das tat sie. Ein Punkt, der ihm zeigte, dass sie ihm vertraute.

»Wenn du möchtest, begleite ich dich nach Hause.« Jede Minute, die er mit ihr verbrachte, erfüllte ihn mit Freude und einem Wohlgefühl, das er sonst nur beim Surfen erlebte. Warum sollte er das nicht auskosten und sie ganz nebenbei genauer kennenlernen?

»Ist das auch so eine Ehrensache?«, ging sie auf seine Aussage von vorhin ein.

»Ladys nach Hause zu begleiten, ist immer eine Ehrensache«, wich er ihr schmunzelnd aus, um nicht wieder ihren Orientierungssinn anzusprechen. »Lass mich das Rad schieben, dann kannst du dich in Ruhe umsehen.«

»Welch Gentleman in dir steckt.« Sie lachte.

Und er fühlte sich geschmeichelt. Vielleicht hatte er in seiner Kindheit doch auch etwas Brauchbares gelernt.

Nachdem sie bei den Pepperloves angelangt waren, sich verabschiedet und versprochen hatten, Mittwochabend gemeinsam ins Pub zu gehen, wanderte Finley mit einem guten Gefühl die Straße entlang zur Busstation. Er hatte vor, seinen liebsten Surfstrand an der Nordseite Newquays aufzusuchen und über alles, was er heute erlebt hatte, nachzudenken, bevor er am Montag zum Notar musste. Über Zeit verfügte er ausreichend.

11

Emilia

Bei den Pepperloves angekommen stellte Emilia mit einem Glücksgefühl in jeder Zelle ihres Körpers das Fahrrad im Schuppen ab. Finley hatte sich als ausgesprochen aufmerksame Begleitung herausgestellt und ihr einiges über das Leben in Newquay erzählt. Sie hatten die Vorgärten bestaunt und die Weihnachtsdekorationen an den Häusern betrachtet. Dabei hatten sie sich unterhalten, als ob sie sich bereits ewig kennen würden. Sie konnte es kaum erwarten, Finley am Mittwoch wiederzusehen. Mit einem Lächeln im Gesicht betrat sie das weiß getünchte Cottage und ließ ihre Jacke in der Garderobe. Danach wusch sie im Bad die Hände und gesellte sich zu Harriet in die Küche. Es roch traumhaft weihnachtlich.

»Emilia! Da bist du ja. Wie war es in der Stadt? Hast du dir viel angesehen? Ist unser Städtchen nicht hübsch? Jetzt sind kaum Touristen da. Du müsstest uns im Sommer besuchen. Da ist die Hölle los! Das ist auch mir zu viel, auch wenn ich den Trubel mag.« Harriet saß bei Tisch und sprühte vor guter Laune.

»Newquay ist wirklich ein idyllisches Städtchen. Wie du mir geraten hast, bin ich zuerst zum Strand gefahren. Die Küste ist ein Traum.« Emilia lugte durch das Glas in den Backofen, in dem Kuchen Nummer zwei vor sich hin buk.

»Du solltest in den nächsten Tagen eine kleine Wanderung unternehmen. Außerhalb der Stadt findest du echte Natur. Zauberhaft, sage ich dir.« Harriet stand von ihrem Sitzplatz auf, holte eine Zeitschrift hervor und schlug die entsprechende Seite auf.

Auf den Fotos entdeckte Emilia eine beeindruckende Naturgegend mit steil abfallenden Küsten, vorgelagerten Klippen, einsamen Sandbuchten, die nur mit dem Boot erreichbar waren, und der endlosen Weite des Meeres. Der Weg führte durch saftig grüne Wiesen und mit Erika bewachsenen Flächen und bot auf seinen höchsten Erhebungen Ausblicke, die Emilia sich auf keinen Fall entgehen lassen wollte.

»Ein Traum! Wie kommt man da am besten hin? Kann ich mit dem Rad fahren?«

»Natürlich. Du könntest aber auch den Bus nehmen oder unseren Mini. Du besitzt doch einen Führerschein?«

»Den habe ich. Aber der Linksverkehr ist für mich sehr gewöhnungsbedürftig. Vielleicht fahre ich lieber doch mit dem Bus oder dem Fahrrad. Das ist auch umweltfreundlicher.«

»Wie du bevorzugst.« Harriet lächelte.

»Was ist beim Backen noch zu erledigen?«

»Kuchen Nummer drei muss noch ins Backrohr, anschließend kümmere ich mich um das Dinner.«

»Dinner?« Fred hatte die Küche betreten und wohl das letzte Wort verstanden.

»Dinner gibt es später, mein Schatz.« Harriet lachte. »Wie schön, dass du wieder zu Hause bist. Seid ihr gut vorangekommen? Fred hilft unserem Nachbarn Henry bei der Renovierung des Badezimmers. Er nutzt den Winter, um sein Cottage auf Vordermann zu bringen, bis im Frühling die Touristen wiederkommen und er den oberen Stock vermieten kann«, erklärte sie Emilia, ohne Freds Antwort abzuwarten.

»Hier leben wohl viele vom Fremdenverkehr?«

»Ja, sehr viele. Die Sommergäste kommen in Scharen und es werden immer mehr.« Fred nahm am Esstisch Platz.

»Ich habe gar nicht gewusst, dass dieses Fleckchen Erde so bekannt und beliebt ist. Liegt wohl daran, dass ich nur in Italien unterwegs bin.«

Harriet lachte. »Da hast du etwas versäumt. Es ist herrlich hier im Sommer. Warm, aber nicht unerträglich heiß. Die Strände sind zum Spazieren und Sonnenbaden geeignet. Hartgesottene schwimmen auch im Meer.«

»Das ist aber sehr frisch!«, mischte Fred sich ein und zupfte an seinem grau melierten Oberlippenbart, dessen Spitzen seitlich leicht nach oben gedreht waren. Aus seinen blauen Augen sprach der Schalk.

»Sagst du jetzt, wo deine Knochen bereits aneinander schaben!« Harriet kicherte und wandte sich Emilia zu. »Früher, als er noch jung war, hat er mich damit beeindruckt, wie schnell er schwimmt. Ich saß am Strand und er bewegte sich wie ein Delfin durchs Wasser. Das werde ich mein Lebtag nicht vergessen.« Sie warf ihrem Mann einen liebevollen Blick zu.

»Du hast ja keine Ahnung, wie kalt mir war. Aber für dich, Honey, war mir sogar die kornische See nicht zu eisig.« Seine Augen sprühten Funken.

Es war schön, die beiden Eheleute zu betrachten und die Liebe zu spüren, die sie nach wie vor verband. Ob Emilia das ebenfalls irgendwann erleben würde? Sie war sich nicht sicher. Denn noch hatte niemand ihr Herz so innig berührt, wie das zwischen den Pepperloves zu sein schien. Vor ihrem geistigen Auge tauchte ein Gesicht auf. Finley. Nein! So sehr es sie zu ihm hinzog, Finleys und ihre Wege würden sich wieder trennen. Es handelte sich um eine Bekanntschaft auf Zeit. Mehr hatte das Schicksal nicht geplant. Auch wenn sie sich wünschte, dass es anders wäre. Denn tief in ihrem Innersten drängte sich der Gedanke auf, dass Finley der Richtige sein könnte. Er machte sie glücklich.

Da fiel ihr ein, was sie im Weihnachtsladen entdeckt hatte. Emilia holte ihre Tasche aus dem Vorraum und gesellte sich abermals zu Fred und Harriet, die sich über die Baustelle beim Nachbarn unterhielten.

Vorsichtig kramte sie das in Papier eingewickelte kleine Bildchen hervor. Ein hellblauer Holzrahmen umrahmte das quadratische Kunstwerk. Darauf flog eine einsame Möwe über das Meer. Die Signatur stammte eindeutig von ihrer Mutter.

»Was hast du denn da Hübsches?« Harriet war neugierig geworden.

»Das Bild habe ich in dem Weihnachtsladen unten in der Hafengegend entdeckt.«

»Oh, das kann nur das Santas Art & Craft sein. Ist das nicht zauberhaft? Ich war schon mindestens dreimal darin und kann mich nicht entscheiden, was ich nehmen soll. So zuckersüße Dinge gibt es dort. Aber zum Glück dauert es ja noch ein Weilchen, bis ich die Geschenke beisammen haben muss.« Verschwörerisch zwinkerte sie. »Darf ich mal sehen?« Sie streckte die Hand nach dem Bild aus.

Harriet betrachtete die Malerei eingehend. »Das ist ja süß! Unsere Touristen lieben solche Kleinigkeiten. Wer hat das denn gemalt?«

»Hoffentlich keine KI«, warf Fred trocken ein.

Die drei lachten.

»Hier ist die Signatur.«

Nun angelte Harriet nach der Lesebrille, die auf dem Tisch lag. Anschließend studierte sie die Handschrift. »Diese Künstlerin kenne ich. Im September gab es mal eine Ausstellung von einheimischen Künstlern. Die Malerin war auch dabei. Sie ist Italienerin, die den Sommer hier verbracht hat. Ich weiß das noch so genau, weil meine Freundin Abigail gleich drei von ihren Bildern auf einen Schlag gekauft hat.« Harriet legte das Bild auf den Esstisch, nahm die Brille ab und lehnte sich im Stuhl zurück.

Emilias Herz schlug bis zum Hals. Es musste sich tatsächlich um ihre Mutter handeln.

»Und die Italienerin war nur im Sommer hier?« Emilias Stimme zitterte, als sie die Frage stellte. Wenn ihre Mutter wieder abgereist war, würde das die Suche um einiges schwieriger gestalten.

»Das kann ich dir nicht beantworten. Vielleicht weiß Abigail mehr. Ich treffe sie am Montagvormittag zum Brunch. Ja, da frage ich sie. Oder ist die Sache sehr wichtig?« Harriet streichelte über Emilias Unterarm.

Beinahe hätte sie losgeheult, weil sie die Geste so tief berührte. Nur mit Mühe blinzelte sie die aufkommenden Tränen weg. »Nein, kein Problem. Ich denke, wir sollten uns lieber um den Christmas Cake und das Abendessen kümmern. Wenn du möchtest, helfe ich dir gerne.« Damit lenkte Emilia sich selbst am meisten ab. Über den Verbleib ihrer Mutter hatte sie bereits zu oft gegrübelt. Jetzt, wo ihre Spuren so nah waren, erfasste sie eine emotionale Unruhe, die sie stoppen musste, bevor sie überhandnahm.

»Ach, ja! Der Kuchen!« Harriet sah auf die Uhr. »Nur noch eine Viertelstunde. Wir sollten den dritten Teig vorbereiten.«

Und das taten sie.

Später am Abend lag Emilia im Bett und dachte doch über ihre Mutter nach. Wenn sie herausfand, wer die Ausstellung organisiert hatte, musste sich in Erfahrung bringen lassen, welche Künstler daran teilgenommen hatten. Warum nicht einfach Tante Google fragen?

Sie nahm ihr Handy vom Nachttisch und suchte nach Veranstaltungen in Newquay im vergangenen September. Leider entdeckte sie nichts, was mit Malerei zu tun hatte.

Und jetzt musste sie noch bis Montag warten, bis Harriet ihr etwas erzählen konnte. Wie sollte sie das nur überstehen?

Seufzend nahm sie das Bild hervor und betrachtete es genau. Sanft fuhr sie mit der Fingerkuppe über den Rahmen. Ein Gefühl von Nähe übermannte sie, weil auch ihre Mutter das Bild berührt hatte. Emilia angelte das Kuvert mit dem Brief aus der Schublade und öffnete es.

So wie sie das Tausende Male zuvor getan hatte, klappte sie das mittlerweile abgegriffene Papier auseinander und las die Zeilen, die ihre Mutter ihr hinterlassen hatte.

Meine liebste Emilia!

Ich habe dich wahnsinnig lieb. Du bist mein Sonnenschein und mein Sternenhimmel. Meine Luft, die ich zum Atmen brauche, und mein Wasser, das ich trinke. Du bist meine Erde, die mich nährt, mein Feuer, das mich wärmt und mein Licht in dunklen Zeiten. Du bist alles für mich.

Mein Herz weint, weil ich keine andere Möglichkeit sehe, als dich der Liebe deines Vaters zu überlassen. Paul und ich haben uns in einer wunderschönen Sommernacht am Strand im Rauschen der Brandung geliebt, ohne zu wissen, dass du daraus entstehen würdest. Als ich merkte, dass du in mir wächst, habe ich es nicht erwarten können, dich endlich in den Armen zu halten. Neun Monate lang trug ich dich unter meinem Herzen. Zwei Wochen durfte ich dich bei mir haben. Ich habe dich Tag und Nacht in meinen Armen gewiegt, deinen Duft eingesogen, deine zarte Haut gestreichelt, dich geküsst, dir Lieder vorgesungen und meine Tränen darüber vergossen, dass es die einzigen vierzehn Tage meines Lebens sind, die ich mit dir verbringen kann.

Denn ich bin gezwungen, dich zu deinem Vater zu geben. Allein aus dem Grund, dass ich dir nicht das bieten kann, was ich mir für dich wünsche: ein freies und glückliches Leben, ohne Sorgen und Probleme und vor allem ohne Angst um die Zukunft. Ich verfüge nicht über die finanziellen Mittel, dir das zu ermöglichen.

Deshalb, liebe Emilia, verzeihe mir, dass ich dich deinem Vater überlassen muss. Auch wenn ich mir diesen Schritt selbst niemals verzeihen werde.

Genieße dein Leben, werde glücklich und zufrieden, tanze im Regen und lache in der Sonne! Lass dich von niemandem zu etwas zwingen, was du nicht möchtest! Tu, was immer du für richtig hältst! Und liebe! So wie ich dich liebe.

Ti amo!
Deine Mama

Emilias Gesicht war wie immer tränenüberströmt. Sie legte den Brief auf den Nachttisch, drehte das Licht ab und schloss die Augen. Das Gefühl, dass ihre Mutter sie liebte, breitete sich in ihr aus und umhüllte sie wie eine Woge aus purem Glück.

12

Finley

Das Wochenende hatte Finley am Meer mit Surfen verbracht. Zwar hatte er sich dadurch zu erkennen gegeben, aber es war nichts passiert. Die aufgewirbelten Wogen wegen seiner Anwesenheit hatten sich rasch geglättet. Die eingeschworene Community hatte ihn zuerst überschwänglich bejubelt, ihn dann jedoch wie einen alten Kumpel behandelt. Surfen war ihnen doch wichtiger, als ständig Autogramme zu hamstern und Selfies mit ihm zu schießen.

Nun war er abermals auf dem Weg durch die Stadt. Allerdings zu einem Ziel, das er am liebsten nicht anvisiert hätte. Doch leider blieb ihm an diesem Montagmorgen nichts anderes übrig, als den Notartermin wahrzunehmen. Vor dem typisch englischen Stadthaus, in dem die Büroräume des Notars untergebracht waren, blieb Finley stehen. Er atmete tief durch, um sich für die bevorstehende Testamentseröffnung zu wappnen.

Das Messingschild mit dem Wort »Notar« sprang ihm förmlich entgegen und löste ein unangenehmes Gefühl der Aufregung und vor allem der Erinnerungen in ihm aus. Trotzdem öffnete er das Eingangstor und betrat das Gebäude.

Über eine Treppe gelangte Finley zum eigentlichen Büro. Er klopfte an die Tür und trat ein.

»Guten Morgen, Sir, wie kann ich Ihnen behilflich sein?« Eine Dame mittleren Alters mit hochgesteckten blonden Haaren, einer Brille auf der Nase und einem hellgrauen Kostüm sah ihn freundlich an.

»Guten Morgen, mein Name ist Finley Sherrell. Ich habe einen Termin.«

»Lord Sherrell, wie schön, dass Sie Zeit gefunden haben. Mr Cordmire wird in Kürze für Sie zur Verfügung stehen. Nehmen Sie doch bitte hier drüben Platz. Darf ich Ihnen zuvor etwas zu trinken anbieten? Tee, Kaffee, Wasser?« Die Dame erhob sich von ihrem Schreibtischstuhl und machte sich auf den Weg in ein Nebenzimmer, blieb jedoch an der Schwelle stehen.

Wie viele Jahre hatte ihn niemand mehr mit diesem Titel angesprochen? Er konnte gut und gerne darauf verzichten. Diesmal beließ er es jedoch dabei. Hier war alles amtlich und die Sache hoffentlich zügig erledigt.

»Nein, danke, bemühen Sie sich nicht. Ich warte inzwischen hier.«

Die Vorzimmerdame nickte und widmete sich wieder ihrer Tätigkeit am Computer, sobald sie ihren Klienten versorgt sah. Es dauerte nicht lange, da öffnete sich die Tür zum Hauptraum des Büros und ein Herr im Anzug kam heraus und legte eine Akte auf den Schreibtisch der Dame.

»Mr Cordmire, Lord Sherrell wäre nun hier. Die Akte liegt auf Ihrem Tisch bereit.«

»Danke, Ms Leanchett. Guten Morgen, Lord Sherrell, wenn Sie mir bitte folgen würden?«

»Guten Morgen, Mr Cordmire, sehr gerne.« Finley stand auf und betrat den Büroraum des Notars, der von einem übergroßen Schreibtisch beherrscht wurde.

»Mein aufrichtiges Beileid, Lord Sherrell. Es tut mir sehr leid, was mit Ihrem Bruder passiert ist.« Er streckte Finley die Hand entgegen.

»Danke.« Das Wort blieb ihm beinahe im Hals stecken, denn in diesem Moment ging ihm der Tod seines Bruders doch nah.

»Wie ich Ihnen bereits mitgeteilt habe, wurde Ihr Bruder neben Ihren Eltern zur letzten Ruhe gebettet. Ich hoffe, das konnte ich zu Ihrer Zufriedenheit veranlassen?«

»Danke ja. Es war mir leider nicht möglich, rechtzeitig zur Beerdigung anzureisen, wie ich Ihnen mitgeteilt habe.« Für Finley wäre es kein Problem gewesen, sich freizunehmen. Doch wesentlich lieber war er dem Prozedere ausgewichen. Mr Cordmire antwortete mit einem angedeuteten Nicken.

»Setzen Sie sich bitte.« Der Notar wies ihm den Stuhl vor dem Schreibtisch zu, er selbst nahm dahinter Platz, griff nach der Akte, legte sie vor sich hin und öffnete sie.

»Nun, wie Sie vermutlich ahnen, sind Sie der Alleinerbe des Anwesens. Weitere Erbberechtigte sind nicht vorhanden«, kam Mr Cordmire gleich zur Sache. »Ihr werter Herr Bruder hat kein Testament hinterlassen, das dies bezweifeln würde.« Der Notar räusperte sich in die Faust.

Finley nickte. Er hatte damit gerechnet, weil er bei der Zimmerreservierung für den Aufenthalt von Patrick erfahren hatte, dass Kendrick niemals geheiratet hatte.

»Nun, wie es das Gesetz vorgesehen hat, lese ich Ihnen vor, was Sie erben werden. Wenn Sie Fragen haben, können wir alles zu Ihrem Erbe anschließend besprechen.« Er begann mit seinem Vortrag. Die Namen, die Adressen, das Anwesen, die Gebäude, die Stallungen, die Pferde, die Ländereien ... Finley schwirrte der Kopf.

»... und deshalb stehen Sie mit dem heutigen Tag an 3596. Stelle der Thronfolge nach King Charles.«

Finley verdrehte die Augen. An welcher Stelle er stand, war ihm herzlich egal. Was ihn wesentlich mehr interessierte, war, wie er sein Erbe so rasch wie möglich loswurde. »Es steht mir also nichts im Weg, das Anwesen samt Ländereien zu verkaufen?«, fragte er, nachdem der Notar seinen Vortrag beendet hatte.

»Sie wollen verkaufen?« Der ältere Mann runzelte die Stirn.

»Ich lebe seit zwanzig Jahren nicht mehr in Cornwall. Deshalb habe ich beschlossen, alles zu verkaufen und meine Zelte hier endgültig abzubrechen.«

»Bei allem Respekt. Haben Sie sich das gut überlegt?«

Finley nickte. »Sehr gut sogar.«

»Nun ja, das ist Ihre Entscheidung. Wobei ich dazu sagen muss, dass es mit den Herrenhäusern so eine Sache ist. Werden sie nicht gehegt und gepflegt, sind sie dem Verfall preisgegeben.« Er räusperte sich abermals in die Faust. Das schien eine Macke von ihm zu sein.

»Und wie der Auflistung zu entnehmen ist, ist bares Vermögen kaum vorhanden. Die Reparaturen und die Instandhaltung dieser alten Häuser kosten immens viel Geld. Aus diesem Grunde kann ich verstehen, dass Sie sich davon trennen möchten.« Er legte den Kopf schief.

»Absolut mein Gedanke, obwohl ich ehrlich gesagt über einige finanzielle Mittel verfügen würde, um den alten Kasten halbwegs auf Schwung zu bringen. Und Bankkredite gäbe es notfalls auch noch. Aber mein Lebensmittelpunkt befindet sich auf Hawaii.«

»Was natürlich eine starke Konkurrenz zu Cornwall begründet.« Der Notar schmunzelte. »Wenn ich Ihnen beim Verkauf behilflich sein soll, jederzeit.«

»Danke, das Angebot nehme ich gerne an.«

»Übrigens ...« Er fasste in eine Lade unter dem Tisch. »Das hier sind die Schlüssel für die Gebäude. Wie gesagt, die Pferde wurden nach dem Tod Ihres Bruders von dessen Mitarbeiter weiter betreut. Und die Haushälterin hat sich weiterhin um das Haus gekümmert. Die Verträge mit den beiden und auch jene mit der Gärtnerei, die sich um das Grünland kümmert, müssten Sie so lange weiterführen, bis Sie eine Lösung gefunden haben. Die Fahrzeuge dürfen Sie verwenden, sobald Sie diese umgemeldet haben. Der Traktor wurde bislang nur auf den Ländereien benutzt, da der Arbeiter ohne nicht zurechtgekommen wäre. Ein Pkw für die Haushälterin wäre ebenso von Nutzen, damit sie eventuelle Einkäufe leichter erledigen kann.«

Das klang kompliziert. Finley hatte vorgehabt, sich mit derartigen Problemen nicht auseinandersetzen zu müssen. Doch nun gehörte ihm das Haus und damit auch der Betrieb. Bis er einen Käufer fand, musste er wohl oder übel die von ihm so gehasste »Regentschaft« über das Anwesen übernehmen. »Ich werde mich gleich heute darum kümmern.«

»Dann darf ich meine Sekretärin damit beauftragen?« Mit einem freundlichen Lächeln sah Mr Cordmire ihn an.

»Das würden Sie für mich erledigen?«

»Nun, ich war seit Ende meines Studiums der Rechtsberater Ihres Vaters und anschließend auch der Ihres Bruders. Wenn Sie möchten, kümmere ich mich ebenso um Ihre rechtlichen Angelegenheiten.«

Erleichtert lehnte Finley sich im Stuhl zurück. »Sie wären mir eine große Hilfe.«

»Sehr gerne. Morgen Vormittag können Sie die Autopapiere bei mir abholen. Ms Leanchett wird bis dahin alles zu Ihrer Zufriedenheit erledigt haben.«

Wenn das so einfach ging? Finley zog den Mundwinkel hoch.

Der Notar erhob sich von seinem ausladenden Schreibtischstuhl. »Wenn Sie sonst keine Fragen haben?« Er hielt ihm die Hand zur Verabschiedung hin. »Ich habe heute noch einige Termine. Sie können mich trotzdem jederzeit erreichen. Hinterlassen Sie Ihre Anliegen einfach bei Ms Leanchett.«

Finley verabschiedete sich. Die Schlüssel steckte er ebenso wie die Urkunde über die Erbschaft, die ihm der Notar ausgehändigt hatte, in seinen Rucksack. Dann verließ er das Notariat. Mit einem zwiespältigen Gefühl wanderte er die Gassen entlang, vorerst einem unbekannten Ziel entgegen. Mit jedem Schritt wurde ihm eines bewusster: Es ließ sich nicht vermeiden, dass er irgendwann die exakte Richtung einschlug und sich um sein Erbe kümmerte.

Der Sonnenschein von gestern versteckte sich heute unter einer voluminösen Wolkenschicht. Es konnte jeden Moment zu regnen beginnen. Finley war das herzlich egal. Denn als er die Ausfallstraße nach Osten einschlug, gab es für ihn kein Zurück mehr. Wie ein Magnet zog es ihn in Richtung des Anwesens, das einmal sein Zuhause gewesen war und es nunmehr wieder sein sollte. Er hätte es sowieso irgendwann aufsuchen müssen, auch wenn er es die letzten zwanzig Jahre gemieden hatte wie die Pest. Doch nun marschierte er zügig die Straßen entlang, an Häusern und Feldern vorbei und kam in immer ländlichere Gefilde. Die Stadt hatte er zwar hinter sich gelassen, aber der Weg zog sich hin. Früher als Kind war er meistens mit dem Fahrrad zum Meer geradelt. Manchmal hatte ihn einer der Landarbeiter auf dem Traktor mitgenommen oder Beth mit dem Auto. Beth!

Er hatte vollkommen vergessen zu fragen, ob sie es war, die das Haus in Schuss hielt. Mr Cordmire hatte den Namen der Haushälterin mit keinem Wort erwähnt. Nun gut. Er würde es herausfinden.

An der Brücke überquerte er den Fluss, der das Herrenhaus von Newquay trennte, und lief zwischen den Viehweiden entlang, die durch niedrige Steinmauern und Hecken begrenzt waren. Sobald er den sanften Hügel erklommen hatte, hinter dem das Haus lag, blieb er stehen. Wie als Kind schon genoss er die Fernsicht über die Landschaft. Sie schien sich nicht verändert zu haben. Die Natur überlebte eben die Menschen. Mit einem tiefen Atemzug nahm er das letzte Stück Weg auf sich, welches er seit zwanzig Jahren nicht mehr gegangen war. Vorbei am Cottage, durch die Allee die Zufahrtsstraße entlang. Hinter der nächsten Biegung erhob sich das Haus seiner Kindheit eingebettet zwischen den Wiesen und Feldern. Die Stallungen und andere Nebengebäude befanden sich mit einigem Abstand links und rechts der breiten Zufahrt, die in einen großen runden Platz vor dem eigentlichen Wohngebäude mündete. Die verwitterten Steine des massiv gebauten Herrenhauses ließen es mystisch erscheinen. Zwei Stockwerke hoch und gut Hundert Meter breit fügte sich das rechteckige Haus mit jeweils einem angebauten Eckturm links und rechts in die grüne Umgebung ein, als ob es nicht vor Jahrhunderten von Menschenhand gebaut, sondern ein übrig gebliebener Felsblock in der Landschaft wäre. Verwittert, von Flechten bewachsen und kraftstrotzend zugleich. Ein Schutz vor den Stürmen des Lebens. Und Finley war, als ob er nach ewiger Suche heimkommen und seine Mum ihm freudig entgegenlaufen würde. Ein seelischer Schmerz holte ihn aus den Erinnerungen in die Realität zurück. Ja. Er hatte einen Schritt getan. Er stand vor dem Anwesen. Auch wenn er am liebsten davonlaufen wollte, musste er es betreten.

Sobald er näher kam, umfing ihn die einsame Stille, die das alte Gemäuer samt seinen Nebengebäuden umgab. Erst nach und nach drangen das Säuseln des Windes in den Ästen und das Schreien der Möwen in sein

Bewusstsein. Ein Wiehern ließ ihm einen Schauder über den Rücken laufen. Irgendwo musste sein Vater stecken. Bestimmt stapfte er gleich in seinen Reitstiefeln auf ihn zu, zog ihn an den Haaren und ließ eine Schimpftirade auf ihn niederprasseln. Finley zog den Kopf ein.

Doch nichts geschah.

In diesem Moment wurde Finley bewusst, dass er nichts zu befürchten hatte, außer einem frei laufenden Gaul zu begegnen. Aber selbst das schien unmöglich. Denn sein Bruder, der ihm, wenn Vater nicht hingesehen hatte, Streiche mit seinem Lieblingspferd gespielt hatte, lag ebenfalls unter der Erde.

Finley stieß den Atem aus, ging über die Kiesfläche auf den Eingang zu, stieg die Treppe hoch, kramte den passenden Schlüssel hervor und schloss mit angehaltenem Atem auf.

13

Emilia

Emilia packte die Einkäufe aus, die sie im nahe gelegenen Supermarkt besorgt hatte. Sie hatte beim Aufwachen die glorreiche Idee gehabt, österreichische Weihnachtskekse zu backen, um sich die Zeit sinnvoll zu vertreiben, bis Harriet von ihrer Freundin Abigail zurückkam. Hoffentlich brachte sie Neuigkeiten mit.

Das Wochenende hatte sie gemeinsam mit Harriet und Fred verbracht. Die beiden waren so nett gewesen und hatten mit ihr, nachdem Harriet und sie am Samstag den Hausputz erledigt hatten, einen Sonntagsausflug runter nach St. Ives unternommen. Das bei Touristen überaus beliebte Städtchen hatte Emilia mit seinem Charme begeistert. Trotz der kühlen Temperaturen im Dezember hatte sich bei ihr Urlaubsfeeling wie am Mittelmeer eingestellt. Wie herrlich musste es an der Küste Cornwalls erst im Sommer sein?

Auf der Küchentheke stellte sie alles bereit. Vanillekipferl aß ihr Vater am liebsten. Auch Mary hatte Gefallen daran gefunden. Bestimmt schmeckten sie Harriet und Fred ebenfalls. Emilia nahm die Küchenwaage und wog die Zutaten ab. Mehl, Butter, Zucker und Nüsse verknetete sie zu einem geschmeidigen Teig. Nun musste er eine halbe Stunde in den Kühlschrank, um zu ruhen. Währenddessen kümmerte sie sich um die Backbleche, die sie mit Backpapier auslegte. Sie streute Puderzucker in einen Suppenteller und fügte Vanille dazu. Das vermischte sie mit einem Löffel. Um in der Wartezeit nicht über ihre Mutter grübeln zu müssen, setzte sie sich an den Küchentisch und schlug die Zeitschrift auf, die Harriet ihr am Freitagnachmittag gezeigt hatte. Sie las den Artikel über die Küstenwanderung und nahm sich vor, diese auf jeden Fall durchzuführen, bevor sie nach Wien reiste. In dem Magazin entdeckte sie überraschenderweise einen Bericht über Kunstschaffende in Cornwall. Aufmerksam und voller Aufregung widmete sie sich ihm. Leider fand sie abermals keinen Hinweis auf den Verbleib ihrer Mutter. Konnte das denn möglich sein, dass jemand wie ein Geist durch die Gegend schwirrte und kaum Spuren hinterließ? Und das in der heutigen Zeit, wo das Internet voll mit Informationen über alles und jeden war?

Emilia warf einen Blick auf die Uhr, stand auf und heizte das Backrohr vor. Daraufhin wusch sie ihre Hände, holte den Teig aus dem Kühlschrank und formte Halbmonde, die sie auf Bleche legte und in den Ofen schob. Die Tätigkeit lenkte sie von ihren Grübeleien ab. Alsbald durchzog die Küche ein süßer Duft nach frischem Gebäck. Bevor sie die Kipferl in Dosen stapelte, wälzte sie diese in dem Zucker-Vanille-Gemisch. Dass dabei einige zerbrachen, störte sie nicht. Denn so konnte sie ein wenig naschen.

Gerade als Emilia dabei war, die Spülmaschine einzuschalten, öffnete jemand die Haustür.

»Emilia, Darling! Ich habe Neuigkeiten für dich!« Harriet stürmte mit freudigem Lachen in die Küche.

Emilia schlotterten die Knie. War es nun endlich so weit und sie erfuhr, wo ihre Mutter lebte und wie sie mit vollem Namen hieß?

»Was riecht denn hier so fein?« Harriet schnupperte mit erhobener Nase wie ein Kätzchen, das von der Ferne Witterung aufnahm.

»Ich habe in der Zwischenzeit Vanillekipferl gebacken«, setzte Emilia zu einer Erklärung an, obwohl sie viel lieber erfahren hätte, was Harriet zu erzählen wusste.

»Vanilla… was?« Harriets Stimme überschlug sich in ungeahnte Höhen. Augen und Mund verformten sich zu einem O.

»Vanillekipferl. Das ist eine Wiener Spezialität. Gebäck für Weihnachten.«

»Oh, Emilia! Wie herrlich! Ich danke dir von Herzen für deine Mühe. Aber du musst nicht für uns backen, du bist doch unser Gast. Das weißt du doch, meine Liebe.« Harriet kam auf sie zugelaufen und drückte sie in einer festen Umarmung, dass Emilia die Luft zum Atmen wegblieb.

»Du willst bestimmt wissen, was Abigail mir erzählt hat. Aber wo sind denn diese Vanilla… Vanilla… kiffer?« Suchend sah sie sich um.

»Ich habe mir eine deiner Gebäckdosen stibitzt. Moment!« Emilia angelte danach und öffnete den Deckel, um Harriets Neugier möglichst rasch zu stillen und zu erfahren, was Harriet zu erzählen wusste. Emilia konnte es kaum erwarten.

Mit geschlossenen Augen sog Harriet das Aroma ein, das der Dose entwich. »Welch himmlischer Duft. Sie sehen sehr, sehr lecker aus. Darf ich? Und dann erzähle ich dir, was Abigail gesagt hat.« Ihre Hand schwebte bereits über dem Behälter.

»Aber natürlich! Deswegen habe ich sie doch gebacken. Möchtest du Tee dazu?« Wie kam sie auf diese dumme Idee? Harriet würde ihr auch ohne diese Form von Bestechung erzählen, was sie wusste.

»Nicht nötig. Den hatte ich bei Abigail zur Genüge.« Sie kicherte, nahm ein Gebäckstück und schob es sich in den Mund. Sie kaute und stöhnte genießerische Laute aus. »O mein Gott! Wie herrlich! Ich wusste nicht, dass ihr in Österreich so leckere Sachen backen könnt.«

»Wir können sogar noch viel mehr«, gab Emilia von sich.

»Das musst du mir zeigen. Versprochen?«

»Versprochen!«

Harriet schob ein weiteres Vanillekipferl nach. Eines nahm sie mit an den Tisch und winkte Emilia zu sich. Endlich!

Diese verschloss die Dose und stellte sie zurück auf die Theke. Daraufhin gesellte sie sich mit schwitzenden Händen und klopfendem Herzen zu Harriet.

Emilia ließ ihr Zeit, die Kekse zu verspeisen, obwohl sie innerlich ungeduldig hin und her tigerte und es kaum mehr aushielt, die Neuigkeiten zu erfahren.

Harriet wischte sich den Puderzucker vom Mund und setzte sich aufrecht hin. »Wegen der Künstlerin. Abigail meinte, sie nannte sich Alessia. So, wie es auf den Bildern steht. Das haben wir auch anhand der drei Kunstwerke überprüft, die meine Freundin im Wohnraum an der Wand platziert hat. Sie passen perfekt in ihr Cottage. Zauberhaft. Das müsstest du sehen. Diese Alessia soll eine sehr sympathische Frau mittleren Alters gewesen sein. Dunkle, lockige Haare, braune Augen. Offenbar hat sie den ganzen Sommer in Cornwall verbracht und jede Menge Bilder gemalt. Ob sie noch hier ist, weiß Abigail nicht. Aber ihre Bilder findet man in manchen Läden in Newquay.« Harriet sah sie an, als ob sie Emilia ihr Geheimnis entlocken wollte.

»Danke«, beeilte die sich zu sagen. »Das sind interessante Informationen.« Wenn auch nicht jene, die sie sich erhofft hatte. Sie hatte Mühe, ihr Gesicht nicht zu verziehen und nicht die Zähne bis zum Abbrechen zusammenzubeißen. Und am allerliebsten hätte sie geheult.

»Nun ja, leider kann ich dir nicht mehr dazu berichten. Aber Abigail hört sich um. Sie kennt jede Menge wichtige Leute. Was hat es denn mit dieser Künstlerin auf sich, dass du dich für sie so interessierst? Das Bildchen dürfte es ja nicht sein. Auch wenn sie hübsch sind, findet man Derartiges in jedem Souvenirladen.« Harriet hob eine Augenbraue und musterte Emilia.

Sie sog den Atem ein und blies ihn aus. Es fiel ihr nicht leicht, auf die Frage zu antworten. Aber offensichtlich hatte Harriet sowieso erkannt, dass Emilia ihre Emotionen kaum mehr unter Kontrolle halten konnte. Wenn man sich jemandem anvertraute, verringerte sich das Gewicht der Probleme, hatte ihr Vater ihr mit auf den Weg gegeben. Aus diesen Gründen und weil sie es belastete, nicht offen mit der herzlichen Harriet reden zu können, entschloss Emilia sich, ihr von ihrer Vermutung zu erzählen. »Ich denke, diese Alessia hat etwas mit meiner Mutter zu tun. Ich schätze, sie ist sogar meine Mum.«

»Was?« Vor Überraschung stieß Harriet das Wort laut aus. »Das wäre ja fantastisch!« Rasch hielt sie sich die Hände vor den Mund. »Oh, tut mir leid. Du musst denken, dass ich dir verheimlicht habe, dass ich eingeweiht bin. Aber Mary und Paul haben mir lediglich erzählt, dass deine Mutter verschollen ist.« Behutsam nahm sie Emilias Hände in ihre. »Es schmerzt mich, dass du und dein Dad keinen Kontakt zu ihr habt.«

»Keine Ursache, damit komme ich schon klar. Ich bin es gewohnt, ohne Mutter aufzuwachsen. Dennoch wüsste ich gern mehr über sie. Es sind die Wurzeln, die einen Baum aufrecht halten. Papa hat sich bestens bemüht und alles richtig gemacht. Aber ... etwas fehlt immer.« Jetzt, wo sie darüber geredet hatte, fühlte sich alles leichter an. Papa hatte doch recht. Trotzdem schniefte sie.

»Oh, Emilia. Komm her, mein Kind.« Liebevoll nahm Harriet sie in die Arme und streichelte ihr über den Rücken. »Ob wir deine Mum finden oder nicht. Du musst immer daran denken, dass du ab sofort eine Grandma in Cornwall hast, auch wenn sie nur stief ist. Eine Stiefgroßmutter sozusagen.« Harriets Lächeln färbte ihre Stimme ein.

»Danke Harriet, das ist so lieb von dir. Du trägst dein Herz am rechten Fleck. Ich mag dich sehr«, was

Emilia tatsächlich so meinte. Harriet war neben Mary eine der herzlichsten Personen, die sie jemals kennengelernt hatte. Berührt blinzelte sie die aufsteigende Feuchtigkeit aus ihren Augen weg und wischte eine Träne von der Wange.

»So wie du! Ich liebe es, dich zur Stiefenkelin zu haben. Eine bessere könnte ich mir nicht wünschen!« Nach einem letzten festen Drücker löste Harriet sich von ihr. Rasch wischte sie Tränen aus dem Augenwinkel. »Oh, jetzt haben wir wohl beide die Contenance verloren. Aber so ist das Leben. Gefühle sind dazu da, gezeigt zu werden.« Sie tätschelte Emilias Arm.

Emilia trocknete sich die nassen Wangen mit dem Ärmel. Das Blinzeln allein hatte nicht geholfen, den Tränenfluss zu stoppen.

Harriet reichte ihr ein Taschentuch und schnäuzte sich selbst kräftig.

»Vielleicht ist es jetzt doch an der Zeit, Tee zu trinken? Was hältst du davon?«, schlug sie vor.

»Eine gute Idee.« Emilia stand auf und war froh, etwas zu tun zu haben, indem sie Teewasser zum Kochen brachte und den Tisch deckte.

»Vielleicht solltest du die Läden abklappern und die Besitzer fragen, ob sie dir etwas über Alessia berichten können?«, schlug Harriet vor, während sie Vanillekipferl auf ein Teller legte und ihn auf den Esstisch stellte.

»Den Gedanken hatte ich auch schon. Und ich hoffe, dass ich ihren Aufenthaltsort oder zumindest ihren vollständigen Namen dadurch erfahre.« Emilia seufzte. So nah und doch so fern. Es war zum Verzweifeln.

»Abigail erkundigt sich ebenfalls bei ihren Bekannten. Bestimmt findet sie etwas heraus, was uns weiterhelfen könnte. Wart nur ab! Meine Freundin ist gut darin, wenn es darum geht, jemandem seine Geheimnisse zu entlocken.« Harriet kicherte.

»Arbeitet sie bei der Polizei oder ist sie Privatdetektivin?«, witzelte Emilia.

Harriet lachte. »Nichts dergleichen. Sie ist ihr Leben lang Hausfrau und engagiert sich für soziale Projekte. Du solltest sie kennenlernen. Du wirst sie lieben.«

»Das würde ich gern.« Emilia nahm einen großen Schluck Earl Grey.

Harriet knabberte an einem Vanillekipferl. Sie schluckte. »Was hast du heute noch vor, meine Liebe?«

»Ich überlege, ob ich nicht gleich einige Läden besuche, um weitere Hinweise auf den Aufenthalt meiner Mutter zu erlangen.«

»Oh, das wäre eine fantastische Idee.« Harriet warf einen Blick aus dem Fenster. »Allerdings regnet es in Strömen. Du solltest dein Vorhaben auf morgen verschieben. Findest du nicht?«

»Wird wohl das Beste sein«, stellte Emilia fest, sobald sie sich selbst davon überzeugt hatte, dass Cornwall fast unter Wasser stand.

14

Finley

Finley öffnete die zweiflügelige Haustür nicht zu früh. Gerade in dem Moment, in dem er durchtrat, begann es wie aus Kübeln zu schütten. Die Welt schien unterzugehen. Wie gut, dass er im Trockenen stand und sich das Spektakel von innen ansehen konnte. Doch dazu hatte er eigentlich keine Zeit, denn er hatte nicht Schutz vor dem Regen gesucht, sondern war auf seiner Mission »Erbschaft« unterwegs. Finley schloss die Tür und drehte sich um. Vor ihm lag das großzügige Foyer seines ehemaligen Zuhauses, das ihm gegen seinen Willen nun voll und ganz gehörte. Der alte Steinplattenboden wirkte wie immer frisch gebohnert. Die nahezu schwarze Holztreppe mit dem verschnörkelten Handlauf und den goldfarbenen Messingbeschlägen erinnerte ihn daran, wie er mit Kendrick auf Kissen sitzend hinuntergerutscht war, weil sie als Kinder unbedingt hatten wissen wollen, wie sich Rodeln anfühlte. Ein Schmunzeln kroch bei der Erinnerung auf seine Lippen, besonders deshalb, weil Beth ihnen lachend dabei geholfen hatte. Vater war an diesem

Tag nicht zu Hause gewesen, sonst hätte es ... Finley wischte die Erinnerung weg und sah sich weiter um. An den mit beiger Farbe bemalten Wänden oberhalb der dunklen Holzvertäfelung befanden sich immer noch die Bilder der Ahnengalerie. Ernste Blicke, Säbel und monströse Schnurrbärte bei den Herren und bauschige Kleider sowie kunstvolle Frisuren und Kopfbedeckungen je nach Mode bei den Damen. Gott, er erkannte sich in keinem der Gesichter wieder. Beim Anblick der toughen Marilyn wurde ihm warm ums Herz. Das elfenbeinfarbene Kleid mit dem engen Oberteil, der Drapierung um den Rock und den Spitzen am Ausschnitt täuschte nicht darüber hinweg, dass seine Ahnin es geliebt hatte, zu reiten wie ein Mann und aufs Meer zu fahren, um zu angeln. Im Hintergrund der Malerei hingen zwei Bilder an der Wand, die das verdeutlichten. So hielt sich das Gerücht. Das liebevolle Lächeln, das ihren Mund umspielte, hatte ihm bereits als Kind Trost gespendet. Fast schien es, als ob sie ihm zuzwinkerte.

Er wunderte sich über die Sinnestäuschung und schüttelte den Kopf.

Wie hatte es so weit kommen können, dass er alles erbte, wo er es doch gar nicht wollte? Ihm war klar, wie es gelaufen war. Dennoch. Der Sturz vom Pferd und Kendricks Tod waren für ihn einfach unfassbar. Vor allem aber auch, dass Kendrick keine Ehefrau und Kinder gehabt hatte, die das Anwesen erben würden. Ein Tyrann wie sein Vater war er nicht gewesen. Außerdem war er immer recht gut aussehend gewesen und die Mädchen hatten hinter seinem Rücken getuschelt.

Wie war es seinem Bruder in den letzten zwanzig Jahren ergangen?

Finley seufzte. Er sollte sich in das Arbeitszimmer begeben und die Akten durchwühlen, um sich ein Bild vom Zustand des Haushaltes und der Wirtschaft zu machen.

Entschlossen schritt er durch das Foyer und öffnete die dunkle Holztür auf der rechten Seite. Sie führte ihn schnurstracks in Vaters Heiligtum. Vor ihm stand der beeindruckende Schreibtisch aus Palisander, an dem sein Vater gearbeitet hatte. Als Kind wäre er bestraft worden, hätte er sich in diesen Raum geschlichen. Doch jetzt war er erwachsen, sein Vater tot und die Furcht vor einer Strafe blieb aus. Finley atmete auf. In seine Erleichterung mischte sich ein Touch Trauer. Trotz der negativen Erlebnisse erinnerte er sich auch an gute Begebenheiten. Wenngleich es nur wenige, vor allem jene mit seiner Mutter waren. Ihre liebevollen Umarmungen, ihr Lachen, ihre Hilfe, ihr Trost, die Gute-Nacht-Geschichten, an die er sich erinnerte, hatten sich ihm eingeprägt.

Nachdenklich fuhr er mit dem Zeigefinger über das Holz an der Kante des Tisches. So furchterregend wirkte er gar nicht. Eigentlich war die Maserung des Möbelstückes im viktorianischen Stil schön anzusehen. Er ging herum und nahm auf dem schwarzen Ledersessel Platz. Der war neu. Kendrick musste sich den gegönnt haben. Ansonsten war im Büroraum alles beim Alten geblieben. Nein, halt! Hier standen neue Fotos auf dem Schreibtisch. Finley knipste die Schreibtischlampe an, um besser sehen zu können. Draußen prasselte der Regen gegen das Fenster, es war düster im Raum. Die Bilder zeigten seinen Bruder beim Geländeritt. Auf einem davon lachte er in die Kamera. Finley überzog ein Frösteln. Er hatte Kendrick als pubertierenden Jungen in Erinnerung. Da er zwei Jahre jünger war, hatte er ihn zuletzt im Alter von fünfzehn Jahren gesehen. Hier sah ihm ein Mann entgegen. Ein attraktiver Kerl war aus ihm geworden. Ein richtiger Sunnyboy. Doch was hatte es ihm genützt? Letztlich war er mit fünfunddreißig vom Pferd gefallen und hatte sich das Genick gebrochen.

»Es tut mir leid, dass dein Leben so enden musste.« Eine erste Träne perlte Finleys Wange hinab. Der Tod seines Bruders ließ ihn nicht kalt. Schnell wischte er die Tränen von den Wangen. Er war es gewesen, der den Kontakt abgebrochen hatte. Nicht Kendrick. Er atmete tief durch, um sich zu sammeln. Das Gefühl, Kendrick schaue ihm bei seinem Tun aus dem Jenseits zu, hinterließ ein Kribbeln in seinem Nacken. Deshalb legte Finley die Bilder mit der Fotoseite nach unten, um Abstand zu gewinnen. Er war noch nicht so weit, dass er sich intensiv damit auseinandersetzen konnte.

Erleichtert atmete er auf und widmete sich etwas anderem.

Was ihm als Kind verwehrt geblieben war, konnte er jetzt angehen. Voller Neugier zog er nacheinander die Schubladen auf. So spektakulär er sich als kleiner Junge den Inhalt vorgestellt hatte, so unspektakulär war er. Stifte, Spitzer, Füllhalter, Lineale, Locher, Briefpapier, Kuverts, Stempel. Alles, was man für Büroarbeit benötigte. Irgendwie ärgerte ihn das. Aber die wahren Geheimnisse hingen vermutlich in den Akten. Dass sein Vater ihm verboten hatte, sich hier umzusehen, konnte er nun noch weniger verstehen als früher. Was wäre schon dabei gewesen, wenn er mit den Stiften Papier bemalt hätte und seinem Vater somit Gesellschaft hätte leisten können?

Nichts. Sein Vater war keiner gewesen, der diese Bezeichnung verdiente. Er hatte sich kaum mit seinen Söhnen beschäftigt, sondern die Erziehung seiner Frau überlassen. Er hatte seinen Nachwuchs nur als Vorzeigeobjekte gebraucht, um damit in der feinen Gesellschaft zu protzen. Finleys Mum hatte immer wieder versucht, zwischen ihnen zu vermitteln und ihnen eine Kindheit in einer liebevollen Umgebung zu ermöglichen. Kendrick hatte es letztendlich geschafft, Vater auf seine Seite zu ziehen. Er hatte Pferde geliebt und sein Vater hatte ihm alles beigebracht. Doch Finley galt als missratener Sohn, ein Nichtsnutz, der sich nur am Meer herumtrieb. Als seine Mutter verstarb, hatte Vater ihn für das Unglück verantwortlich gemacht. Von da an war er ein absoluter Tyrann. Daran würde sich nichts ändern. Damit musste Finley leben. Und deshalb war er auch nicht auf sein Begräbnis gegangen.

Die oberste Lade war versperrt. Kurz überlegte Finley, ob er sich Draht besorgen sollte, um sie zu öffnen, dann fiel ihm ein, dass der Notar ihm mehrere Schlüssel überreicht hatte. Vielleicht war ein passender dabei?

Aus seiner Jacke angelte er den Schlüsselbund und probierte einen nach dem anderen.

»Hände hoch oder ich schieße!«

Finley fuhr hoch. Was zur heiligen Scheiße!

In der Tür stand ein Mann mit einer Flinte.

Vorsichtshalber hob Finley die Arme an. »Bitte nicht schießen, ich bin kein Einbrecher!« Er wackelte mit dem Schlüsselbund.

»Das kann jeder behaupten. Leg die Schlüssel auf dem Tisch ab und verschränke die Hände hinter dem Kopf. Die Polizei ist gleich da und wird dich verhaften.« Der Mann musste von draußen hereingekommen sein. Regentropfen perlten von seiner dunkelgrünen Regenjacke und bildeten eine Pfütze auf dem alten Dielenboden. Unter einer braunen Schirmmütze lugten rote Haare hervor. Der Kerl hob den Lauf der Flinte ein Stückchen höher. In seinem Gesicht stand eine Entschlossenheit, die Finley einem so jungen Kerl nicht zugetraut hätte. Ein Windstoß fuhr in das Zimmer und trug den Geruch nach Pferden mit herein.

Finley wollte kein Risiko eingehen und tat, wie ihm geheißen.

»Hören Sie bitte!«, versuchte er es ein zweites Mal mit bewusst ruhiger Stimme. »Ich bin Finley Richard Charles Sherrell. Ich bin berechtigt, hier zu sein. Aber wer sind Sie? Ich habe Sie hier noch nie gesehen?«

»Das geht dich nichts an. Mum? Ist das Finley Sherrell?«, rief der selbst ernannte Sheriff über die Schulter nach hinten. Seine in schwarzen Gummistiefeln steckenden Beine rührten sich keinen Millimeter.

»Finley? Sag nicht, dass es Finley ist?« Die Stimme hätte er unter Tausenden erkannt.

»Beth! Ja, ich bin's! Sag diesem ... Herrn, er soll sein Gewehr wegstecken. Ich bin kein Dieb oder so was. Mir gehört dieser Schuppen.«

»Hast du gehört, Fergus? Tu, was Finley sagt.« Und während dieser Fergus, dem der Geruch nach Pferden nachhing, die Flinte senkte, schob Beth sich an ihm vorbei, stürmte ins Büro und direkt auf Finley zu. »Mein Junge! Wie wunderschön, dich endlich zu sehen! Lass dich umarmen! Es ist viel zu lange her!«

Finley stand auf. Beth warf sich an seine Brust und umarmte ihn um die Körpermitte. Es fühlte sich an wie heimkommen. Warm und voll mütterlicher Liebe.

Eine ganze Weile standen sie so da. Dann lösten beide die Arme.

»Lass dich ansehen, mein Junge!« Beth sah zu ihm auf. »Du bist noch ein Stück gewachsen. Und dein Bart zeigt, dass aus dir ein Mann geworden ist. Wie geht's dir? Was hast du all die Jahre getan? Wo lebst du? Hast du eine Frau? Kinder?« Beths Wortschwall war nicht zu bremsen. Zu viele Fragen auf einmal.

»Mum, du kannst ihn doch nicht so überfallen. Macht euch Tee und redet dabei. Da redet es sich leichter«, mischte sich Fergus, der noch immer im Türstock lehnte, ein.

»Gute Idee! Komm mit rüber in die Küche. Ich mache uns Tee. Fergus, lauf rüber ins Cottage und bring das Shortbread, das ich heute Morgen gebacken habe.«

»Bei dem Regen«, ächzte er, machte sich aber auf den Weg.

Beth nahm Finley an die Hand und zog ihn mit sich über das Foyer und einen Flur entlang in die Küche des Herrenhauses, als ob er noch der kleine Junge von früher wäre. Aus dem Augenwinkel überzeugte Finley sich davon, dass Fergus die Flinte im Waffenschrank, der sich im Herrensalon befand, ablegte.

In der Küche hatte sich nichts verändert. Das hier war Beths' Reich. Wie in seiner Kindheit setzte er sich an den riesigen Holztisch, der die Mitte des großen Raumes einnahm, und beobachtete Beth, wie sie mit Geschirr hantierte. Es dauerte nicht lange, da stand auch schon eine Tasse dampfenden Tees vor ihm.

»Viel Zucker und Milch wie immer«, sagte sie und fügte beides hinzu.

»Meine Vorlieben haben sich nicht geändert, wie du richtig erraten hast.« Er nahm den Löffel und rührte in der Tasse, um den Zucker aufzulösen.

Beth setzte sich zu ihm und musterte ihn genau. »Du hast dich verändert, mein Junge. Aus dir ist ein ansehnlicher Mann geworden. Jetzt erzähl mal! Frau, Kinder? Ich möchte alles von dir wissen.« Die rundliche Haushälterin klopfte ihm auf den Oberschenkel.

»Keine Frau und Kinder schon gar nicht. Ich lebe meistens auf Hawaii, wenn ich nicht irgendwo auf der Welt zum Surfen unterwegs bin.«

»Hawaii! Das ist doch so weit weg von hier. Hab gehört, dort wachsen Palmen. Die gibt es hier aber auch.« Sie lachte gackernd. »Du bist also ungebunden und frei. Hast du die wahre Liebe noch nicht gefunden?«

»Kein Bedarf. Ich bin viel zu rastlos, um mich an einen Ort festnageln zu lassen.« Erst da fiel ihm auf, dass das Wort »rastlos« seine innere Unruhe treffend beschrieb.

Beth legte den Kopf schief und sah ihn an, als ob sie in seinen Zügen lesen würde. »Was dir fehlt, ist ein warmes Zuhause. Das hast du verloren, als deine Mutter – Gott hab sie selig – von uns gegangen ist.«

Ganz automatisch nickte er. Unrecht hatte Beth nie. Die einfache Frau war wachsam und mitfühlend und wusste immer, was in einem vorging, wie man sich fühlte.

»In Hawaii betreiben mein Kumpel Adam und ich eine Surfschule. Wir haben jede Menge zu tun. Ich trage das ganze Jahr über Flipflops, kurze Hosen und Hawaiihemden. Kälte, die in die Knochen kriecht, gibt es dort nicht.«

Sie lachte. »Dann sollte ich mit dir nach Hawaii ziehen. Mir macht die kalte Feuchtigkeit mittlerweile sehr zu schaffen.«

»Du siehst noch genauso frisch aus wie vor zwanzig Jahren, Beth Blooment.«

»Bestimmt nicht. Vor drei Monaten feierte ich meinen Achtundfünfzigsten. Wird Zeit, dass ich in Rente gehe.«

»In Rente? Das kann ich mir bei dir gar nicht vorstellen.« Beth war immer da gewesen, wenn Finley sie brauchte. Sie war wie eine Mutter für ihn. Vor allem, nachdem seine eigene gestorben war, und er mit elf Jahren allein dagestanden und den Launen seines Vaters ausgeliefert gewesen war.

»Meine Tochter Peggy möchte den Laden hier übernehmen. Sie ist tüchtig und hilft mir seit Jahren, wenn der Großputz ansteht. Jetzt, wo du der Herr des Hauses bist, sollte es kein Problem darstellen, dass sie meine Nachfolgerin wird. Was meinst du?«

Finley räusperte sich. Ihm war unbehaglich, Beth sagen zu müssen, was er mit dem Anwesen vorhatte. Sie tat ihm leid. Sie war die treueste Seele, die man sich nur wünschen konnte. Doch er hatte sich bereits dafür entschieden.

»Das werdet ihr mit dem neuen Käufer besprechen müssen. Ich werde nicht hierbleiben.« Seine Stimme krächzte. Das Geständnis fiel ihm nicht leicht, zumal er Beth liebte.

Beths Augen weiteten sich. Sie fuhr hoch und wollte etwas sagen, da fiel ihr jemand ins Wort.

»Heißt das, Sie verkaufen das Anwesen?« Fergus war mit dem Shortbread in der Hand in die Küche getreten und sah ihn aus großen Augen an.

Betreten nickte Finley. Mit der flachen Hand fuhr er sich über das Gesicht, um die Gespenster, die wegen des schlechten Gewissens in ihm spukten, zu vertreiben.

»Und wenn wir dann aus unserem Cottage müssen, weil dem neuen Herrn es nicht passt, dass wir es bewohnen?« Mit starrem Blick sah Beth ihn an. Aus ihren Augenwinkeln lösten sich Tränen.

»Das werde ich nicht zulassen.« Fergus stellte die Dose mit dem Shortbread ab, sodass es laut schepperte, und funkelte Finley an.

»Bestimmt finden wir gemeinsam eine Lösung«, versuchte Finley die beiden zu beruhigen. Doch selbst in seinen Ohren klang das mager.

15

Emilia

Am Dienstagmorgen hatte sich der Regen endlich verzogen. Als Emilia in die Küche kam, war Harriet dabei, in einer großen Plastikkiste zu kramen.

»Guten Morgen, was machst du denn hier?« Neugierig warf Emilia einen Blick hinein.

»Oh, Emilia. Einen wunderschönen guten Morgen wünsche ich dir. Das ist unsere Weihnachtsdekoration. Ich dachte, es ist an der Zeit, das Haus weihnachtlich zu schmücken.« Sie hielt eine metallisch schillernde bunte Girlande hoch und begutachtete deren Zustand. Ihre Augenbrauen zogen sich zusammen, sodass eine tiefe Falte ihre Stirn vertikal in zwei Hälften teilte. Einen Moment hielt sie die Girlande gegen das Licht und kratzte sich ratlos am Kopf. Dann seufzte sie und ließ die Dekoration zurück in die Box fallen.

Die arme Harriet sah so hilflos aus, dass Emilia ihren Plan, direkt nach dem Frühstück in die Stadt zu fahren, über Bord warf. Sie würde das verschieben und später nach ihrer Mutter suchen können.

»Darf ich dir dabei helfen?«, fragte sie.

»Falls es dir nichts ausmacht? Im Abstellraum habe ich noch drei weitere Boxen mit allerhand Krimskrams gelagert. Wärst du so nett und holst sie mir?« Sie lachte freudig. Plötzlich klopfte sie sich mit der freien Hand gegen die Stirn. »Ach, ich dumme Person! Zuerst solltest du natürlich frühstücken. Möchtest du Spiegeleier?« Sofort huschte sie an den Herd, während Emilia dabei war, sich Kaffee zu bereiten.

»Das kann ich doch selbst.«

»Das ist mir bewusst. Aber das ist nicht ganz uneigennützig. Ich würde dich gerne ein wenig verwöhnen, damit du mir mit den Weihnachtssachen hilfst.«

Die gute Harriet brachte Emilia wieder einmal zum Lachen. »Ich würde dir sogar helfen, wenn ich keinen Kaffee bei dir bekomme. Du musst wissen, ich liebe es, das Haus weihnachtlich zu schmücken.« Sie rieb der älteren Dame beruhigend über den Oberarm.

»Das freut mich zu hören. Fred mag es nämlich gar nicht. Dennoch holt er aus der Garage die Außenlichterketten. Wenn er auch murrt, ich bestehe darauf.« Sie zwinkerte Emilia verschwörerisch zu.

Während Harriet zwei Eier briet, warf Emilia einen Blick in die Weihnachtskiste. Sie entdeckte verpackte sowie unverpackte Girlanden, einen Türkranz aus Kunststoffzweigen, rote und goldene Kugeln und einige Schleifen in denselben Farben.

»Kommt der Kranz an die Eingangstür?«

»Nein, das ist der für die Küchentür. Den größeren Kranz hat Fred draußen. Vermutlich hat er ihn bereits befestigt. Für die Wohnzimmertür habe ich auch noch einen, der muss in einer der anderen Boxen sein.« Die Spiegeleier waren fertig, Harriet brachte den Teller zu Tisch.

Während Emilia ihr Frühstück genoss, unterhielt sie sich mit Harriet über österreichische Weihnachtsbäckerei.

Nachdem sie aufgegessen hatte, holte Emilia die Weihnachtskisten aus dem Abstellraum. Gemeinsam dekorierten Harriet und sie mit bunten Girlanden die Wände. An den Türen befestigten sie die Kränze, die sie mit roten und goldenen Kugeln sowie Schleifen schmückten. Zu guter Letzt hängten sie über jeden Türrahmen Mistelzweige.

»Du musst aufpassen, dass du nicht den falschen Mann küsst, wenn du unter einem Mistelzweig stehst. Das könnte schlimme Folgen haben.« Harriet kicherte.

»Ich fürchte, ich habe gar keinen Mann, den ich küssen könnte.« Was so nicht stimmte, denn Finley ging Emilia seit ihrem letzten Treffen nicht aus dem Kopf. Immer wieder rief sie sich ihre Gespräche ins Gedächtnis und träumte von seinen blauen Augen. Sie vermisste ihn. Und morgen würde sie ihn endlich wiedersehen. Zwar hatte er sich die letzten drei Tage nicht gemeldet, aber den Pubbesuch würde er hoffentlich nicht vergessen haben.

»Na, na, na, na, na, das kann sich in Cornwall rasch ändern.« Gespielt tadelnd wackelte Harriet mit dem Zeigefinger.

»So rasch wie das Wetter?«, scherzte Emilia und dachte an Finleys Worte.

»Mindestens! Du musst wissen, die kornischen Männer sind berühmt dafür, so liebe Mädchen wie dich zu umgarnen und in ihr Schloss zu führen.«

Emilia lachte. »Ich dachte, hier wohnen alle in Cottages?«

»Das kleinste und ungemütlichste Heim wird zu einem Schloss, wenn die Liebe darin wohnt.« Mit dieser Weisheit eroberte Harriet Emilias Herz im Sturm.

»Wie lieb du das gesagt hast.«

»Es ist die Wahrheit. Du wirst es schon noch merken.«

Zwei Stunden später beendeten sie die Dekorationsorgie. Fred war gut vorangekommen, aber noch nicht ganz fertig. Doch so wie Harriet Emilia vorgewarnt hatte, bevorzugte er, lieber allein an »Harriets verwickeltem Weihnachtskitsch«, wie er ihn nannte, zu arbeiten. Deswegen schob Emilia das Rad aus dem Schuppen und fuhr hinunter zum Meer.

In den letzten Tagen hatten die Bewohner ihre Häuser herausgeputzt. An nahezu jedem Haus entdeckte Emilia Türkränze und Girlanden. Weihnachtslichter waren an Zäunen, Fenstern, Bäumen und Türen befestigt. Zwar waren sie am helllichten Tag nicht eingeschaltet, aber am späten Nachmittag, wenn es dunkel wurde, musste es wie in einem weihnachtlichen Zaubermärchen aussehen. Abgesehen davon, dass der Schnee fehlte. Doch den gab es in Wien ebenfalls selten. Daran war Emilia gewohnt.

Weil sie sich mittlerweile an den Linksverkehr gewöhnt hatte, fuhr Emilia unbeirrt ein Stück weiter und stellte das Fahrrad knapp vor der Flanier- und Einkaufsmeile ab. Dort, wo die Touristen einkauften, fand sie bestimmt, was sie suchte: einen Hinweis auf den Verbleib ihrer Mutter.

Sie kettete das Rad am Fahrradständer fest und machte sich auf den Weg zu den Geschäften. Heute achtete sie insbesondere auf Schaufenster, in denen Kunsthandwerk angeboten wurde.

Die ersten hundert Meter waren eindeutig dem Sport und dem leiblichen Wohl gewidmet. Zwischen den Läden mit Ausrüstung fürs Surfen befanden sich jede Menge Lokale, um Hunger und Durst nach dem anstrengenden Sport zu stillen. Sie schmunzelte. Tourismusgebiete waren überall gleich aufgestellt. In Italien die Badesachen und Bars, in den österreichischen Bergen die Skiausrüstung im Winter und die Wanderausrüstung im Sommer und die Bars. Tja, es war verständlich. Der Tourismus brachte Geld, Arbeitsplätze und somit Wohlstand.

Ein paar Meter weiter blieb sie vor einem Laden stehen, der Töpferwaren anbot. Hübsche Keramiken mit blauen Wellenmustern, die ans Meer erinnerten, waren ausgestellt. Daneben sah sie kreativ geformte Fische in bunten Farben. Auch Möwen konnte sie entdecken. Und da. An der Wand hingen kunstvoll gestaltete Bilderrahmen aus Keramik. Wie toll das aussah!

In den Bilderrahmen, die für sich allein bereits als Kunstwerke durchgingen, befanden sich passende Bildchen in Blautönen. Das Meer mit Wolken oder Sonne, ein Fisch, ein Segelboot, eine Möwe. Das war doch der Stil, in dem ihre Mutter malte?

Emilia versuchte, die Signatur zu erkennen, aber sie war zu weit entfernt, um diese entziffern zu können. Kurzerhand öffnete sie die Tür zum Laden.

Eine junge Frau mit halblangen blonden Haaren und mit einem Staubwedel bewaffnet sah auf. »Einen wunderschönen Nachmittag, kann ich Ihnen behilflich sein?«

»Guten Tag, ja, vielleicht. Ich habe Bilder im Schaufenster entdeckt. Darf ich mir die genauer ansehen?«

»Aber natürlich, dazu sind sie ja da. Soll ich sie Ihnen runternehmen?«

»Muss nicht sein.« Emilia ging darauf zu und entzifferte die Signatur. Leider handelte es sich nicht um jene von Alessia. Die ursprüngliche kribbelnde Vorfreude verwandelte sich in bleischwere Steine, die ihr Herz nach unten zogen. Emilia straffte sich. Noch gab sie die Hoffnung nicht auf.

»Haben Sie ähnliche Bilder? Vielleicht von Alessia?«

»Alessia? Der Name sagt mir im Moment nichts. Aber Sie dürfen sich gerne umsehen. Möglicherweise finden Sie, was Sie suchen? Ich bin hier nur Aushilfe. Die Chefin ist heute nicht da.« Die blonde Verkäuferin zuckte entschuldigend mit den Schultern und zog die Nase kraus.

»Kein Problem. Ich sehe mich ein wenig um und komme sonst ein andermal wieder.«

»Alles klar.« Die Blonde widmete sich wieder dem Staub zwischen den Verkaufsartikeln.

Emilia schlenderte durch den Verkaufsraum. Doch leider konnte sie keine weiteren Bilder finden.

»Danke, dass ich ein wenig stöbern durfte. Offenbar sind das die einzigen Bilder, die Sie hier verkaufen.«

»Ja, wir haben tatsächlich kaum welche. Probieren Sie es drüben bei Andy's! Dort gibt es jede Menge Bilder von verschiedenen Kunstschaffenden.« Mit dem Staubwedel zeigte die junge Frau in die Richtung.

»Danke für den Tipp. Das werde ich tun.« Mit neu erwachter Hoffnung verließ Emilia das Geschäft und schritt frohen Mutes voran.

Keine fünfzig Meter weiter entdeckte sie das Schild des besagten Ladens. Bereits im Schaufenster waren jede Menge Malereien zu sehen. Auch eine Staffelei stand da und Tuben mit Farben waren zwischen Gläsern mit Pinseln drapiert.

Nach einem tiefen Atemzug öffnete Emilia die Glastür und trat ein. Ein Glöckchen bimmelte. Hinter einem Vorhang kam ein Mann in ihrem Alter aus einem Nebenraum hervor. Seine wirren Haare hielt er mit einem Batiktuch fest. Sein T-Shirt war mit Farbklecksen übersät. Die bunte Pumphose saß tief auf seinen Hüften und an den Füßen trug er abgetragene Ledersandalen.

»Hi! Kann ich dir helfen?« Sein freundliches Lächeln wurde von einem Vollbart umrahmt. Offenbar war er nicht nur fürs Malen, sondern auch fürs Verkaufen zuständig.

»Ja, vielleicht. Ich suche nach einer bestimmten Künstlerin. Alessia.« Emilia hielt den Atem an.

»Alessia.« Der Kerl schien zu überlegen. »Ach, ich weiß schon. Sie malt die Bildchen, die die Touristen mir aus der Hand reißen. Sieh mal hier.« Er ging auf ein Rattanregal zu, auf dem neben jeder Menge kleiner Souvenirs unter anderem auch Bilder standen.

Emilia folgte ihm und begutachtete die Signatur. Tatsächlich!

Sie waren von Alessia signiert.

»Wow! Das ist fantastisch!«, entschlüpfte es ihr.

»Stehst du auf die Bilder?« Seine Augen blitzten.

»Ja, also, ... lange Geschichte.«

Er runzelte die Stirn. »Klingt interessant.« Das sympathische Lächeln breitete sich wieder in seinem Gesicht aus.

»Seit gefühlt ewigen Zeiten bin ich auf der Suche nach der Malerin. Kannst du mir Hinweise auf ihren Aufenthalt geben?« Sie ging in die Vollen.

Er zog die Augenbrauen hoch. »Bist du eine Stalkerin oder so ähnlich?«

Aufgeregt schüttelte Emilia den Kopf. »Auf keinen Fall! Wie kommst du darauf?«

»Das tut nichts zur Sache. Alessia ist nicht hier und ich weiß auch nicht, wo sie sich befindet.« Das klang abweisender, als der Kerl sich bisher gegeben hatte. Warum nur?

»Aber sie war im Laden. Sonst würden hier nicht ihre Bilder hängen. Ich schätze, sie kommt öfter vorbei. Denn du brauchst Nachschub, wenn die Touristen sie dir aus der Hand reißen, wie du vorhin erwähnt hast. Versteh mich bitte nicht falsch. Ich möchte Alessia gerne kennenlernen. Sie ...« Emilia zögerte, sagte es dann aber doch. »Alessia ist meine Mutter.«

»Deine Mutter? Sie hat doch keine Kinder.« Er verschloss seinen Mund. »Ups!«

»Du kennst sie also doch.«

»Ich habe nie das Gegenteil behauptet. Aber wie gesagt, sie ist nicht hier.«

»Dann bitte verrate mir doch, wo ich sie finde. Oder gib mir einfach ihre Telefonnummer. Ich suche schon so lange nach ihr. Eigentlich mein ganzes Leben.« Den letzten Satz flüsterte Emilia. Eine Träne löste sich aus ihrem Augenwinkel. Sollte sie so knapp vor dem Ziel von diesem dahergelaufenen Künstlerheini abgewiesen werden? Zwar hätte sie die Möglichkeit, in anderen Geschäften nachzufragen, ob sie ebenfalls Alessias Bilder verkauften. Aber hier schien sie ins Schwarze getroffen zu haben. Aufgeben kam jetzt nicht infrage.

»Du kommst hier rein und erzählst mir, dass Alessia deine Mutter sei. Wie soll ich dir glauben?«

Emilia dachte nach. Der Brief. Ja. Das war es! Aber sollte sie ihn diesem Typen zeigen? Womöglich nahm er ihn ihr weg und vernichtete ihn?

Fieberhaft suchte Emilia nach einer Lösung. Dann hatte sie eine Eingebung.

»Weißt du was? Ich schreibe eine Nachricht. Gib mir Papier und Stift. Ich schreibe einen Brief an Alessia. Du lässt ihn ihr zukommen und Alessia wird sich bei mir melden. Ich bin mir sicher. Immerhin hast du Kontakt zu ihr.« Das war keine Frage.

Freundlichkeit kehrte in sein Gesicht zurück. »Von mir aus. Aber das könnte länger dauern. Ich kann auch nicht garantieren, dass sie sich überhaupt meldet. Alessia ist diesbezüglich sehr eigen.«

»Typisch Mama«, entfuhr es Emilia mit einem Schmunzeln. Hatte sie ihre Mutter eben so genannt?

Der Kerl überreichte Emilia Papier und Bleistift. Sie kritzelte eine Nachricht darauf, in der sie einige Formulierungen aus dem Brief ihrer Mutter verwendete, und faltete den Zettel zusammen.

»Bitte, gib ihr die Zeilen verlässlich. Ich würde mich irrsinnig freuen, wenn ich meine Mama endlich finden könnte.« Scharf sog sie den Atem ein.

»Ich versuche es, kann dir aber nicht versprechen, dass sie Kontakt mit dir möchte.« Er faltete das Papier auseinander. »Emilia«, sagte er und sah sie an.

»Vom Briefgeheimnis hast du wohl noch nie was gehört.« Emilia zog den Mund schief.

»Könnten ja Drogen drin sein.« Er zwinkerte ihr zu.

»Darf ich dir meine Handynummer dalassen, damit du mir Bescheid gibst, wenn Mama sich meldet?«

»Ich schreib sie von dem Zettel ab.«

»Und dann rufst du mich an?« Emilia stöhnte.

»Kann ich machen. Ähm! Ich muss dann wieder. Auftragsarbeit.« Er deutete zum Vorhang.

»Verstehe. Ja, danke. Falls du nicht anrufst, komme ich morgen oder übermorgen vorbei.«

Er hielt den Daumen hoch. Emilia verließ den Laden. Der hatte sie doch angeschwindelt. Bestimmt wusste er, wo Alessia sich aufhielt. Warum machte er so ein Geheimnis daraus?

16

Finley

Na toll. Das hatte er wieder einmal total versaut. Das Wiedersehen mit Beth hatte so begonnen, wie Finley sich das vorgestellt hatte. Also, nicht ganz so. Denn ihren Sohn Fergus mit Gewehr im Anschlag, das gegen ihn gerichtet war – damit hatte Finley nicht gerechnet. Doch die Wiedersehensfreude war bei Beth und ihm riesengroß gewesen. Sie hatte ihm verziehen, dass er mit siebzehn Jahren sang- und klanglos verschwunden war und nicht einmal ihr etwas davon verraten hatte. Okay. Damit sein Vater keine Suchmannschaften losschickte, um seinen toten Sohn aus dem Meer zu fischen, hatte er damals eine kurze Notiz auf seinem Kopfkissen hinterlassen.

»Bin weg, komme nicht wieder. F.«

Das war alles gewesen.

Erst Monate später, als er endlich achtzehn und somit erwachsen war, hatte er sich hin und wieder gemeldet und mitgeteilt, dass er lebte. Mit den Jahren hatte er selbst das gestoppt. Mehr Informationen als eine Mailadresse hatten seine Familienangehörigen nicht von ihm erhalten. Sie waren von sich aus nie mit ihm in Kontakt getreten. Abgesehen von diesem einen Mal, als sein Bruder ihn darüber informiert hatte, dass sein Vater einem Herzinfarkt erlegen war. Tja, ohne Zigarre und Gin hatte man ihn selten gesehen. Besonders nach dem Tod seiner Ehefrau war er dem Alkohol verfallen. Der Verlust hatte ihn mehr mitgenommen, als er bereit gewesen war, zuzugeben. Wenigstens eine Reaktion, die Finley zeigte, dass sein Vater eine Seele besaß.

Die auf Kendricks Mail folgenden Kontakte waren über den Notar gelaufen. Es war ein förmlicher Austausch, in dem es um die Aufteilung des Erbes ging. Finley hatte zugunsten seines Bruders auf alles verzichtet. Vor allem aber, weil er mit der Familie und allem drumherum nichts mehr zu tun haben wollte. Wobei er einen geringen Anteil nicht ausschlagen konnte, weil der Pflichtanteil, wie Mr Cordmire ihm erklärt hatte, gesetzlich vorgeschrieben war. Wie auch immer. Die Summe lagerte nach wie vor auf einem Konto. Er hatte das Geld nie angerührt.

Und nun war er zurückgekommen und stieß Beth, die er seit seiner Kindheit wie seine Mutter liebte, derart vor den Kopf, dass er sich kaum mehr getraute, ihr vor die Augen zu treten. Was war er nur für ein Mensch? Schlugen in ihm die miesen Charakterzüge seines Erzeugers durch?

Dazu durfte es in keinem Fall kommen. Finley war nicht wie sein Vater. Er kam im Gegensatz seines Bruders nach seiner Mutter. Mum! Wäre sie nicht verunglückt, wäre sein Leben garantiert anders verlaufen.

Finley seufzte. Schon gestern hatte er den ganzen Tag im Arbeitszimmer seines Vaters verbracht und Ordner um Ordner durchkämmt. Er musste sich einen Überblick verschaffen, um Entscheidungen zu treffen, die für alle das Beste waren. Mit Fleiß hatte er sich daran gemacht, sich Wissen über sein Erbe anzueignen, um Beth und deren Familie bestens davonkommen zu lassen. Das war er seiner Nanny, wie er sie als Kleinkind liebevoll genannt hatte, schuldig. Immerhin hatte sie immer an seiner Seite gestanden und sich seiner angenommen, nachdem seine Mutter gestorben war. Beth war so etwas wie eine Mutter und Großmutter in einem gewesen. Dabei war sie lediglich eine Angestellte wie viele andere.

Für heute reichte es Finley. Stöhnend schob er die Akte über die Pferdezucht beiseite. In den Stall hatte er nur kurz einen Blick geworfen und sich von Fergus, der neben anderen Hausarbeiten die Gäule betreute, berichten lassen. Offenbar hatte Kendrick finanzielle Probleme gehabt und sich von den meisten Pferden getrennt. Tja, wer einen Betrieb führte, sollte das auch tun und nicht nur in der High Society von einem Clubbing zum nächsten jetten und sich in Spielcasinos herumtreiben.

Finley stand auf und rieb sich den schmerzenden Rücken. Den Tag im Schreibtischsessel zu verbringen, war sein Körper nicht gewohnt. Weil sein Magen knurrte, ging er hinüber in die Küche und sah nach, was der Kühlschrank hergab. Beth hatte es sich gestern nicht nehmen lassen, trotz der unangenehmen Spannung, die sich zwischen ihnen aufgebaut hatte, für sein kulinarisches Wohlergehen zu sorgen. So war Beth eben.

»Du wirst schon eine Lösung finden«, hatte sie ihn bestärkt, sich Gedanken darüber zu machen, was mit ihr und ihrer Familie passieren würde, wenn er tatsächlich alles verkaufte.

Seitdem verwöhnte sie ihn mit allem, was ihre Küche zu bieten hatte. Sie hatte ihm sogar sein altes Zimmer hergerichtet, damit er im Herrenhaus schlafen konnte. Doch Finley zog es vor, in Patricks Pension zu nächtigen. Das holte ihn vom Stress der Erinnerungen, die in diesen alten Gemäuern steckten, herunter.

»Hmm. Sandwiches!« Er schnupperte Lachs. Fantastisch! Beth hatte seine Vorlieben nicht vergessen. Die Gute.

Mit einer Flasche Wasser und der Mahlzeit setzte er sich an den Tisch und genoss seinen Lunch. Als Nachspeise naschte er von dem Shortbread, das in der Dose aufbewahrt auf dem Küchentresen stand. Mit einem letzten Stück in der Hand ging er hinüber ins Foyer. Die Treppe war er bis jetzt nicht hinauf gestiegen. Aber es war an der Zeit, alte Ängste zu überwinden und sich oben umzusehen.

Bevor er es sich anders überlegte, steckte er den letzten Bissen Shortbread in den Mund, wischte sich die Krümel von den Fingern und stieg die Treppe hoch.

Hier oben befanden sich elf Zimmer, manche mit eigenem Bad. Sie hatten nur sechs Räumlichkeiten davon bewohnt. Die restlichen fünf waren Gästen vorbehalten gewesen. Jedenfalls solange seine Mutter noch gelebt hatte. Danach hatte sein Vater den Kontakt zu seinen Großeltern mütterlicherseits abgebrochen. Die Eltern seines Vaters waren bereits vor Finleys Geburt gestorben. Seine Großmutter war erst kurz vor ihrem vierzigsten Geburtstag schwanger geworden, sein Großvater war um einiges älter gewesen. So wie Finleys Vater hatte er sich eine jüngere Frau gesucht, indem er sie mit dem Anwesen beeindruckt hatte. Doch sobald die Falle – in der Angelegenheit die Ehe – zugeschnappt war, hatten Vater und vermutlich auch sein Großvater ihr wahres Gesicht gezeigt. Es war nicht so, dass sein Erzeuger seine Ehefrau nicht geliebt hätte. Im Gegenteil. Doch seine Eifersucht und seine sture Getriebenheit nach Traditionen hatten ihn hart werden lassen. Womöglich wäre er ein umgänglicher Kerl gewesen, wenn er nicht adelig geboren worden wäre.

Nein, es hatte nicht nur daran gelegen.

Er nahm einen tiefen Atemzug und betrat das Schlafzimmer seines Vaters. Als Kind hatte er unter Albträumen gelitten und wäre gerne zu seiner Mum ins Bett gekrochen. Doch Vater hatte das nie erlaubt. Die Möbel im Raum waren mit Leinentüchern abgedeckt, um sie vor Staub zu schützen. Das Flair, das seine Mutter in das Zimmer gebracht hatte, war verschwunden. Eine leere Hülle war geblieben. Die Parfumflakons verströmten ihren Duft nicht mehr. Vater hatte sie kurz nach Mums Tod entsorgt. Ebenso die bunten Kleider, die Bilder an den Wänden, die sommerliche Küstenlandschaften zeigten. Vater hatte damals sogar die Farbe der Bettwäsche gewechselt. Von fröhlichen Farben auf schwarzgrau. Und nun war nicht einmal davon etwas zu sehen. Alles war wie mit Leichentüchern verhüllt, kalt, trostlos und bis auf einige wenige Möbel leer.

Im angrenzenden Raum hatte sein Bruder geschlafen. Finley öffnete die Tür. Hier war alles so, als ob er nur kurz weg wäre und am Abend wiederkäme. Das ehemalige Jugendzimmer war mittlerweile mit einem Kingsize Bett ausgestattet. Die Bettwäsche anthrazitfarbener Satin, die Möbel neu und modern. Ein Flatscreen befand sich an der Wand gegenüber dem Bett. Darunter eine Spielekonsole mit einem passenden Gamingsessel. Kendrick hatte sein Leben genossen. Trotz aller Tragik brachte Finley das zum Schmunzeln. Kendrick war immer schon ein Kindskopf gewesen.

Er verließ das Zimmer, ohne in den Schubladen zu stöbern. Das wäre ihm wie Spionage vorgekommen, und das wollte er seinem Bruder nicht antun. Doch irgendwann musste er sich um dessen persönliche Dinge kümmern, damit sie nicht in falsche Hände gerieten.

Gegenüber von Kendricks Zimmer lag sein ehemaliges Zimmer. Sein Herz klopfte, als er vor die Tür trat. Ob er eintreten sollte? Was ihn wohl erwartete? Hatte sein Vater alles entsorgt, sobald er ausgezogen war?

Eigentlich war Finley das egal gewesen. Er hielt nichts von materiellen Dingen und solchem Kram. Das alte Gerümpel war keinen Penny wert. Und was hätte es schon gebracht, irgendetwas davon aufzuheben?

Entschlossen öffnete Finley die Tür. Der Mund blieb ihm offen stehen. Heiliger Himmel!

Hier war alles noch immer so, wie er es verlassen hatte.

Es schien, als ob er niemals weg gewesen wäre. Hatte Beth das getan? Hatte sie gehofft, dass er wieder zurückkäme? Oder hatte womöglich – er wollte den Gedanken gar nicht weiter ausführen – sein Vater sie damit beauftragt? Und Kendrick? Hatte er die Chance nicht genutzt, in seinen Sachen zu wühlen? What the hell! Offensichtlich hatten sie mit seiner Rückkehr gerechnet. Sonst wäre das alles hier längst auf dem Müll. Gänsehaut lief Finleys Rücken hinab und sein Weltbild geriet ins Wanken.

Mit dem Zeigefinger fuhr er über die Oberfläche der Kommode. Kein Körnchen Staub. In der Ecke lehnte ein Surfboard. Er hatte nicht alle mitnehmen können und dieses hier dagelassen, weil es nicht mehr zu gebrauchen war. Sportzeitschriften lagen auf dem Nachttisch, als ob sie jemand erst gestern Abend durchgeblättert hätte. An der Wand hingen Poster von seinen Vorbildern. Im Schrank befanden sich jede Menge Kleider von früher. Und dann fiel sein Blick auf die Spieluhr.

Mum hatte sie ihm geschenkt, als er drei Jahre alt geworden war. Er hatte den Delfin geliebt, der sich aus den Wellen hob, während die Spieluhr lief und einen Shanty spielte.

Finley nahm sie vom Regal und setzte sich aufs Bett, das nach frischen Blüten duftete. Er betrachtete die mechanische Blechdose eine Zeit lang, bevor er sie bedächtig aufzog. Sofort erklang die Melodie. »What shall we do with the drunken sailor …«

Seine Mundwinkel zuckten. Ein Laut kam aus seiner Kehle. Dann noch einer. Und schließlich lachte er, bis ihm die Tränen kamen.

»Was zur Hölle hat mich damals an dem Ding so fasziniert?«

Er lachte über sich selbst und schüttelte den Kopf. Kinder! Und Mum!

»Mum hat gewusst, wie sie mich zum Lachen bringt.« Für ihre witzigen Einfälle hatte er sie geliebt. Sie hatten sein Leben leichter gezaubert.

Ein schwerer Brocken löste sich aus seiner Brust und Finley atmete erleichtert auf. Warum hatte er Angst gehabt, dieses Haus zu betreten?

Er war doch ein erwachsener Mann. Und die Dinge hatten sich geändert. Die Runde durchs Haus hatte ihn einen kleinen Schritt weitergebracht, auch wenn die Verletzung seiner Kinderseele noch längst nicht verheilt war.

Da fiel ihm ein, dass er heute einen Termin hatte. Seit Montag hatte er über den Akten gesessen und auch gestern den ganzen Tag darüber gebrütet. Beinahe hätte er wegen des ganzen Krams übersehen, dass heute bereits Mittwoch war. Er zog sein Handy aus der Hosentasche und sah auf die Uhr. So spät schon?

Er sollte eine Dusche nehmen und sich zurechtmachen. Immerhin hatte er heute Abend ein Date.

17

Emilia

Es klingelte.

»Das wird mein Date sein.« Emilia hatte Harriet von Finley erzählt, Details jedoch ausgespart. Sie saßen bei den Abendnachrichten im Wohnzimmer.

»Dann solltest du ihm die Tür öffnen. Und falls es Probleme gibt, Fred und ich sind jederzeit für dich erreichbar. Ruf nur an und wir kommen. Stimmt's Fred?« Zuversichtlich zwinkerte Harriet ihr mit beiden Augen zu.

»Das ist doch selbstverständlich.« Fred strich mit dem Zeigefinger den Schnurrbart hoch. »Ich bin dir sowieso noch etwas schuldig wegen der Lichterketten. Ohne deine Hilfe hätte ich das vor Weihnachten nicht mehr hinbekommen.« Fred zog entschuldigend eine Braue hoch, weil Emilia nach ihrem Ausflug in die Stadt letztlich doch geholfen hatte.

»Danke, das ist lieb von euch. Aber ich denke, es wird ein netter Abend. Bin ja schon ein großes Mädchen.« Emilia drückte Harriet ein Küsschen auf die Schläfe und winkte Fred. »Bis später.«

»Viel Spaß euch beiden!«

Sie eilte zur Eingangstür und öffnete.

Finley wartete davor und zog einen Mundwinkel hoch. Die schwarze Daunenjacke stand offen und gab den Blick auf einen blitzblauen Merinopulli frei, der die Farbe seiner Augen unterstrich. Die Jeans spannte über seinen muskulösen Beinen. »Bin ich zu spät?«

Emilia sog die Luft ein. Der Kerl war unverschämt heiß. Bisher kannte sie ihn nur in schlapperigen Hoodies und Cargohosen. Doch nun stand hier ein Prachtexemplar von Mann, das ihr die Röte in die Wangen trieb. »Keineswegs«, beeilte sie sich zu sagen. »Ich muss nur noch die Stiefel und die Jacke anziehen. Dann können wir los.«

»Mach dir keinen Stress. Der Tisch ist reserviert und läuft uns nicht davon.«

Warum löste seine Stimme heute Gefühle in ihr aus, von denen sie vermutet hatte, sie niemals zu empfinden?

Sobald sie ihre Siebensachen zusammen hatte, wandte Emilia sich ihm zu. Unverhohlen taxierte er sie von oben bis unten. Hatte er sie die ganze Zeit über beobachtet? Vermutlich. Zum Glück lächelte er. Er schien mit ihrem Outfit zufrieden zu sein. Das löste ihre Anspannung ein wenig. Denn sie hatte gefühlt Stunden gebraucht, um sich für die engen schwarzen Jeans und die ebensolche Bluse sowie die knallrote Strickweste zu entscheiden. Der winterweiße Strickpulli war ihr zu warm vorgekommen. Immerhin besuchten sie ein Pub und unternahmen keine Nordpolexpedition.

Vor dem Gartenzaun parkte ein sandfarbener Mini mit schwarzen Streifen an der Seite. Es war zwar schon dunkel, aber durch die stimmungsvolle Weihnachtsbeleuchtung, die sie mit Fred montiert hatte, und wegen der Straßenlaterne konnte Emilia beim Näherkommen sogar die Farben erkennen.

Galant hielt Finley ihr die Tür auf.

»Schickes Auto.«

»Danke.« Seine Stimme klang angekratzt. Hatte sie etwas Falsches gesagt? Gespräche über Autos hakte Emilia ab, um die Stimmung nicht zu zerstören.

Finley platzierte sich hinters Lenkrad, startete den Wagen und fuhr los. »Ich dachte, wir fahren zu Joe.«

»Joe?« Wollte er mit ihr einen Freund besuchen? Ihr wurde etwas mulmig, denn damit hatte sie nicht gerechnet.

»Er ist Kellner in einem der vielen Pubs hier. Und Österreicher.«

»Echt? Das ist ja witzig.« Erleichtert atmete Emilia auf. Nicht wegen des Österreichers, sondern deshalb, weil doch alles wie geplant zu laufen schien. Finley war bestimmt kein schlechter Mensch. Nicht so wie diese Typen, die nur auf das eine aus waren und nach der Eroberung verschwanden, als ob sie Tarnkappen trügen. So wie der Kerl in Rimini. Der Typ hatte ihr das Blaue vom Himmel versprochen und sie war auf seine Schmeicheleien hereingefallen. Direkt nach dem Sex hatte er sie mitten in der Nacht rausgeschmissen. Sie hatte zusehen müssen, wie sie nach Hause kam. Ohne Geld für ein Taxi musste sie zu Fuß durch Rimini laufen, weinend und voller Scham. Daraufhin hatte sie sich geschworen, genauer hinzusehen. Sie war nicht mehr so naiv wie damals.

»Hm. Du könntest etwas aus deinem Heimatland essen, aber ich empfehle trotzdem die kornische Küche. Damit du sie kennenlernst.«

»Was gibt es denn Gutes?«

»Joe hat mir vor zwei Tagen verraten, heute frische Cornish Pasties auf den Tisch zu bringen.«

»Klingt verlockend. Ich bin sehr gespannt darauf, denn bisher habe ich sie noch nicht probiert.«

»Ist ein altes Bergarbeiteressen. Die Frauen der Kumpels haben ihnen die Teigtaschen mitgegeben. Die konnte man warm oder kalt verspeisen. Da man Untertage die Hände nicht waschen konnte, die Arbeiter jedoch Arsen abbauten, haben sie die Teigtaschen an der Markierung gehalten, den anderen Teil gegessen und den Rest weggeschmissen. So konnten sie eine Vergiftung verhindern.«

»Wow! Das wusste ich nicht. Welch geniale Idee!« Emilia staunte nicht schlecht. »Womit sind die Taschen gefüllt?«

»Steckrüben, Rindfleisch, Zwiebeln und Kartoffeln. Salz und Pfeffer natürlich zum Würzen.«

»Du scheinst dich beim Kochen gut auszukennen?«

»Früher habe ich viel Zeit bei Beth in der Küche verbracht.«

»Beth?« Den Namen hatte sie noch nicht gehört.

»Unsere Haushälterin und mein Kindermädchen.« Er räusperte sich und setzte den Blinker, bevor er abbog.

»Oh! Klar!«, antwortete Emilia sprachlos. Wer sich eine Haushälterin und ein Kindermädchen leisten konnte, war bestimmt nicht in ärmlichen Verhältnissen aufgewachsen. Stimmte es also, dass Finley ein Lord war?

Hatte er das nicht nur spaßeshalber dahergesagt? Aber warum erzählte er nicht mehr von seinem früheren Leben? Über sein jetziges hatte er begeistert berichtet.

Er parkte den Mini und stellte den Motor ab. »Wir sind da. Das Pub ist dort drüben.«

Emilia drehte den Kopf in die angegebene Richtung. Rund um die Fenster und den Eingang blinkten bunte Lichterketten. Es war nicht zu übersehen, dass Weihnachten für Engländer ein fröhliches Fest war und nicht ein stilles und besinnliches wie in Österreich. Sie öffnete die Autotür und stieg aus.

Vor dem Lokal standen ein paar Kerle mit Bier sowie Zigaretten in der Hand und diskutierten hitzig ein ihnen offenbar wichtiges Thema. Sie beachteten Finley und Emilia nicht.

Ein Schwall warmer Luft mit dem Geruch nach Alkohol und Essen gesättigt strömte Emilia entgegen, sobald sie eintraten. Das konnte ja heiter werden.

Die Einrichtung war in dunklem Holz gehalten. An einer Wand entdeckte sie einen Dart-Automaten. Aus den Lautsprechern erklang Musik aus den aktuellen Charts. Retro-Emaille-Schilder mit Werbung für Getränke zierten den Raum genauso wie gerahmte Bilder von Fischerbooten und Surfern in den Wellen. Das Pub war gut gefüllt. An der Theke standen jede Menge Leute. Finley führte Emilia an einen Tisch in einer Nische. Hier waren sie durch Holzwände etwas geschützt vor allzu vielen Blicken.

Diesmal nahm Finley die Mütze ab. Er kämmte mit den Fingern durch das Haar. Emilia hielt den Atem an. An irgendjemanden erinnerte er sie. An einen Schauspieler. Wenn ihr nur der Name einfiele. Brad Pitt? In jungen Jahren vielleicht. Aber egal. Sie hatte ihren Schwarm direkt vor sich.

»Ich hole etwas zu trinken und bestelle das Essen, wenn es dir nichts ausmacht.« Finley stand auf.

»Moment, ich komme mit.«

Ein Kerl, der vom Aussehen her Finley in nichts nachstand, wischte über die Theke. »Hi! Was darf's sein?«

»Hi Joe! Für mich eine Coke bitte, ich bin mit dem Auto da. Du kannst gern ein Bier nehmen, Emilia.«

»Nein, danke. Alkohol vertrage ich nicht so gut. Coke ist vollkommen okay.«

»Emilia kommt übrigens aus Österreich«, fügte Finley an Joe gewandt zu.

»Ach? Woher?«

»Wien. Und du?«

»Aus dem Burgenland.«

»Was verschlägt einen Burgenländer nach Cornwall?« Emilia schmunzelte.

»Das Surfen. Der Neusiedler See ist mir zu klein geworden.« Er zwinkerte ihr zu.

»Verstehe.« Sie lachte. »Das Meer ist dann doch eine größere Herausforderung.«

»Definitiv. In der Gegend hier herrscht ein chilliges Flair. Ich werde noch eine Weile bleiben, aber auf Dauer ist mir das Wasser zu kalt. Ich brauche mal Wärme.«

»Da wäre Hawaii etwas für dich«, mischte Finley sich ein.

»Wäre perfekt. Leider muss ich dafür noch eine Weile jobben.«

»Das kommt mir bekannt vor.« Emilia lachte. »Die Gastronomie wirft nicht für jeden Goldbarren ab.«

»Ach, du kellnerst auch?«

»Nein, ich koche. Und wechsle immer mal wieder den Ort, an dem ich arbeite.«

Joe legte das Wischtuch weg. »Erzähl. Wo warst du schon überall?«

»Die letzten fünfzehn Jahre habe ich ausschließlich in Italien verbracht.« Sie dachte an ihre Mutter, die sie dort trotzdem nicht gefunden hatte. Wie auch. Italien verfügte über sechzig Millionen Einwohner.

»Italien? Klingt fantastisch. Sonne, Meer, Wind und Wellen. Vielleicht sollte ich mal vorbeischauen?« Joe zog ein fragendes Gesicht.

»Solltest du. Im Winter habe ich in den Skiorten der Alpen in Südtirol und Veneto gearbeitet. Da gibt es nur Berge, Schnee und Eis«, warf Emilia ein.

»Wie in Funkelstein«, ergänzte Joe und zog die Mundwinkel hoch.

»Funkelstein? Wo ist das denn?« Emilia hatte von dem Ort noch nie gehört.

»Inmitten der österreichischen Alpen. Ein idyllisches Dorf. Liegt an einem See. Wellenreiten kann man dort nicht, aber Windsurfen ist okay. Oder Segeln. Für Anfänger. Das Wasser schlägt kaum Wellen.«

»Das ist doch für uns keine Herausforderung.« Finley lachte.

»Für uns nicht, aber man kann sich gutes Geld verdienen, wenn man Anfängerunterricht gibt. Hab die Zeit sehr genossen. Ist ein nettes Dorf mit angenehmen Leuten und einer tollen Bar.«

»Klingt gut, um Österreich mal Hallo zu sagen.« Finley sah Emilia vielversprechend an.

Meinte er, dass er mit ihr in dieses Funkelstein reisen wollte? Oder war das nur so dahergesagt? So wie die Erwähnung, dass er ein Lord sei?

»Wenn, dann solltet ihr vor Weihnachten dort Urlaub machen. Ist echt schön winterlich. Mehr Schnee als hier.« Er lachte. »So, ich muss jetzt. Zweimal Coke also. Und was zu essen?«

»Wir nehmen die Pasties. Einmal klassisch für mich bitte. Und für dich vegetarisch?« Finley wandte sich an Emilia.

»Ach, die gibt es auch mit vegetarischer Füllung? Perfekt. Dann ja, gerne.« Er hatte tatsächlich nicht vergessen, dass sie kein Fleisch aß. Wie hatte er sich das alles in so kurzer Zeit gemerkt?

Das konnte doch nur eines heißen: Finley interessierte sich für sie. Sie war nicht nur irgendeine Zufallsbekanntschaft, sondern sie war ihm zumindest Speicherplatz in seinen Gehirnwindungen wert. Ihr Herz schlug einen Tick schneller und ihre Wangen wurden warm.

Darüber hinaus vergaß Emilia jedoch nicht, dass er ihr etwas verheimlichte. Ob sie ihn direkt darauf ansprechen sollte?

18

Finley

Dieser Joe war heute seltsam gesprächig. Heimlich hatte Finley die Hände zu Fäusten geballt, so wütend hatte es ihn gemacht, dass der Kellner sich mit Emilia derart intensiv unterhalten hatte. Sonst brachte der Kerl kaum ein Wort heraus.

Emilia war verdammt noch mal sein Date und nicht das dieses Österreichers.

Okay. Vermutlich reagierte er soeben etwas über. Denn mehr als unverbindlichen Small Talk hatten die beiden ja nicht geführt. Normalerweise war Finley nicht besitzergreifend, wenn es um Frauen ging. Flatterte eine von einer zur nächsten Blüte wünschte er ihr viel Glück. Doch hier handelte es sich nicht um irgendein weibliches Wesen. Das hier war seine Entdeckung! Seine Emilia! Diese plötzlich auftauchende Erkenntnis wirbelte etwas in ihm durcheinander, denn eigentlich war er ja gar nicht auf Beziehungen aus.

Wie Emilia das sah, war natürlich eine andere Frage. Bisher hatten sie weder Grenzen abgesteckt noch eine wie auch immer geartete Beziehungsfrage, außer der einer Zufallsbekanntschaft, geklärt. Weil er sich über seine Gedanken ärgerte, überhörte er die Frage, die Emilia ihm gestellt hatte.

»Entschuldige, wie bitte?«

»Du hast vorhin Beth erwähnt. Ich wollte nur wissen, wer genau das ist.« Sie biss sich seitlich auf die Unterlippe. Vermutlich war sie unsicher, ob sie so tief in seiner Vergangenheit bohren durfte. Schließlich hatte er sein Privatleben vor seiner überstürzten Flucht bisher ausgespart.

»Sie ist die Haushälterin und hat für mich und meinen Bruder gesorgt, als unsere Mutter gestorben war.« Er nahm einen tiefen Atemzug. Inwieweit sollte er Emilia in seine Familiengeheimnisse einweihen?

»Verstehe. Dann hat also dein Vater sie damals angestellt.«

»Bereits zuvor. Beth war immer schon da gewesen. So lange ich denken kann.«

»Es ist schön, eine große Familie zu haben. Ich habe mir das immer gewünscht. Bei mir gab es nur meinen Vater und mich.«

»Zweimal Coke. Habt ihr drüben vergessen.« Joe brachte die bestellten Getränke und zwinkerte.

Diesmal atmete Finley erleichtert auf, denn das verschaffte ihm Zeit, über Antworten nachzudenken, mittels der er diesem heiklen Thema ausweichen konnte.

»Cheers!« Er hielt Emilia das Glas entgegen, um anzustoßen.

»Cheers!« Sie schlug mit ihrem daran. Dabei traf ihr Blick den seinen. Er verfing sich in ihren dunklen Augen wie ein Fisch im Netz und schaffte es nicht, wegzusehen.

»Auf einen schönen Urlaub«, sagte er eine gefühlte Ewigkeit später, um aus ihrem Netz zu flüchten.

»Urlaub. Habe ich das bei der Bahnfahrt so erzählt?« Emilia nahm einen Schluck des Getränks und stellte das Glas vor sich ab.

Emilia hatte doch davon geredet, dass sie die Schwiegerfamilie ihres Vaters besuchte. War das gelogen? Hatte sie womöglich ebenfalls etwas zu verheimlichen?

»Soweit ich mich erinnern kann. Ja.« Er musterte sie. Insgeheim wünschte er sich, dass sie nur eine Touristin war, die ein paar Tage in Cornwall verbrachte. In der Zeit hätte er die Möglichkeit, sie besser kennenzulernen. Und wer weiß, vielleicht kam sie ja mit nach Hawaii?

»Ehrlich gesagt, ich bin auf der Suche nach meiner Mutter.« Emilia zog die Brauen zusammen. Ein Zug Traurigkeit übertünchte ihr hübsches Gesicht.

»Deiner Mutter? Hattest du nicht erwähnt, dass sie dich als Baby verlassen hat?«

Emilia nickte. »Hat sie. Und nun habe ich Hinweise darauf, dass sie sich in Cornwall aufhalten könnte.«

»Das klingt ja interessant.« Tat es das? Wenn ihre Mutter in Cornwall lebte, konnte er den Gedanken, sie mit nach Hawaii zu nehmen, vergessen.

»Zweimal Cornish Pasties. Einmal klassisch, einmal vegetarisch. Guten Appetit.« Joe stellte die Teller vor ihnen ab.

»Das sieht ja interessant aus. Und wie es duftet! Wie isst man die Dinger nun? Mit der Hand oder mit Messer und Gabel?« Die Neugier stand Emilia ins Gesicht geschrieben. Sie beugte sich über die Pasty und inspizierte sie ausführlich, so als wolle sie von ihrem eigentlichen Gesprächsthema ablenken.

»Im Lokal bevorzuge ich Messer und Gabel. Am Strand darf es natürlich auch die Hand sein.« Ein Lachen konnte er sich nicht verkneifen.

»Okay, okay. Ich probiere mal.« Emilia nahm das Besteck und schnitt ein kleines Stück an der Ecke ab. Sie beförderte es in den Mund.

»Und?«

»Der Teig schmeckt schon mal lecker. Ich bin auf die Füllung gespannt.«

»Ich ebenso. In vegetarischer Form habe ich die Dinger noch nie probiert.«

Emilia schluckte den Bissen hinunter. »Noch nie? Warum nicht? Ich dachte, du isst viel vegetarisches Zeug?«

»Ich war seit zwanzig Jahren nicht mehr in Cornwall.«

Emilias Mund öffnete sich. Staunend sah sie ihn an. »Seit zwanzig Jahren?«

»Sieht so aus.«

»Und deine Familie? Wolltest du sie nie besuchen? Oder sind sie dir nachgereist?« Emilia hielt das Messer wie einen Taktstock und dirigierte damit ihre Worte.

Finley zuckte mit den Achseln. »Wir hatten keinen Kontakt.«

»Wie. Keinen. Gar keinen? Nicht mal telefonisch oder texten?«

»Entschuldige, ich wollte dich nicht vom Essen abhalten. Es ist eine längere Geschichte. Vielleicht erzähle ich sie dir später. Du solltest dein Pasty nicht kalt werden lassen.«

Mit einem Blick prüfte sie das Gericht. »Die Füllung dampft noch. Aber okay. Lass uns die typische Speise genießen.« Nachdenklich säbelte sie den nächsten Bissen ab. Auch er widmete sich seinem Essen.

Warum hatte er das Gespräch in diese Richtung gelenkt? War heute der Tag der Wahrheit gekommen? Finleys Gedanken wirbelten durcheinander.

»Es schmeckt fantastisch«, schwärmte Emilia. Sie hatte bereits die halbe Pastete gegessen. Das war Finley gar nicht aufgefallen. Er sollte sich auf die Gegenwart konzentrieren und nicht in eigenen Gedanken versinken.

»Du schlägst also vor, dass ich mich beim nächsten Mal ebenfalls für die vegetarische Variante entscheide?«

»Schmeckt die klassische nicht?« Ihr Blick wanderte auf seinen Teller.

»Doch herrlich. Wie in meiner Kindheit.«

Emilia schenkte ihm ein wohltuendes Lächeln.

»Finley, alter Hund! Hier steckst du!« Finley drehte sich dem Sprecher zu.

»Patrick! Schön, dich zu sehen!«

»Konntest wohl Annies Pasties nicht widerstehen.« Patrick lachte. »Die gute alte Annie kocht noch immer, obwohl ihr Rücken derartige Probleme macht, dass der Arzt ihr geraten hat, unbedingt eine Kur anzutreten. Aber Annie war schon immer ein Dickschädel, was ihre Küche betrifft. Darf ich vorstellen, das ist Kathy, meine Frau. Ihr seid euch ja bisher nicht über den

Weg gelaufen.« Indem er den Arm um ihre Schultern legte, holte er die Dame an seine Seite.

»Hi, Kathy! Nett, dich kennenzulernen.« Finley hielt ihr die Hand hin.

»Ach, lass, nicht so förmlich. Iss ruhig weiter. Patrick ist ein ungehobelter Klotz. Ich habe ihm noch gesagt, er soll euch nicht beim Essen stören. Die paar Minuten hätte er schon noch an der Theke ausgehalten.« Kathy verdrehte lächelnd die Augen.

»Mach dir keinen Kopf. Möchtet ihr euch zu uns setzen?«

»Wenn es euch nichts ausmacht?« Kathy sah von einem zum anderen. Eigentlich machte es Finley schon etwas aus. Er hätte den Abend lieber mit Emilia allein verbracht. Um ihre Meinung einzuholen, warf er ihr einen fragenden Blick zu. Emilia lächelte freudestrahlend und nickte. Ihre Reaktion verunsicherte ihn. Interessierte es sie nicht so sehr wie ihn, den Abend nur zu zweit zu verbringen?

»Kein Problem, ich freue mich, euch kennenzulernen. Ich bin übrigens Emilia.« Sie streckte die Hand vor und rutschte nach der Begrüßung um die Ecke der Bank, um Platz zu machen. Somit saß sie neben Finley. Patrick und Kathy nahmen ebenfalls Platz.

»Hast wohl deine Manieren auf Hawaii vergessen, Kumpel.« Patrick lachte laut. »Jetzt müssen sich deine Begleiterinnen schon selbst vorstellen.«

»Patrick, du siehst doch, dass er mit Essen beschäftigt ist. Abgesehen davon sind wir Frauen bereits so emanzipiert, dass wir das selbst übernehmen können.

Wo kämen wir da hin, wenn wir wie zu Jane Austens Zeiten wie Mäuschen darauf warten, vorgestellt zu werden?«

Emilia lachte. »Wie recht du hast!« Sie hielt die Handfläche in die Höhe und Kathy schlug ein.

»Frauenpower!«, rief Kathy.

Finley musste lachen. Ja, Power hatten die beiden Frauen. Genau wie seine Mum.

»Da hast du was angerührt. Wenn Kathy mal in Fahrt kommt, ist sie nicht zu bremsen.« Patrick schmollte gespielt.

»Tut mir echt leid, mein Freund. Aber wenn ich nach zwanzig Jahren Cornish Pasties bekomme, vergesse ich so Kleinigkeiten.« Finley zog mit einem Zwinkern seine Aussage ins Komische. Alle lachten, was nicht zuletzt an der guten Stimmung lag, die mittlerweile das gesamte Pub füllte und auch auf sie überschwappte.

»Ich hole uns was zu trinken. Für mich ein Bier. Und du Kathy?« Lag Sorge in Patricks Blick?

Ein Strahlen legte sich über Kathys Gesicht. »Orangenlimo wäre fantastisch.«

»Auch etwas zu essen?«

Sie winkte ab. Kurz darauf brachte Patrick die Getränke.

»Wo habt ihr denn eure Kinder gelassen?« Am Samstagmorgen, während Kathy im Supermarkt arbeiten war, hatte Finley die Kleinen kennengelernt und sich köstlich über Patricks Nachwuchs amüsiert. Sie waren drei süße Jungs, die, wenn sie nebeneinanderstanden, wie Orgelpfeifen wirkten.

»Sie schlafen heute ausnahmsweise bei meinen Eltern. Patrick und ich wollten zum Bingoabend kommen.« Kathys Vorfreude spiegelte sich in ihren Augen.

»Der findet heute statt?« Finley sah sich um.

»Wie jeden Mittwoch.« Patrick wackelte mit dem Kopf. »Heute hat er uns von der Couch gelockt. Es gibt etwas zu feiern.«

»Hat jemand von euch beiden Geburtstag?«, rief Emilia aus.

»Nope. Erst in acht Monaten. Ich bin wieder schwanger.« Kathy zog den Mund breit. Ihre Augen funkelten vor Freude.

»Oh, das freut mich für euch.« Emilia fand als Erste die Worte. Sie zog Kathy in ihre Arme. »Das ist wunderschön. Herzlichen Glückwunsch!«

»Danke. Ich zweifle zwar, ob es die richtige Entscheidung war, es noch einmal zu probieren, aber Kind Nummer vier wird hoffentlich ein Mädchen«, erklärte Kathy Emilia.

»Du hast die Gummistiefel diesmal hoffentlich ausgezogen, mein Freund.« Finley lachte und klopfte Patrick mit der flachen Hand gegen die Schulter.

»Und ob! Die drei martern einen sehr. Da muss jemand dagegenhalten.« Patrick fiel in das Lachen ein.

»Die nächste Runde geht auf mich«, sagte Finley.

»Die nächste übernehme ich«, warf Patrick ein.

Plötzlich entstand Tumult im Gastraum. Eine Gruppe Frauen und Männer kam zur Tür herein.

»Oh, das Bingo geht gleich los.« Kathy sah sich erfreut um. »Spielen wir mit?«

»Wenn du mir erklärst, wie es abläuft, gerne«, antwortete Emilia. Offensichtlich hatten Emilia und Kathy sich rasch angefreundet.

Emilias Unkompliziertheit imponierte Finley. Er hatte sich den gemeinsamen Abend zwar anders vorgestellt, dennoch genoss er es in vollen Zügen, Emilia zu beobachten. Über die angeschnittenen Probleme konnten sie ein andermal reden. Dafür war das erste Date nicht geschaffen.

19

Emilia

Zur Sperrstunde verabschiedeten sich die vier. An Finleys Seite ging Emilia mit ihm zum Auto. Sie hatte den Abend sehr genossen und sich über Kathys Eifer beim Bingo amüsiert, bis sie selbst das Bingofieber gepackt hatte. Zwar hatten weder sie noch die anderen etwas gewonnen, aber der Spaß hatte gesiegt.

Galant hielt Finley ihr die Beifahrertür auf. »Wenn du Lust hast, zeige ich dir das nächtliche Newquay. Außer du möchtest lieber nach Hause?« Seine Stimme klang weich und einladend. Offensichtlich hoffte er, dass sie zusagen würde, und das freute sie.

»Sehr gerne. Ich bin neugierig auf die Weihnachtsbeleuchtung. Tagsüber hängen nur die Kabel und Glühbirnen herum.« Die fröhliche Stimmung von zuvor schwang in ihr nach.

»Scheint so, als ob du die Weihnachtszeit lieben würdest.«

»Du etwa nicht?«

Er schüttelte den Kopf. »Nenn mich Grinch.«

Sie lachte. »So grün wie der siehst du nicht aus.«

»Warte ab!« Er ging um den Mini herum und nahm hinter dem Lenkrad Platz. Dann startete er den Motor und fuhr los.

In gemütlichem Tempo tuckerte Finley durch die Straßen der Stadt. Nach wenigen Minuten hatte Emilia keine Ahnung, wo genau sie sich befanden. Zuerst waren da Läden, die dicht aneinandergereiht standen und deren Schaufenster weihnachtlich dekoriert waren. An vielen Häusern leuchteten bunte Lämpchen. Später kamen sie in Wohngegenden mit älteren, aber auch neuen Cottages mit Vorgärten. Manch Palme war wie ein Weihnachtsbaum geschmückt. Das hatte Emilia bereits in Italien skurril gefunden. Doch hier erst recht. Aber trotzdem genoss sie die Fahrt durch das nächtliche Newquay. Kurze Zeit später ließen sie die Stadt hinter sich und kamen in eine unbewohnte Gegend.

»Was hast du vor?« Sicherheitshalber tastete Emilia in ihrer Handtasche nach dem Handy. Es steckte nach wie vor in dem Fach, in dem sie es vor dem Weggehen verstaut hatte.

»Ich zeige dir die Küste bei Nacht. Außer du möchtest dir das Spektakel entgehen lassen?« Er warf ihr einen Seitenblick zu, dem sie aufgrund der Dunkelheit nicht viel entnehmen konnte. Bis auf die Scheinwerfer des Autos und etwas Mondlicht, das die Landschaft mystisch wirken ließ, war keine Lichtquelle vorhanden.

»Wohin fährst du genau?«

»Zur Watergate Bay. Sie liegt nördlich von Newquay und ist ein Geheimtipp unter Surfern. Zumindest war sie das vor zwanzig Jahren noch.«

Diesen Strand hatte Emilia bereits auf Maps entdeckt. Sie hatte wieder eine ungefähre Orientierung, was sie beruhigte. Sie schloss ihre Tasche.

Bald darauf kamen sie an. Finley parkte den Mini mit Sicht auf Newquay. Sobald er den Motor und die Scheinwerfer abstellte, eröffnete sich ihnen ein traumhafter Panoramablick auf die nächtliche Stadt.

»Fantastisch!«, hauchte Emilia voller Begeisterung. »Ich habe nicht gewusst, dass es in Cornwall auch in der Nacht so schön sein kann.«

Sie ließ die Blicke schweifen. Jede Bucht war durch ihre Beleuchtung klar ersichtlich vom Meer abgetrennt. Gemeinsam mit der Straßenbeleuchtung formten sie die Umrisse Newquays. Auch wenn sie keine Ahnung hatte, wie die einzelnen hellen Flecken hießen, erhielt Emilia einen Überblick über die Lage und Form des Städtchens.

Finley war still und wirkte in sich gekehrt. Auch ihn schien das Panorama zu beeindrucken. Ob er oft mit Mädchen auf diesem Hügel gestanden und sie geküsst hatte?

Wie kam sie nun auf diesen Gedanken? Das war doch nur Klischee. Finley und sie waren hier, um die Stadt von der Ferne zu betrachten. Das war alles.

Abgesehen davon. Wie alt war er eigentlich? Wenn er zwanzig Jahre nicht hier gewesen war, musste er knapp älter sein als sie. Außerdem hatte er bei der Zugfahrt Daten genannt. Leider konnte sie sich nicht exakt erinnern. Jedenfalls war er bestimmt ein wenig älter als sie.

Ob er mit achtzehn gegangen war, um sein Glück auf den Wellen zu finden?

Sie würde sich hüten, ihm jetzt diese Frage zu stellen. So in sich gekehrt, wie er wirkte, dachte er bestimmt über etwas nach. Dabei störte sie ihn ungern.

Finley erwachte aus seiner Trance. »Da vorne ist das Meer. Wenn du möchtest, steigen wir aus und spazieren hinunter an den Strand.«

»Sehr gerne. Obwohl, es ist etwas dunkel hier.«

»Deine Augen werden sich bald an das Mondlicht gewöhnen. Außerdem haben wir Handys dabei und somit Taschenlampen.« Er lächelte ihr zu.

Sie öffneten die Türen und trafen sich vor dem Auto. Erst jetzt fiel Emilia der sandige, breite Weg auf, der zwischen den hohen Klippen flach abfallend nach unten führte.

»Es riecht nach Meer. Und ich kann es hören.« Emilia schnupperte die salzige Luft. Der Wind zupfte an ihrer Wollmütze. Sie zog sie tiefer in die Stirn.

»Gib acht, dass du nicht über etwas stolperst. Moment, besser du hältst dich hier fest.« Er bot ihr den Arm an und leuchtete mit dem Handy den Fußweg aus.

Emilia hakte sich unter. Ein wohliger Schauer durchströmte sie, ließ ihr Herz aufgeregt klopfen und ihre Haut kribbeln. Finleys Rasierwasser wehte um ihre Nase. Irgendetwas mit Sandelholz und Moschus. Ein Duft, den sie schon immer unwiderstehlich fand. Das Aroma hüllte sie ein und schärfte ihre Sinne. Mit einem Mal nahm sie alles intensiver wahr. Nicht nur Finleys Anwesenheit, sondern auch ihre Reaktionen darauf. Das aufgeregte Prickeln breitete sich in ihr aus und ließ ihre Hände zittern sowie ihre Beine weich wie Gummi werden. Finleys Muskeln spürte sie sogar durch die Jacken hindurch. Hätte sie nicht auf den Boden unter ihren Füßen achten müssen, wäre sie versucht gewesen, den Kopf an seine Schulter zu legen. Das heißt, eigentlich an seinen Oberarm. Denn Finley war um ein gutes Stück größer als sie.

Weil er nichts redete, fing sie damit an. Nur um ihre Aufregung in den Griff zu bekommen. »Ich habe auf der Karte gesehen, dass der Strand sehr lang gezogen ist.«

»Ja, bestimmt zwei Kilometer. Wir sollten ihn mal tagsüber besuchen. Du würdest staunen. Ich habe es geliebt, hier zu surfen. Die Watergate Bay ist bei Weitem nicht so überlaufen wie der Fistral Beach. Außer im August.«

»Warum das?«

»Da findet das Boardmasters Festival statt.«

»Ein Festival?«

»Ja. Das wird riesengroß aufgezogen. Bühnen mit Livemusik, jede Menge Essen und Getränke, Kunsthandwerk aus der Gegend, Yogakurse, Surfen natürlich und Party.«

»Und du bist live dabei.« Das war mehr eine Feststellung als eine Frage.

»Früher, als ich noch sehr jung war.«

»Wie alt bist du denn?«

»Siebenunddreißig.«

»Oh! Ich hätte dich jünger geschätzt.«

»Danke für das Kompliment. Und jetzt sag nicht, dass du siebenundzwanzig bist, auch wenn ich dich dafür halten würde.«

Emilia lachte und hätte dadurch beinahe eine Unebenheit übersehen. Gerade noch rechtzeitig konnte Finley sie festhalten, sodass sie nicht stürzte.

»Danke«, keuchte sie. »Also, fürs Halten und für die Einschätzung meines Alters. Aber ich bin bereits dreiunddreißig.«

»Hätte ich ehrlich nicht für möglich gehalten.«

»Dann sehen wir wohl beide jünger aus, als wir tatsächlich sind. Die erste Gemeinsamkeit.«

»Und bestimmt nicht die letzte.« Hieß das, dass er sie genauer kennenlernen wollte? In Emilia kribbelte es.

Das Rauschen der Wellen wurde lauter und lenkte Emilia von weiteren Gedanken ab. Kommt Zeit, kommt Rat, war eine gute Devise.

»Das Meer ist heute sehr unruhig.« Emilia warf einen Blick auf die tosenden Fluten, sobald sie am Strand angekommen waren. Finley schaltete die Taschenlampe ab. Ihre Augen gewöhnten sich schnell an die mondbeschienene Dunkelheit.

»Das liegt an der Strömung, den Gezeiten und den Winden.«

»Du kennst dich gut aus.«

»Ein Surfer, der sich nicht mit diesen Dingen befasst, spielt mit seinem Leben.«

»Da ist etwas Wahres dran.«

»Im Ernst. Was du zuerst lernst, ist, das Meer exakt einzuschätzen. Wetterbeobachtung, Flut, Ebbe, Winde und auch der Wetterbericht. Manche Wellen kommen von so weit draußen, dass sie dich mit ihrer Heftigkeit an einem ruhigen und klaren Sonnentag überraschen können.« Er seufzte.

»Hast du so etwas schon erlebt?«

»Meine Mutter wurde von einer heranrollenden Flutwelle überrascht.«

»Oh Gott! Was ist passiert?« Emilias Herz setzte einen Schlag aus. Ihre Hände wurden kalt. War das etwa der Unfall gewesen, den Finley erwähnt hatte?

Er blieb stehen, hielt aber ihren Arm fest. Dann sah er auf das dunkle Wasser, in dem sich der Mond und die Sterne an jenen Stellen spiegelten, wo die Wellen sich nicht schäumend brachen.

»Es war ein Sommertag. Kaum Wind. Weißwasser. Grüne Wellen. Was so viel heißt wie Anfängerwetter. Mum war mit mir am Strand. Sie war eine gute Wellenreiterin und hat mir das Surfen beigebracht. Gegen Abend war ich müde und bin auf der Decke im Sand geblieben. Mum wollte noch mal raus. Ich sah sie paddeln. Freute mich darauf, dass ich ihr zusehen konnte, wie sie aufstand und die Welle ritt. Das tat sie auch. Und dann passierte es. Eine Springwelle raste von hinten auf sie zu. Die Leute schrien. Mum versuchte noch, die Welle zu stehen. Doch die Strömung war zu stark. Mum fiel vom Brett und wurde mit dem Kopf gegen einen Felsen geschleudert. Sie hatte keine Chance. Die Leute vom Surfclub haben sie rausgeholt. Aber es war zu spät.«

Emilia stieß den angehaltenen Atem aus. Es musste furchtbar für den kleinen Jungen gewesen sein, den Tod seiner Mutter live mitzuerleben.

»Es tut mir sehr leid.« Ihr fehlten die Worte. Das Bild, wie er allein dasaß und zusah, verschwand nicht aus ihrem Kopf.

»Danke. Es ist lange her. Ich war gerade mal elf Jahre alt.«

»Viel zu jung, um die Mutter zu verlieren.«

»Da magst du recht haben.« Seine Stimme klang rau. »Aber so ist das Leben.«

»Und du surfst trotzdem noch immer und liebst es sogar.« Das war eher eine Feststellung als eine Frage.

Er löste seinen starren Blick vom Meer, sah Emilia an und nickte. »Ich liebe es sogar sehr. Es erinnert mich an schöne Zeiten mit Mum.«

Emilia standen die Tränen in den Augen. Sie versuchte, sie wegzublinzeln. Aber es gelang ihr nicht wirklich. Rasch wischte sie mit der freien Hand über die Wange.

»Du musst nicht weinen, Emilia. Ich habe den Schmerz schon lange überwunden. Nur noch sehr selten holt mich die Erinnerung ein und ich sehe wieder die Bilder.«

»Deine Geschichte berührt mich sehr. Tut mir leid, wenn ich die Tränen nicht zurückhalten kann.«

»Ach, komm her!« Finley zog sie in eine Umarmung. »Mum würde sich freuen, wenn sie sehen könnte, was aus mir geworden ist. Und dass ich mit dir heute hier stehe.«

»I-ist es hier passiert?« Erschrocken wandte Emilia den Kopf und versuchte, Felsen auszumachen. Es gelang ihr jedoch nicht, weil es zu dunkel war.

»Nein. Es war in einer kleinen Bucht in der Gegend.«

»Oh!« Der Gedanke, dass sie nicht am Unglücksort standen, beruhigte sie, obwohl er nichts daran änderte, dass seine Mutter vor seinen Augen ums Leben gekommen war.

Zärtlich streichelte Finley mit beiden Daumen die Tränen von ihren Wangen.

Das Mondlicht glänzte in seinen Augen, als er sie musterte. Ihre Arme hatte sie um seinen Oberkörper gelegt und der Duft nach Salz und Finley mischte sich zu einem unsagbar anregenden Aroma.

Finleys Mundwinkel zuckten. Er lächelte. In Emilia löste sich die Spannung, die sich während seiner Schilderung aufgebaut hatte. Sie erwiderte sein Lächeln. Dann blieb Finleys Blick an ihrem Mund haften. Emilia hielt den Atem an. Finley legte seine Lippen auf ihre. Und Emilia konnte nicht anders, als die zarte Berührung zu erwidern.

Aus den winzigen Küssen wurde mehr und sie entfachten ein Glücksgefühl in ihr, das sie bisher nicht gekannt hatte.

20

Finley

Niemals zuvor hatte Finley das empfunden, was Emilia mit ihren Küssen in ihm auslöste. Die Wärme, die von ihr ausging, die leisen Seufzer, die sie ausstieß, ihr Geruch nach Pfirsich und Minze. Am liebsten hätte er sich in ihr vergraben und wäre ewig abseits der wirklichen Welt in dieser Süße geblieben. Gott! Sie machte ihn wahnsinnig mit ihrer Zunge und ihren Lippen. Wie würde das erst sein, wenn sie nicht diese dicken Winterjacken trugen, sondern ihre Körper aneinander rieben? Fuck! Er sollte sich besser unter Kontrolle halten, sonst konnte er für nichts mehr garantieren.

Innerlich wehrte Finley sich dagegen, dennoch löste er sich wenige Zentimeter von Emilia. Der Mond beleuchtete ihr Gesicht und sie sah so zauberhaft aus, als ob sie einem mystischen Märchen entsprungen wäre. War das hier tatsächlich die Realität?

Unweigerlich schüttelte Finley den Kopf und presste seine Lippen abermals auf ihre. Sofort nahm sie seine Zunge auf, als ob nie etwas anderes geplant gewesen wäre. Himmlisch.

Nach Luft schnappend zog Emilia sich ein Stück zurück. Sie kicherte.

»Wenn du so weitermachst, ersticke ich.« Ihre Arme ließen ihn ihren Worten zum Trotz nicht los.

»Entschuldige. Das wäre fatal. Aber du lässt mir keine Chance, dir und deinen leidenschaftlichen Küssen zu entkommen. Ich fürchte, ich könnte danach süchtig werden.« Zärtlich stupste er mit seiner gegen ihre Nase.

»So schlimm?« Sie klang keck.

»Mehr als das. Ich fürchte, mich hat noch nie eine Frau so geküsst wie du.«

»Waren es viele?« Sie räusperte sich. »Die du ... geküsst hast?«

»Ein paar. Aber im Vergleich zu dir harmlos.«

Emilia lachte auf. »Harmlos? Darf ich das als Kompliment auffassen?«

»Definitiv. Du bist eine tolle Frau. Mit dir kann man reden, Spaß haben und ... ja ...«

»Küssen«, vollendete sie den Satz. Sie zog einen Mundwinkel hoch. Das Verlangen in ihren Augen verriet, dass sie ebenfalls an wesentlich mehr als eine kleine Schmuserei am Strand gedacht hatte. Heute hatte er jedoch nicht vor, ihr das anzubieten. Abgesehen davon, dass One-Night-Stands für ihn kaum in Betracht kamen, war Emilia ihm dafür zu schade. Sie war eine besondere Frau und hatte mehr verdient als eine simple Bettgeschichte. Doch konnte er ihr mehr bieten? Vermutlich nicht. Wie es aussah, hielt ihre verschollene Mutter sich in Cornwall auf. Emilia würde deshalb nicht mit ihm nach Hawaii kommen. Obwohl er mit dem Gedanken spielte, sie zu fragen. Und Finley würde nicht hierbleiben. Dass für sie beide deshalb keine Aussicht auf eine gemeinsame Zukunft bestand, ließ ihn zaudern. Er hatte nicht vor, Emilia zu verletzen. Das hatte sie nicht verdient. Wie sollte er sich also verhalten? Alles auf sich zukommen lassen? Vermutlich war es der einzig richtige Weg, den er wählen konnte. Denn noch war es zu früh, irgendwelche schwerwiegenden Entscheidungen über eine feste Beziehung zu treffen. Emilia nahm ihn immer mehr ein, aber sie sahen sich erst zum dritten Mal.

»Ich hoffe, dir ist nicht kalt? Der Wind hat aufgefrischt. Sollen wir zurück zum Auto gehen?« Damit lenkte er sich von seinen wirren Gefühlen ab.

Sie löste sich aus der innigen Umarmung und schaute sich um. »Ich hoffe, die Brandung spült uns nicht fort?«

»Bis hierher kommt das Meer für gewöhnlich nicht.«

»Und für ungewöhnlich?«

»Kann es schon mal vorkommen.« Er lachte über ihre ängstliche Mimik. »Aber nicht heute. Keine Sorge. Ich checke das Wetter und die Strömungen aus Prinzip täglich an jedem Ort, an dem ich mich befinde.«

»Das schätze ich sehr. Aber du hast recht. Es ist spät. Wir sollten zurück zum Auto und nach Hause fahren.« Klang ihre Stimme enttäuscht?

Er nahm ihren Arm und hakte ihn sich unter. Der Weg war nun vom Mond vollends beleuchtet und ihre Augen hatten sich an die Dunkelheit gewöhnt. Deshalb stapften sie ohne zusätzliches Licht durch den Sand nach oben.

»Was hältst du davon, wenn ich dir tagsüber die Gegend zeige? Bei Sonnenlicht sieht die Welt anders aus«, schlug er vor, während sie langsam den Steig hochgingen. Er verdrehte die Augen. Sollte er nicht besser Abstand von ihr halten, weil es für sie beide sowieso keine Chance gab?

»Das ist eine wunderbare Idee. Bis jetzt habe ich es nicht geschafft, die Klippen entlangzuwandern.« Sie klang so heiter, dass er den Gedanken wieder verwarf. Er hatte ihr einen Spaziergang vorgeschlagen und nicht um ihre Hand angehalten.

»Das solltest du dringend nachholen. Wenn ich dir behilflich sein kann, stehe ich dir gerne zur Verfügung.«

»Du wirst also als mein persönlicher Wanderführer fungieren?«

»Aber klar doch. Wann ist es der Lady genehm?« Er tätschelte ihre Hand, die in seinem Arm ruhte.

Sie kicherte. »Keine Ahnung? In den nächsten Tagen vielleicht?«

»Wie wäre es mit Samstag?«

Emilia schien zu überlegen. »Ich denke, das ist eine gute Idee. Auf jeden Fall halte ich mir den Tag frei. Du weißt bestimmt, wie das Wetter wird, nehme ich an?«

Finley lachte. »In Cornwall weiß man das nie so genau. Aber ich denke, der Tag könnte ein wunderschöner Dezembertag werden. Mit Wind, Regen und Sonnenschein. Vielleicht ist es auch nebelig.«

»Da war jetzt aber echt alles dabei. Außer Schneefall.«

»Eines kann ich dir versichern: In Cornwall schneit es sehr selten.«

»Warum eigentlich?«

»Das Klima wird vom Golfstrom beeinflusst. Der sorgt dafür, dass es nie zu kalt wird. Dir sind bestimmt bereits die Palmen aufgefallen, die hier wachsen?«

Sie nickte. »Ich hatte keine Ahnung, dass hier nicht tiefster Winter herrscht. Vermutlich habe ich Cornwall mit Schottland verwechselt.«

»Das passiert vielen. Aber auch in Schottland ist das Klima ausgeglichen. Nur in den Highlands im schottischen Norden fällt öfter Schnee. Auch in Irland herrscht nicht tiefster Winter wie bei euch in den Alpen. Die keltische See trennt Cornwall von Irland.« Er zeigte in die Richtung über das Meer.

Emilia folgte seinem Arm mit Blicken. »Wie du gemerkt hast, laufe ich hin und wieder sehr orientierungslos durch die Landschaft. Also, bitte verzeihe mir.«

»So wie bei dem Treffen im Weihnachtsladen?« Er schmunzelte. »Deshalb ist es wichtig, dass du am Samstag mit mir die Natur rund um Newquay erkundest und dich nicht auf eigene Faust in die Wildnis begibst.«

»Wie edelmütig von dir! Vermutlich wird trotzdem kein geografisches Genie aus mir.« Sie seufzte theatralisch.

»Was ich in diesem Fall zu hoffen wage.« Er lachte und sie stimmte mit ein.

Sie erreichten den Parkplatz und blieben vor dem Mini stehen. Der Mond beschien das Meer und spiegelte sich glitzernd darin. Der Wind hatte nachgelassen. Am Himmel leuchteten Tausende Sterne. Und da passierte es. Eine Sternschnuppe raste über das Firmament.

»Hast du das gesehen?« Emilia hielt den Atem an.

»Die habe ich extra für dich bestellt.«

»Wir dürfen uns etwas wünschen. Aber nicht verraten!« Emilia schloss die Augen und legte den Kopf in den Nacken. Nachdenklich zog sie die Stirn kraus und schob die Lippen vor. Das sah dermaßen süß und verlockend aus, dass Finley sie am liebsten geküsst hätte. Aber er beließ es dabei, Emilia anzusehen und ihren Anblick mit allen Sinnen aufzusaugen. Er hätte ebenfalls einen Wunsch ans Universum senden können. Doch sein Kopf war wie leer gefegt. Für Finley existierte in diesem Moment nur eins: Emilia.

Und dann tat er es doch. Er zog sie zu sich heran und presste seine Lippen auf ihre. Wie von selbst wanderten ihre Arme um seine Mitte. Und sie küsste ihn erneut mit dieser Intensität, die ihm den Boden unter den Füßen wegzog. Er ließ sich in die liebevolle Umarmung fallen und bekam nicht genug von ihrer Süße.

Nach einer halben Ewigkeit ließen sie voneinander ab.

»Es ist wunderschön mit dir. Und ich bedaure, dass es bereits so spät ist. Denn viel lieber, als dich gut nach Hause zu bringen, würde ich dich küssen.« Eine neckische Locke hatte sich an ihren Wimpern verfangen. Behutsam strich Finley sie beiseite. Allein ihr Lächeln verzauberte ihn so sehr, dass er alle Einwände, sich auf sie einzulassen, vergaß.

»Tu es doch!« Herausfordernd streckte sie ihm ihr Gesicht entgegen.

Das ließ er sich nicht zweimal sagen. Diesmal küsste er sie sanft und zärtlich. Ihr beider Atem ging schnell.

Emilia stieß kleine Seufzer aus. Und er konnte nicht umhin, mit ihr zu stöhnen.

»Was hast du nur mit mir gemacht, Emilia?«, flüsterte er nah an ihren Lippen und lockerte die Umarmung.

Sie zuckte die Schultern. »Es liegt bestimmt nur am Sternenzelt.« Verträumt betrachtete sie den Himmel über ihnen.

»Mag sein, dass es hilfreich ist, aber für mich liegt es nicht daran, sondern an dir, Emilia.« Liebevoll drückte er sie ein letztes Mal an sich, bevor er sich ganz von ihr löste. Ihr Lächeln entging ihm nicht.

Doch dann wurde ihr Blick ernst. »Du hast recht. Wir sollten nun fahren. Bestimmt hast du morgen viel zu tun.«

Kälte kroch in ihm hoch. So würde es sich anfühlen, wenn ihre Wege sich wieder trennten. So oder noch viel schlimmer. Er zwang sich, sich auf die Gegenwart zu konzentrieren. Jetzt war er da. Und Emilia ebenso. Alles Weitere würde sich fügen. Ganz bestimmt.

»Das ist richtig.« Es gab noch so viel, was er erledigen musste. Doch daran wollte er jetzt nicht denken. Er wollte das wunderbare Gefühl mitnehmen, das Emilia in ihm ausgelöst hatte.

Schon auf der Fahrt zur Watergate Bay hatte ihn Emilias Begeisterung über die Weihnachtsbeleuchtungen amüsiert. Auf der Rückfahrt zeigte sie ihr Vergnügen ungeniert. Offenbar schwebte auch sie auf Wolke sieben.

»Oh, schau mal! Der beleuchtete Schneemann dort im Garten. Ist der nicht süß?«, rief sie aus und wackelte auf dem Autositz, als ob sie aus dem Fenster springen wollte. Er folgte der angedeuteten Richtung mit einem Seitenblick.

»Und die roten Herzen an der Regenrinne. Sind die nicht herrlich kitschig?« Sie kicherte. »Bestimmt sind die frisch verheiratet.« Sie bildete mit den Fingern ein Herz und kreiste damit in der Luft.

»Siehst du das dort drüben? Die vielen bunten Lämpchen rund um die Tür? Ich finde es witzig, dass ihr keinen Schnee habt, eure Häuser jedoch aussehen, als handelte es sich bei jedem einzelnen um eine Après-Ski-Bar!« Sie lachte laut auf.

»Wir lieben unser Weihnachtsfest eben bunt.« Finley fiel in ihr Lachen ein.

»Und ich dachte, du wärst der Grinch?«

»Okay. Ich nehme mich aus, wenn es darum geht, das Fest zu lieben.« Beinahe hatte er vergessen, dass er Weihnachten hasste. Aber ein bisschen Schmuck machte ja noch keine Familientragödie. Oder? Er verdrängte die Erinnerungen an die Streitereien, die seine Familie in der schönsten Zeit des Jahres beherrscht hatten. Jetzt war nicht der passende Zeitpunkt, um darüber nachzugrübeln. Der Abend war zu schön. Emilia zauberhaft. Er setzte den Blinker und wechselte die Straße.

»Warum magst du Weihnachten nicht?« Emilia war überraschend leise geworden. Offensichtlich hatte sie gemerkt, dass Weihnachten ihn triggerte.

Was sollte er ihr antworten? Die Wahrheit?

»Weihnachten war in meiner Familie ein eher ungemütliches Fest. Mein Vater hatte andere Vorstellungen davon, wie wir es verbringen sollten.« Er räusperte sich.

»Oh! Es gab also Streit?«

»Jedes Jahr.«

»Das tut mir sehr leid. Weihnachtserinnerungen sollten etwas Positives sein. Sodass die Kinder sie ihr Leben lang mitnehmen können.«

»War das bei dir so?«

»Mein Vater hat sich redlich bemüht. Und es ist ihm auch gelungen.«

»Wie habt ihr gefeiert?«

»Den Heiligen Abend haben er und ich jedes Jahr gemeinsam verbracht. Wir haben den Baum geschmückt, Kekse gegessen, Tee getrunken, Weihnachtslieder gehört und mitgesungen. Wir haben auf der Couch gesessen und Weihnachtsfilme gesehen. Und das im Pyjama.« Sie lachte. »Ich werde nie vergessen, wie ich ihm als Teenie den Onesie mit dem riesigen Weihnachtsteddy darauf geschenkt habe. Papa hat in dem Strampelanzug ausgesehen wie ein Riesenbaby. Wir hatten so viel Spaß. Du musst verstehen, dass mein Papa sehr lustig sein kann. An ihm ist ein Comedian verloren gegangen.« In der Erinnerung schwelgend lächelte sie.

Dass sein Vater das exakte Gegenteil davon war, erwähnte Finley nicht. Er wollte Emilia die Stimmung nicht verderben. Und sich selbst auch nicht, obwohl ihm das nicht wirklich gelang.

Er bog in die Gasse, in der die Pepperloves wohnten. Vor dem Haus hielt er den Mini an und stellte den Motor ab.

»Es war ein wunderschöner Abend. Danke dafür.« Emilia sah ihn an. Das Licht der Straßenlaterne spiegelte sich in ihren Augen. Sie lächelte.

»Das freut mich. Ich habe ihn auch genossen.« Er fasste nach ihren Händen. Sofort verschränkte sie die Finger mit den seinen. Ihre Blicke verhakten sich.

Finley schwirrte ihr entgegen wie eine Motte dem Licht. Er musste sie ein weiteres Mal küssen. So als würde sein Leben davon abhängen, es zu tun. Und es fühlte sich himmlisch an.

»Auf Wiedersehen, Emilia.« Es kostete ihn Unmengen Kraft, sich von ihr zu lösen. Seine Stimme war ein Flüstern. »Wir sehen uns am Samstag. Versprochen?«

»Versprochen!« Mit einem ihrer unwiderstehlich süßen Seufzer drückte sie ihm einen Kuss auf die Lippen, raffte ihre Tasche und verließ den Wagen. Am Gartentor drehte sie sich um und winkte ihm.

Finley wartete, bis sie die Haustür hinter sich geschlossen hatte. Dann startete er den Motor und fuhr zum Herrenhaus.

Es würde sich zwar seltsam anfühlen, zum ersten Mal seit zwanzig Jahren in dem alten Kasten zu schlafen, aber immerhin gehörte ihm das Anwesen und es sprach nichts dagegen, es zu bewohnen, bis er es verkaufte.

21

Emilia

Als Emilia am späten Vormittag nach unten in die Küche ging, war Harriet gerade dabei, Weihnachtskarten zu schreiben.

»Guten Morgen, meine Liebe. Wie war dein Abend?« Sie sah auf, sobald Emilia den Raum betrat. Die Neugier war der älteren Dame ins Gesicht geschrieben. Ihre geröteten Wangen glichen denen der Frau des Weihnachtsmannes.

Emilia schmunzelte. »Es war sehr nett.«

Ein imaginäres Fragezeichen bildete sich in Harriets Antlitz.

»Wir waren im Pub, haben Bekannte getroffen, Cornish Pasties gegessen und Bingo gespielt.« Sie würde sich hüten, von ihrem nächtlichen Ausflug an den Strand zu berichten. Und schon gar nicht von den Küssen. Die gingen nur Finley und sie etwas an. Aber auf keinen Fall Harriet.

»Das klingt nach einem sehr gemütlichen Abend. Hast du etwas gewonnen beim Bingo?«

»Leider nicht.« Emilia lachte.

»Pech im Spiel, Glück in der Liebe.« Verschwörerisch zwinkerte Harriet ihr zu.

Warum wurden Emilias Wangen so heiß? Bestimmt sah sie nun selbst wie die Weihnachtsfrau aus. Schnell drehte sie sich weg und kümmerte sich um die Kaffeemaschine.

Fred trat in die Küche. »Wer hat Glück in der Liebe?«

»Unsere liebe Emilia.«

»Besser den Schatz an der Hand als in einem Investment begraben.« Fred lachte dröhnend über seinen Witz.

Emilia nahm den Kaffeebecher und sah, wie Fred in der für ihn typischen Art und Weise die Bartspitzen zwirbelte. Belustigt zwinkerte er ihr zu.

»Genieße dein Leben, solange du jung bist. Alt wirst du von selbst.« Mit einem Stöhnen ließ er sich Harriet gegenüber auf den Stuhl nieder. »Wie du siehst, machen meine müden Knochen nicht mehr mit. Badezimmer renovieren ist nicht unbedingt das, was sie täglich benötigen.«

»Seid ihr denn schon fertig?« Emilia war froh, das Thema wechseln zu können.

»Bis auf wenige Kleinigkeiten ist alles erledigt. George, unser Nachbar, kann sich bald in die neue Badewanne legen und dabei die Fliesen bewundern.« Mit zwei Fingern strich Fred den Schnurrbart auseinander. Daraufhin ergriff er eine der vielen Weihnachtskarten, die Harriet auf dem Tisch verstreut liegen hatte.

»Oh, nein! Fred! Bitte lass sie an der Stelle, ich habe sie bereits geordnet. Sonst weiß ich wieder nicht, wem ich welche Karte schicken soll.« Hektisch fuhr sie sich ins Haar.

Ihr Mann lachte. »Ich würde mir nie erlauben, deine … Ordnung … in Unordnung zu bringen.« Er legte das gute Stück zurück und wandte sich an Emilia. »Du musst verstehen, Harriet bereitet das Schreiben der Karten eine riesengroße Freude. Für sie ist es ein vorweihnachtliches Zeremoniell, ohne welches das Fest niemals stattfinden könnte.«

»Ich wusste gar nicht, dass man heutzutage noch Karten schreibt.« Emilia runzelte die Stirn.

»In eurer Generation vielleicht nicht. Aber wir Älteren und besonders wir in Cornwall und England schreiben jede Menge davon. Wenn ich welche bekomme, hänge ich sie auf dem bunten Band im Wohnzimmer auf. Zwei habe ich schon. Du darfst sie gerne lesen, Emilia.«

»Ist das also eine Weihnachtstradition?« Emilia hatte sich zu den beiden an den Tisch gesetzt und ließ den Blick über das Sammelsurium an weihnachtlichen Karten schweifen.

»Auf jeden Fall. Ohne Weihnachtspost geht gar nichts.« Mit dem Kopf des Kugelschreibers tippte Harriet auf das Bild eines Weihnachtsmanns, der einen Schneemann baute. »Ich denke, die hier schicke ich dem kleinen Samuel. Er wird sich sicherlich freuen, wenn er Post von seiner Oma bekommt.«

»Ganz bestimmt.« In der Sekunde fiel Emilia ein, dass sie ihrer Freundin Marie eine Karte nach Salzburg schreiben könnte. Zwar könnte es sein, dass sie diese erst später erhielt, weil Marie sich im Moment in Dänemark um den Nachlass ihrer Oma kümmern musste. Aber sie freute sich mit Sicherheit über den kleinen Lichtblick. Außerdem könnte sie einigen ihrer ehemaligen Arbeitskolleginnen ebenfalls Weihnachtspost schicken. Sie nahm sich vor, im Ort nach passenden Weihnachtskarten zu suchen und nicht nur bei Andy nachzufragen, ob er neue Nachrichten von ihrer Mutter für sie hatte.

Nach einem ausgiebigen Frühstück, das für Harriet und Fred, die seit drei Stunden wach waren, zugleich den Lunch darstellte, holte Emilia das Fahrrad aus dem Schuppen. An der Gartentür begegnete sie einer Frau, die sich wegdrehte und weiterging, um zu telefonieren, sobald Emilia das Gartentor öffnete. Emilia schob das Fahrrad auf die Straße und fuhr ins Zentrum. Dort stellte sie es an dem Platz ab, den sie bei ihrem ersten Ausflug gefunden hatte. Der Himmel zeigte sich im Gegensatz zum nächtlichen leicht bewölkt. Es schien so, als ob es heute im Laufe des Nachmittags regnen würde. Kein Wunder. Im Dezember gab es jede Menge an Regentagen in Cornwall. Nun gut, Emilia hatte vorgesorgt. Und letztlich lag es an ihr selbst, möglichem Regen in einem netten Café auszuweichen, bis der Himmel wieder aufklarte.

Sie folgte dem Donnern der Wellen, die heute heftig an die Klippen brandeten, an den Strand und betrachtete das Naturschauspiel. Sogar bei diesen unwirtlichen Bedingungen hatten sich Surfer ins Wasser getraut. In einer Reihe warteten sie, bis jeweils einer sich löste, um aufzustehen und die Welle zu reiten. Natürlich trugen sie Neoprenanzüge. Bei dem kalten Wind kein Wunder. Wie Finley ihr erzählt hatte, betrugen auch die Wassertemperaturen im Dezember nur um die elf Grad. Faszinierend, wie athletisch die Körper auf den Boards aussahen und die Surfer beinahe die gesamte Bucht entlang nicht ins Wasser fielen.

So musste das damals bei Finleys Mum gewesen sein. Er am Strand und sie auf der Welle. Emilia fröstelte. Diesmal jedoch nicht von der Dezemberkälte, sondern von der Erinnerung daran, wie der kleine Junge den Unfall mitansehen musste. War er deshalb von hier weggegangen? Bestimmt hatte es etwas damit zu tun. Und vielleicht auch mit seinem Vater. Weihnachten war ebenfalls kein fröhliches Fest gewesen, wie Finley ihr gestanden hatte. Ob sie seinen Vater jemals kennenlernen würde?

Nein. Sie war lediglich auf Besuch hier und würde so schnell verschwinden, wie sie gekommen war, falls ihre Mutter sich nicht hier aufhielt. Wenn aber doch? Ein Lächeln breitete sich nicht nur in ihrem Gesicht, sondern auch in ihrem Herzen aus. Denn eines war klar: Falls ihre Mutter in Cornwall lebte, würde sie sich hier einen Job suchen. Dann wäre sie bei Finley. Aber hatte der nicht gesagt, dass er zwanzig Jahre lang weg gewesen war und auf Hawaii lebte? Aber warum? Surfen konnte er doch auch hier und von Newquay ausgehend die Strände der Welt bereisen. Irgendein Puzzlestück fehlte hier. Sie kam nicht drauf, was es war. Emilia löste sich von dem Schauspiel, das die Wellenreiter ihr boten, und ging weiter.

Auf einer Plakatwand sah ihr ein glückliches, sich küssendes Pärchen entgegen. In der Sekunde prickelten ihre Lippen in der Erinnerung an die Nacht. Es hatte sich wahnsinnig gut angefühlt, von Finley geküsst zu werden. Wie ein Versprechen an mehr. Sogar an viel mehr.

Eine tiefe Sehnsucht nach Finley erfasste sie. Was er wohl heute vorhatte? Zweimal hatte er gestern gesagt, es wäre spät. Trotzdem hatte er weitergemacht und somit eindeutig bewiesen, dass er am liebsten gar nicht damit aufgehört hätte, sie zu küssen. Bis sie selbst den Abend beendet hatte.

Wahrscheinlich war es ihm wie ihr ergangen. Er hatte gespürt, dass etwas Besonderes zwischen ihnen passierte. Doch im Kopf existierte das Wissen, dass ihrer beider Wege sich wieder trennten. Kein gutes Vorzeichen für die große Liebe. Aber suchte sie die überhaupt? Genügte es nicht, sich auf die Gefühle einzulassen, die er in ihr erzeugte und diese auszukosten? Was nachher kam, wusste man nie. Das Leben fand hier und jetzt statt und nicht in ferner Zukunft. Während Emilia über all das nachdachte, gelangte sie bei Andy's an.

Mit klopfendem Herzen öffnete sie die Tür und betrat den Laden.

Wie beim letzten Mal kam Andy hinter dem Vorhang hervor.

»Ach, du wieder.« Welch überschäumend freundliche Begrüßung. Sein Lächeln widerlegte seine harschen Worte.

»Hi Andy, schön, dich zu sehen. Bestimmt hast du Neuigkeiten von meiner Mum für mich.« Emilia setzte ein Lächeln auf, um diesen grummelnden Andy mit guter Laune zu überhäufen.

»Du lässt wohl nicht locker?« Er vergrub die Fäuste tief in den Taschen seiner lilafarbenen Latzhose und verzog mitleidig das Gesicht.

»Habe ich nicht vor. Hast du ihr meine Nachricht übermittelt?«

Kurz drehte er sich weg und seufzte, bevor er ihr antwortete. »Hör zu, ich habe keine Ahnung, wo Alessia sich aufhält. Vermutlich ist sie abgereist.«

Das klang nach einer Lüge, so wie er sich wand und auf den Boden vor seinen Füßen stierte.

»Warum habe ich das Gefühl, dass dem nicht so ist?« Emilia krallte sich an den Riemen ihrer Handtasche. Auch wenn es nur ein winziger Strohhalm war, der sich ihr in diesem Laden eröffnet hatte. Sie würde nicht aufhören, sich an ihn zu klammern. Die Hoffnung stirbt zuletzt.

»Hast du schon einmal darüber nachgedacht, dass sie es überfordern könnte, wenn du plötzlich vor ihr stehst?« Andy schob die Brauen hoch. Mitleid lag in seinen Augen.

Ganz bestimmt wusste er mehr, als er bereit war, zuzugeben.

Sie schüttelte den Kopf. »Kann sein oder auch nicht. Ich würde sie gerne fragen, warum sie nicht mit mir reden möchte. Ich bin ihr Kind. Ihre Tochter. Sie hat mich weggegeben, als ich noch ein Baby war. Der Brief und das Bild, das sie mir mitgegeben hat, sind der Beweis. Wenn sie möchte, bringe ich dir das alles noch heute vorbei und du kannst es ihr zeigen. Aber dazu benötige ich deine Hilfe. Sag ihr das bitte!«

»Du musst ihr nichts beweisen. Sie wird dir glauben. Aber ich ... Ich bin dann gleich weg. Muss nach London.«

Verflixt aber auch!

»Und das lässt sich nicht verschieben?«

Andy lachte auf. »Tut mir leid, es handelt sich um eine Vernissage. Auf den Termin habe ich keinerlei Einfluss.« Bedauernd zog er die Schultern hoch.

»Stellt Alessia dort aus?«

Andy stieß die Luft aus und schüttelte den Kopf. »Sie ist nicht darauf aus, in der Kunstwelt berühmt zu werden. Also, nein. Alessia ist nicht dabei.«

»Aber du weißt, wo sie sich aufhält. Ist sie in London?«

Mit einer raschen Bewegung drehte Andy sich einmal um sich selbst und seufzte tief. »Hör mal, Emilia! Ich darf dir nicht sagen, wo sie ist. Wenn ich zurück bin, kümmere ich mich darum.«

Er durfte es nicht? Also wusste er es. »Versprochen?« Ihre Stimme zitterte. Sie hielt den Atem an, um sich voll und ganz auf seine Antwort zu konzentrieren.

Er nickte. »Von mir aus.«

»Wann kommst du zurück?« Beinahe hätte sie vor lauter Aufregung vergessen, ihm diese Frage zu stellen.

»Ich weiß es nicht genau. Rechne mit etwa einer Woche. Und jetzt muss ich packen. In einer halben Stunde werden meine Bilder und ich abgeholt. Ich bin echt spät dran.« Er kratzte sich hinter dem Ohr.

»Stellst du aus?«

»Jep.«

»Wow! Gratuliere!«

»Schon gut. Wir sehen uns.« Unverhohlen deutete er mit dem Zeigefinger zur Tür.

»Verstehe. Du wirfst mich raus. Aber ich komme wieder!«

»Lässt sich offenbar nicht vermeiden.« Andy grinste sie gutmütig an.

Emilia winkte ihm zu und verließ den Laden. Hinter ihr schloss er die Tür ab. Sie atmete tief ein. Nun gut. Dann würde sie eben noch eine Woche hierbleiben und warten, bis er zurückkam. Es gab Schlimmeres, als seine Zeit in Cornwall zu verbringen. Und jetzt machte es sogar Sinn, sich für die kommende Saison einen Job hier in Cornwall zu suchen. Immerhin sah es so aus, als ob ihre Mutter sich nicht in Italien, sondern in dieser Gegend aufhielt. Emilias Herz klopfte bis zum Hals.

Ein paar Schritte weiter entdeckte sie ein Geschäft, in dem Weihnachtskarten angeboten wurden. Dort kaufte sie gleich mehrere davon, um sie an ihre Bekannten und Freunde zu schicken. Für Marie erstand sie eine ganz besondere. Darauf war ein Computer abgebildet, an dem Santa Claus arbeitete. Das fand sie passend für ihre Freundin, die einen Blog betrieb, in dem sie von ihren Reisen berichtete.

Als Emilia wieder auf dem Rad saß, um nach Hause zu fahren, dachte sie an das Gespräch mit Andy. Ein Glücksgefühl erfasste sie bei dem Gedanken, dass sie ihrer Mutter ganz nah war. Ihr Puls pochte eine Spur stärker, ihre Haut kribbelte in Vorfreude. Bestimmt würde sie ihre Mama finden, wenn Andy wieder zurückkam. Leider fühlte sich eine Woche an wie die Ewigkeit.

22

Finley

»Fergus! Schön, dass du gekommen bist.« Finley begrüßte seinen Mitarbeiter. »Es wird Zeit, dass ich mir den Stall genauer ansehe. Und vor allem die Pferde.« Er wusste bereits jetzt, dass er es hassen würde. Aber es musste sein. Bevor er sich um den Verkauf der Tiere kümmerte, sollte er sich von Fergus, der sie betreute, auf jeden Fall beraten lassen.

»Wenn ihr fertig seid, kommt rein auf Tee. Ich habe Scones gebacken«, rief Beth ihnen nach.

»Machen wir. Danke Beth.« Finley drückte ihr einen Kuss auf die Wange. Beth grinste und klapste ihm mit der flachen Hand auf den Hinterkopf.

»Du Kindskopf!«, schimpfte sie kichernd.

Im Flur schlüpfte Finley in Gummistiefel, die er vor ein paar Tagen im Schrank entdeckt hatte. Er zog den grasgrünen Parka an, der in der Garderobe hing und ihm sogar passte. Bestimmt hatten die Sachen seinem Bruder gehört. Bevor er das Anwesen veräußerte, würde er jemanden damit beauftragen, alles Bewegliche zu verkaufen. Oder sollte er es spenden? Himmel. Es gab so viel zu bedenken und zu tun.

Fergus und er gingen über den mit Kieselsteinen angelegten Vorplatz zu den Gebäuden etwas außerhalb des Haupthauses. Hier befand sich der Zugang zu einem kleineren Bürogebäude. Das Büro war durch zwei Türen und einen Flur vom Stall getrennt. In den Stallungen befanden sich sechzig Boxen. Im Gegensatz zu früher waren nur wenige belegt. Es roch nach Stroh, Mist und Pferden. Ein Geruch, der Finley triggerte. Sofort tauchte sein Vater vor ihm auf. Die Hiebe der Reitgerte brannten wie damals. Alles nur, weil er sich geweigert hatte, auf den Gaul zu steigen, nachdem der ihn abgeworfen hatte. Und es war nicht das einzige Mal, dass sein Vater nach der Gerte gegriffen hatte, um Finley zu züchtigen, wie er es so fein ausgedrückt hatte.

Schweiß stand auf Finleys Stirn. Manche der Tiere schnaubten oder kauten Heu. Das mahlende Geräusch war laut und nicht unbedingt jenes, welches er wahrnehmen wollte. Zu seinem Glück liefen jedoch keine Pferde frei herum. Finley atmete auf.

»Das hier ist der Rest der Zucht. Der Kerl hier heißt Wildborn. Er ist Kendricks Lieblingshengst. Also … war.« Fergus fütterte den Rappen mit einer Karotte. »Vermutlich ist er der Wertvollste von allen. Die anderen acht Tiere sind noch jung und perfekt zum Züchten und zum Reiten. Die Damen haben wir im anderen Trakt.« Fergus ging voraus, Finley hinterher. Er stellte keine Fragen, wollte auch gar nicht viel darüber wissen. Hauptsache, er wurde die Tiere los.

»Diese Schönheit hier heißt MyLady, sie ist noch einiges wert. Diese drei hier sind perfekt zum Züchten. Im Moment ist keine trächtig. Und die beiden alten Damen bekommen das Gnadenbrot.« Fergus ging mit ihm die einzelnen Boxen durch und erläuterte seine Ansichten über die Tiere.

Finley schwirrte der Kopf.

»Danke Fergus. Und du denkst, der Pferdehändler wird uns nicht übers Ohr hauen?«

Fergus tätschelte MyLady den Hals. »Den kenne ich mein Lebtag lang. Dein Vater hat früher schon Geschäfte mit ihm gemacht. Wir können ihm vertrauen.«

»Gut. Dann vertraue ich euch beiden. In zwei Wochen findet also die Auktion statt?«

»Jep. Wir werden sie verkaufen und versuchen, den besten Preis rauszuholen.«

»Danke. Bist ein toller Bursche. Hat deine Mum gut gemacht.«

»Eine Frage hätte ich noch.« Fergus kratzte sich am Hals.

»Ja?«

»Die beiden alten Ladys eignen sich nicht mehr für die Zucht. Die würde dann nur noch der Schlachter nehmen.«

Der Schlachter? Finley lief es kalt über den Rücken. Obwohl er Pferde hasste, für ihren Tod wollte er definitiv nicht verantwortlich sein. »Und es gibt keine andere Möglichkeit?«

Fergus schüttelte den Kopf. Dann sah er auf. »Ich hätte da eine Idee.«

»Welche wäre?«

»Ein Kumpel von mir betreut einen Stall drüben in Penhale. Dort werden hin und wieder auch alte Tiere eingestellt und somit vor dem Schlachthof gerettet. Allerdings müsste man dafür bezahlen.«

»Bezahlen?«

»Ja. Die anfallenden Kosten für Futter, Tierarzt und so was. Und eine Miete für die Box.«

»Fergus, ich denke, das wäre eine perfekte Lösung des Problems. Bitte kümmere dich darum.«

»Eye, Sir.«

Schneller als Finley den Stall betreten hatte, verließ er ihn wieder. Seine Hände waren eiskalt. Bald würde er sich nicht mehr mit Pferden umgeben müssen. Das löste einen Stein in seiner Brust und er fühlte sich um viele Pfunde leichter. Wieder war ein Schritt getan. Leider lagen noch viele vor ihm.

Im Büro erledigte er mit Fergus noch einiges an Schreibkram, bevor er sich mit ihm aufmachte, um den Cream Tea bei Beth in der Küche einzunehmen.

»Da seid ihr ja schon wieder. Der Tee ist fertig, die Scones und die Clotted Cream stehen bereits auf dem Tisch. Ich hole noch rasch die Erdbeermarmelade aus dem Vorratsraum. Moment.« Beth beeilte sich, während sich die beiden Männer die Hände wuschen und am Esstisch Platz nahmen. Zu Finleys Überraschung hatte sie zusätzlich ein paar Sandwiches hergerichtet. Das heißt: Nein. Eigentlich war er nicht überrascht. Denn Beth hatte sich immer schon um sein Wohl gesorgt. Sowohl um das körperliche als auch um das seelische.

»Die Marmelade habe ich selbst gemacht. Wir hatten letzten Sommer jede Menge Erdbeeren im Garten hinterm Cottage.« Sie stellte das Glas vor Fergus auf den Tisch. »Öffnen bitte. Meine Hände machen nicht mehr so mit.«

Der griff danach und drehte angestrengt den Schraubverschluss auf. Ein Klack und er stellte Finley das Glas vor die Nase.

»Mhm, das duftet herrlich!« Finley schnupperte, nahm eine große Portion und verteilte sie auf den Scone auf seinem Teller. Darauf kam die Clotted Cream. Er beförderte ein Stück in seinen Mund und kaute genüsslich. Wie lecker seine Heimat schmeckte.

»Ich war übrigens heute Morgen bei Mr Cordmire«, ließ er wie nebensächlich fallen.

Beth und Fergus bekamen große Augen. War sie blass geworden?

»Und?« Beths Stimme klang weitaus weniger resolut als gewohnt. Bestimmt glaubte sie, dass nichts Gutes auf sie zukam.

Finley konnte sich ein Grinsen nicht verkneifen. Betont langsam rührte er in seinem Tee und nahm genüsslich einen Schluck.

Beths Augen formten sich zu Schlitzen. So hatte sie ihn angesehen, wenn er als Kind etwas angestellt hatte. Was allerdings nicht oft vorgekommen war. Bis auf seine Ausflüge an den Strand, um zu surfen, und seine Pferdeangst war er recht unkompliziert gewesen.

»Rück schon raus mit der schlechten Nachricht!« Das klang eher nach ihr.

Sollte er sie noch länger auf die Folter spannen? Er entschied sich dagegen.

»Das Cottage, das ihr bewohnt, wird nicht verkauft. Ich habe mit Mr Cordmire ausgehandelt, dass du es behalten kannst. Und dazu ein größeres Stück Land, das ihr bewirtschaften könnt. Ob die neuen Besitzer euch im Haushalt anstellen, kann ich jetzt noch nicht sagen, da sich bis dato niemand gemeldet hat, der das Anwesen kaufen möchte. Die Sache kommt erst ins Rollen.«

Es war so still im Raum, dass man die Pendeluhr an der Wand ticken hörte.

Dann durchschnitt eine Stimme die Ruhe.

»Das kann ich mir nicht leisten.« Beth.

»Was kannst du dir nicht leisten?« Finley war verwirrt.

»Das Cottage. Ich kann dir das nicht abkaufen. Ich habe doch kaum Geld.«

»Wer redet denn davon, dass du mir das abkaufen sollst, Beth?«

»Nicht?« Sie sah ihn mit Tränen in den Augen an.

Fergus presste die Lippen aufeinander und sah zwischen Finley und seiner Mutter hin und her. Schließlich kniff er die Augen zusammen, fixierte Finley und ballte die Hände zu Fäusten. Bestimmt würde er seiner Mutter tatkräftig zu Hilfe eilen, wenn sie das von ihm verlangte. Doch so lange hielt er sich zurück.

Finley schüttelte den Kopf. »Das schenke ich dir, Beth.«

»Schenken?« Nun sah sie ihn mit großen Augen an.

»Ja. Ich schenke dir das Cottage und das Grundstück als Dank für eure Dienste. Vor allem für deine, liebe Beth. Ohne dich hätte ich es nach Mums Tod keinen einzigen Tag hier ausgehalten.«

»Du verrückter Kerl schenkst mir ein Haus samt Grundstück? Welcher Gaul hat dich geritten?« Sie hatte ihre Stimme wiedergefunden, sprang vom Stuhl und sauste um den Tisch herum.

Finley kam nicht dazu, etwas zu antworten, schon drückte sich seine Ziehmutter derart fest an ihn, dass sie ihm damit beinahe die Luft zum Atmen nahm.

»Ich danke dir von ganzem Herzen! Mein Junge, du bist ein Segen für diese Welt.«

»Nun ja, übertreibe nicht, liebe Beth. Ich habe ja nicht mal eine Ahnung, ob das Häuschen nicht längst baufällig ist.«

»Ist es nicht«, mischte sich Fergus ein. »Ich habe mit ein paar Freunden nach und nach alles renoviert, bevor uns die Bude unterm Arsch wegbricht.«

Beth boxte ihren Sohn in den Oberarm. »Achte auf deine Sprache, mein Junge! Wir sind jetzt Besitzer eines Cottages und eines Stück Lands.«

»Schon gut, Mum. Ich werd's mir merken.« Mit gespielt schmerzerfülltem Gesicht rieb Fergus seinen Bizeps.

»Wir müssen nun nur noch zu Mr Cordmire, um den Vertrag zu unterschreiben, sobald er ihn fertig aufgesetzt hat.«

»Ich kann's nicht glauben.« Beth ließ sich auf ihren Stuhl fallen. »Wer hätte gedacht, dass ich mal ein Haus besitze?«

»Nicht mal 'ne Möwe am Meer.« Fergus grinste wie ein Honigkuchenpferd.

Und Finley und Beth lachten.

»Hello Mum, wir sind jetzt da.« Zwei Frauen standen in der offenen Küchentür. »Ihr seid so laut, wir haben euch bis draußen gehört. Ihr dafür anscheinend unser Klopfen nicht.«

Finleys Gehirnzellen ratterten. Eine schien etwa in seinem Alter zu sein, die Dunkelhaarige war eine ältere Dame. Konnte das sein, dass es sich bei der Jüngeren um Beths Tochter Peggy handelte? Ein kupferfarbener Pagenkopf umrahmte ihr helles Gesicht, das von Sommersprossen übersät war. Wie alt war Peggy damals gewesen, als er geflohen war? Ein paar Jahre jünger als er.

»Peggy?«, stellte er nun die Frage.

Ein breites Grinsen offenbarte die unverwechselbare Lücke zwischen ihren Schneidezähnen. Ja, das war ganz eindeutig Peggy.

»Hi, Finley. Schön, dass du wieder im Lande bist.«

»Hm.« Er brummelte unverständlich.

»Peggy und meine Freundin Loredana sind hier, um mir beim Hausputz zu helfen. An Weihnachten soll alles glänzen und wenn bald Interessenten kommen, ist alles perfekt, damit du das Bestmögliche rausholst«, klärte Beth ihn auf.

»Verstehe. Setzt euch doch, wir haben genug Cream Tea. Die Arbeit läuft euch nicht davon.«

Zögernd nahmen die beiden Platz. Mit einer Einladung hatten sie offensichtlich nicht gerechnet. Beth holte Tassen und Teller.

»Wie geht es dir, Peggy?« Finley hatte als Kind hin und wieder mit Peggy gespielt. Meistens Verstecken. Das Haus und Gelände rundum waren groß genug dazu. Nur sein Vater hatte es nicht gemocht, wenn Finley sich mit Personal abgab. Das sei einem Lord nicht würdig! Abgesehen davon, dass Beth sich um seine Söhne kümmern musste.

»Ganz okay. Ich habe geheiratet und wohne mit Kenny drüben in Crantock bei seinen Eltern. Wir haben ihr Cottage ein wenig vergrößert.«

»Gratuliere! Freut mich, dass du deinen Weg gefunden hast.«

»Danke, ja. Hat zwar ein bisschen gedauert, bis ich ihm mein Ja gegeben habe. Aber schließlich konnte ich ihm nicht widerstehen.«

»Ist ja auch ein netter Kerl«, mischte Beth sich ein und füllte Tee in die Tassen.

Die etwas ältere Frau mit den dunklen Locken hatte sich bisher ruhig verhalten. Erst jetzt warf Finley ihr einen genaueren Blick zu.

»Das ist übrigens Loredana. Sie ist meine gute Freundin und hilft uns aus.« Beth übernahm die Vorstellung.

»Hi, Loredana. Wie du vermutlich weißt, bin ich Finley. Mir gehört der alte Kasten. Danke, dass du uns hilfst.«

»Hi, das tu ich gerne.« Sie setzte ein Lächeln auf und trank von ihrem Tee. Finley musterte sie. War er ihr früher schon mal begegnet? Er konnte sich nicht mehr erinnern. Wie auch. Das war zwanzig Jahre her und der Haushalt war ihm egal gewesen. Außerdem war er wochentags im Internat gewesen. Er holte tief Luft.

»So, ich muss jetzt wieder. Die Arbeit und der Gärtnertrupp warten. Baumschnitt.« Fergus stand auf und tippte sich an die Kappe.

»Ach, perfekt, danke, dass ihr euch um die morschen Bäume kümmert. Wenn ihr Hilfe braucht, ruf mich an.« Finley klopfte auf sein Smartphone, das vor ihm auf dem Tisch lag.

»Kein Problem, Boss. Die Gärtner schaffen das schon.« Gleich darauf war er draußen.

Ohne Zweifel war Fergus ein flinker Arbeiter und unersetzlich.

Doch auch die Frauen scheuten sich nicht vor der Arbeit. Rasch tranken sie ihren Tee aus und machten sich daran, das Haus auf Vordermann zu bringen.

Finley nahm sich vor, seine persönlichen Sachen zu sortieren und alles wegzuwerfen, was er nicht mehr benötigte. Und das war viel. Was brauchte er schon auf Hawaii? Ein paar Flipflops, eine Badehose und ein Hemd reichten. Und Emilia hätte er gern dabeigehabt. Das wurde ihm immer bewusster.

23

Emilia

»Ihr müsst achtgeben. Für heute Nachmittag ist Sturm angesagt«, warnte Harriet.

»Danke, wir werden das beherzigen. Finley kennt sich bestens mit dem Wetter aus. Er geht mit Sicherheit kein Risiko ein.«

»Kindchen. Ihr dürft auf keinen Fall auf den Stränden bleiben und auch nicht auf den Klippen. Am besten ist, ihr sucht euch rechtzeitig ein Pub. Oder ihr kommt einfach zu uns ins Haus und verbringt den Abend hier. Ich kann euch ein romantisches Dinner zubereiten. Ja! Das mache ich. Ist das nicht eine grandiose Idee? Kerzen müsste ich auch noch irgendwo haben. Und eine Flasche Rotwein. Habt ihr besondere Vorlieben, was das Essen betrifft? Außer dass es für dich vegetarisch sein soll?«

Emilia fasste Harriet an den Schultern. »Liebe Harriet, bitte mach dir keine Umstände. Wir passen auf. Ich rufe dich an, wenn der Sturm losbricht, damit du dich nicht sorgst. Bestimmt sitze ich zu der Zeit längst im Pub. Nimm keine Rücksicht mit dem Essen auf mich. Ich werde das auswärts erledigen.«

»Sicher?« Sie tätschelte Emilias Handrücken und drückte ihre Hände.

»Versprochen.« Zum Schwur hob Emilia die Hand, um die Frau zu beruhigen.

Es klingelte an der Tür.

»Das wird Finley sein. Also, danke Harriet für deine Warnung. Ich melde mich und ich passe garantiert auf, dass nichts passiert.«

»Dein Wort in Gottes Ohr, Kindchen!«

Zum Abschied drückte Emilia ihre Gastgeberin fest an sich. Dann ging sie zur Haustür, um sie zu öffnen.

Finley sah umwerfend aus. Über einem meerblauen Rollkragenpullover trug er einen dunkelblauen Parka, dazu Jeans und Sportschuhe. Seine blonden Haarspitzen lugten unter der Mütze hervor.

»Hi!« Sein Lächeln und die strahlenden Augen warfen Emilia beinahe um.

»Hi!«, krächzte sie als Antwort. »Bin gleich fertig.« Sie schlüpfte in ihre Jacke und setzte die rosafarbene Wollmütze auf. Den passenden Schal schlang sie um den Hals. Statt der Stiefel hatte auch sie sich für Sportschuhe entschieden.

»Kann es losgehen?«

»Ich bin so weit fertig.« Sie biss sich auf die Lippe. Sehnsüchtig hatte sie erwartet, dass Finley sie mit einem Küsschen begrüßte. Doch davon war keine Rede. Ihre Enttäuschung darüber schluckte sie hinunter. Wie sollte sie sich nun verhalten, wo die Sehnsucht seit ihrem letzten Treffen in ihr brannte? Wie eine platonische Freundin? Und die heißen Küsse von Mittwochnacht als einmalige Ausrutscher abtun? Gar nicht so einfach mit der Liebe.

Sobald sie im Auto saßen, fuhr Finley los.

»Sieht aus, als ob wir heute Sturm bekämen.« Er warf einen Blick in den Himmel.

»Harriet hat mich ausdrücklich vorgewarnt. Sie meinte, wir sollten uns von Stränden und den Klippen fernhalten.«

»Ja, leider. Aber erst am späten Nachmittag. Uns bleiben zwei Stunden, um die Gegend zu erkunden. Mit zeitlichem Puffer berechnet. Ich möchte kein Risiko eingehen.«

»Das schätze ich sehr.«

»Du weißt, dass ich immer aufs Wetter achte.« Er warf ihr einen Seitenblick zu. Sein Lächeln berührte sie.

»Ich denke, ich kann dir vertrauen. Nicht nur, was das Wetter angeht.«

»Klingt ein bisschen zweideutig.«

»War auch so gemeint.« Sie schmunzelte. Finley durfte ruhig wissen, dass sie ihm in vielen Dingen vertraute, nicht nur wegen seiner meteorologischen Kenntnisse.

Seine Mundwinkel wanderten wie von selbst hoch. »Freut mich. Vertrauen ist die Grundlage in jeder Beziehung.«

»Kann ich unterschreiben. Wo fahren wir hin?« Er hatte jetzt echt das Wort »Beziehung« in den Mund genommen? Ihr Herz wummerte.

Er lachte. »Du vertraust mir wohl doch nicht ganz für eine Fahrt ins Blaue?«

Amüsiert musterte sie ihn. »Nein?«

»Daran müssen wir offenbar noch arbeiten. Aber gut. Diesmal verrate ich es dir. Wir fahren nur aus der Stadt und wandern anschließend ein Stück auf den Klippen entlang. Heute zeige ich dir das Panorama von Newquay am Tag. Ohne Lichter.«

»Sicherheitshalber also nicht in der absolut unwirtlichen Natur?«

Er nickte. »Man weiß nie, wann der Sturm losbricht. Es ist besser, wir sind nicht allzu weit vom Auto entfernt, um uns rechtzeitig in Sicherheit bringen zu können.«

»Sehr umsichtig von dir.«

»Glaub mir, seit meine Mum umgekommen ist, habe ich immens viel über Strömungen und Wetter gelernt.« Ein ernster Ausdruck legte sich über sein Gesicht.

Emilia kratzte an einem Knubbel ihrer Jeans. Sie hatte die Rede nicht auf seine Mutter lenken wollen. Offenbar litt Finley wesentlich mehr darunter, als er sich selbst eingestand. Eine Weile blieben beide still. Dann erblickte Emilia das Meer.

»Ich denke, wir fahren nach Norden.«

»Dein Orientierungssinn lässt dich heute nicht im Stich.« Finleys gute Laune war zurückgekehrt. »Woran hast du das erkannt?«

»Das Meer liegt links.«

»Da siehst du mal, wie einfach es bei uns ist, den richtigen Weg zu finden. Im Gegensatz zu einem Binnenland wie Österreich existieren an der Küste nur drei Richtungen.«

»Welche wären?«

»Das Meer auf der linken Seite. Das Meer auf der rechten Seite. Oder landeinwärts.«

»O Gott! Du bist richtig ausgefuchst.« Lachend boxte sie ihm gegen den Oberschenkel.

»Sag jetzt nicht, dass ich unrecht habe!« Sein breites Grinsen war nicht zu übersehen.

»Tja, so einfach ist es nicht, denn die Himmelsrichtungen sind mir bei Bewölkung trotzdem ein Rätsel. Wenngleich ich mich daran orientiere.« Sie kicherte.

Auflachend parkte Finley den Mini. »Wir sind da. Bitte aussteigen, Mylady.«

Emilia sah sich um. Sie standen auf einem öffentlichen Parkplatz. »Das hier ist aber nicht die einsame Stelle, an der wir am Mittwoch waren.«

»Das stimmt. Sie ist nicht weit entfernt. Wir spazieren das kleine Stück die Küste entlang und auf schnellerem Weg zurück, wenn es für dich in Ordnung ist.«

»Sogar sehr. Eine Küstenwanderung habe ich seit Tagen vor.«

»Dann komm!« Er hängte sich einen Rucksack um die Schultern, schloss den Parka und anschließend den Wagen ab. Daraufhin ging er mit Emilia los.

Gemeinsam überquerten sie die Straße. Dann bogen sie auf einen Wanderweg ein, der über eine Wiese an die Küste führte. Linkerhand befand sich ein breiter Strand, den sie von oben einsehen konnten.

Von dem bevorstehenden Sturm war absolut nichts zu merken. Nicht ein Lufthauch war zu spüren. Der Himmel war zwar diesig, aber die Sonnenscheibe war durch den Dunst zu erkennen.

»Das ist übrigens der Porth Beach. Vor uns liegt Porth Island.« Finley stapfte den sandigen Weg neben ihr her und gab die Richtung vor.

»Wir wandern also auf eine Insel?« Mit ihm gemeinsam auf einer einsamen Insel. Sehnsüchtig malte Emilia sich aus, wie Finley sie dort endlich küssen würde und sie eine gemeinsame Zukunft hätten. Befreit von allen Sorgen und Ängsten. Doch das funktionierte nicht so einfach.

»Sie ist durch eine kleine Brücke mit dem Festland verbunden. Von dort aus hat man einen tollen Ausblick auf die Küste. Du wirst staunen.«

Und das tat sie. Finley hatte nicht zu viel versprochen. Am äußersten Zipfel des Eilandes bot sich ihr ein sagenhafter Rundblick.

»Es ist traumhaft schön hier. Unbeschreiblich!«

Auf der einen Seite zeigte sich Newquay, auf der anderen die wilde Küstenlandschaft Cornwalls mit ihren hohen und steil abfallenden Klippen, zwischen deren Abschnitten Sandstrände eingebettet waren. Dahinter lagen die Häuser umgeben von grünem Festland. Und vor Emilia eröffnete sich die Endlosigkeit des Meeres bis zu jener Stelle, an welcher der Himmel mit dem Wasser verschmolz.

Emilia atmete tief die würzige Seeluft ein. Rund um sie brandeten gefühlt Tausende Wellen an die felsige

Küste. Die Möwen kreischten und neben ihr stand ein Mann, der ihr diese Naturschönheit zeigte.

»Ich kann nicht fassen, wie das alles hier auf mich wirkt. Beruhigend? Aufmunternd? Auf alle Fälle spendet mir dieser Ort immense Kraft.« Emilia strich eine Haarlocke aus ihrem Gesicht.

Finley legte den Arm um sie. »Der Platz ist magisch. Insbesondere, wenn ihn keine Touristen bevölkern.«

»Im Sommer wird es hier von Touristen wimmeln. Ich kann mir gut vorstellen, dass alle dieses Naturschauspiel erleben wollen.« Sie lehnte den Kopf an seinen Oberarm und fühlte sich unglaublich wohl in dem Moment.

Finley nahm das zum Anlass, sie in beide Arme zu ziehen. Er sah ihr tief in die Augen, als suchte er in ihrem Gesicht nach der Erlaubnis, sie küssen zu dürfen.

Emilia hob ihr Gesicht ein wenig an. Daraufhin kam er ihr näher und legte seine Lippen auf ihre. Ein heißes Prickeln durchfuhr sie und katapultierte sie an den Punkt, an dem sie zuletzt aufgehört hatten. Leidenschaft pur. Endlich stillte er die Sehnsucht, die so sehr in ihr gebrannt hatte. Es war, als wären sie allein auf der Welt, was sie so gesehen auch waren. Jedenfalls auf dieser kleinen Insel.

Schwer atmend lösten sie sich schließlich voneinander. Finley lächelte. Seine Augen waren verhangen. In ihnen spiegelte sich das gleiche prickelnde Verlangen, das auch in ihr tobte.

»Wie lange dauert es noch, bis der Sturm gefährlich wird?«

»Ich weiß nicht, wie lange ich mich noch zurückhalten kann.« Finley schmunzelte und steckte ihr liebevoll eine Locke hinter das Ohr.

Verlegen biss Emilia sich auf die Unterlippe, denn zweideutig hatte sie ihre Frage ausnahmsweise nicht gemeint. Dennoch wusste sie jetzt, woran sie mit ihm war. Und es gefiel ihr. Wärme kroch in ihre Glieder und ein prickelndes Sehnen nach mehr.

»Keine Angst, kleine Emilia, wir gehen jetzt zurück. Wenn du magst, wandern wir die Küste entlang. In diese Richtung.« Er streckte den Arm aus.

»Dort liegt die Watergate Bay.« Stolz auf sich selbst sah sie ihn an.

»Wow! Du lernst von Tag zu Tag mehr.«

»Ich habe einen guten Lehrmeister.«

»Der dir seine Heimat zuerst in der Nacht und dann bei Sturmwarnung zeigt.«

»Wie auch immer. Hauptsache, er tut es.« Lachend hakte sie sich bei ihm unter. Gemeinsam schlenderten sie dem Festland entgegen.

Die folgende Stunde liefen sie den Wanderweg auf den Klippen entlang. Emilia begeisterte sich für die Ausblicke aufs Meer, die sich immer wieder neu boten.

Die zerklüftete Küste barg winzige Strände und Finley erzählte ihr von den Höhlen, die die Brandung in den Felsen wusch. Schließlich landeten sie an dem Strand, den er ihr Mittwochnacht gezeigt hatte.

»Ich habe gar nicht gesehen, dass es hier Gebäude gibt.«

»Es war wohl zu dunkel.« Finley lachte. »Im Winter ist hier nicht viel los. Die meisten Ferienwohnungen sperren zu und öffnen erst wieder im Frühling.«

»Ich bin wohl die einzige Touristin.«

»Die nicht als solche zählt. Du bist ja auf Verwandtenbesuch, wie viele andere auch, die die Feiertage bei ihren Lieben in Cornwall verbringen. Urlaubende kommen zu Weihnachten jedoch ebenso.«

»Das kann ich mir vorstellen. Cornwall ist zu jeder Jahreszeit traumhaft. Schau mal! Die Surfer. Ist das nicht gefährlich?«

»Könnte brenzlig werden. Besser, ich hole sie raus.«

»Vermutlich wissen sie selbst nicht, was sie da tun.« Die Wellen kamen Emilia höher vor als vor einer Stunde.

Finley nickte. Sie spazierten ein Stück den Strand entlang.

Weiter vorne hatten die Surfer ihr Lager aufgeschlagen. Sie näherten sich den Personen, deren neonfarbige Mützen von Weitem zu erkennen waren.

In warme Jacken verpackt saßen zwei Mädchen auf Decken. Neben ihnen stapelten sich schwarze Rucksäcke und zwei Boards in grellen Farben.

»Hang loose!« Finley sprach sie mit dem Surfergruß und der entsprechenden Handgeste an.

»Hang loose!« Mit strahlendem Lächeln hob das Mädchen mit der neongrünen Wollmütze die Faust mit abgespreiztem Daumen und kleinem Finger. Eine typische Begrüßung unter Surfern, wie Finley Emilia auf der Bahnfahrt erklärt hatte.

»Sind das eure Jungs da draußen?«

»Jep! Sie warten auf die Riesenwelle wegen des Sturms.« Ihre braunen Augen blitzten.

»Und wir frieren uns hier einen ab.« Nun redete auch die mit der roten Mütze. Sie zog einen Schmollmund. Ihre grünen Augen stachen auffallend hell aus ihrem blassen Gesicht.

»Ihr solltet sie rausholen. Soweit ich den Bericht gelesen habe, gibt es heute gefährliche Unterströmungen. Gegen die haben sie keine Chance.«

»Sag das mal den beiden, bitte. Auf uns hören sie nicht.« Die Erste zog eine genervte Grimasse. Perlweiße Zähne kamen zum Vorschein.

Finley startete los zum Wasser. Emilia blieb bei den Mädchen und beobachtete ihn. Mit einem Pfiff machte er auf sich aufmerksam. Dann gestikulierte er wild. Sie hatte keine Ahnung, was das bedeutete. Aber einer der Jungs hob den Arm.

Daraufhin dauerte es nicht lange und der Erste stand auf dem Brett und surfte die Welle entlang, bis er ins Wasser fiel. Der Nächste folgte. Schließlich paddelten sie zurück zum Ufer. Kurz darauf waren sie zurück auf dem Weg zu den Mädels.

»Ihr solltet bei der Wettervorhersage nicht da draußen sein«, hörte Emilia Finley mit den Jungs reden.

»Schon klar, Mann. War nur ein Versuch«, lenkte der Junge mit den kurzen Haaren ein.

»Einer, der tödlich enden kann.«

»Das ist der Kick.« Der andere war weniger einsichtig. Mit einem Ruck schleuderte er seine halblangen nassen Haarsträhnen hinter den Kopf.

Bei den Mädchen angekommen wickelten sie sich in Badetücher. Erst jetzt sahen sie Finley genauer an.

»Sag mal, bist du nicht Finley? Der Weltmeister?« Der Langhaarige grinste ihn frech an.

Finley nahm einen tiefen Atemzug und stieß die Luft aus. »Ich bin nicht Kelly Slater.«

»Aber du hast an den Weltmeisterschaften teilgenommen. Mehrmals. Der beste Surfer Cornwalls.« Sein aufmüpfiges Verhalten wich einem huldvollen Ausdruck in seinem Gesicht. Offenbar war er seinem Idol begegnet.

»Mag sein oder auch nicht. Ihr solltet den Wetterbericht lieber ernst nehmen. Sonst könnt ihr eure Karriere vergessen.«

»Ja, Sir. Geschieht nicht wieder. War reine Langeweile und Dummheit.« Er tippte mit dem Zeigefinger an die Stirn.

»Schaut zu, dass ihr die Bretter nach Hause schafft, sonst holt sie der Sturm.« Finley zwinkerte ihnen zu.

»Keine Sorge. Wir haben den Schlüssel.« Der Teenager mit dem kurzen blonden Haarschopf zeigte zu den Gebäuden.

»Wem gehört die Surfbude hier?«, wollte Finley von ihm wissen.

»Dem alten Buddy.«

»Den gibt es noch immer? War mal mein Surflehrer.«

»Unserer auch«, riefen die vier beinahe im Chor und grinsten.

»Tja dann, vielleicht steht hier der zukünftige Weltmeister vor mir.« Finley sah von einem zum anderen.

»Kann schon sein.« Der Langhaarige setzte ein schiefes Grinsen auf.

»Na dann, holt euch keinen Schnupfen! Und ab ins Trockene! Wir sehen uns.« Nach der kurzen Verabschiedung schlenderte Finley händchenhaltend mit Emilia über den Strand zurück.

»Manche lernen es vermutlich nie.« Er wirkte bedrückt.

»Sie sind noch jung und wollten bestimmt die Mädchen beeindrucken.«

»Sah nicht so aus, als ob die davon begeistert gewesen wären.«

Emilia schmunzelte. »Jugendliche Torheit, würde ich meinen.«

»Zum Glück sind wir dem schon entwachsen.«

»Sind wir das?« Sie blieb stehen und sah Finley an. Es war Zeit, ihn noch mal zu küssen. Hier, an diesem Strand, an dem sie sich das erste Mal geküsst hatten.

Erst als die jungen Leute sich mit Johlgeräuschen und Bravorufen zu erkennen gaben, ließen sie voneinander los.

»Wir sollten wegen des Sturms zurück zum Auto, sonst sind wir nicht klüger als die Burschen.« Finley drückte Emilias Hand.

»Dann lass uns gehen«, erwiderte Emilia. In ihr tobte ein Orkan voller Gefühle.

24

Finley

»Boah!« Emilia zog die Autotür zu. »Das bläst aber.«

»Stürme an der kornischen Küste sind nicht zu unterschätzen.« Finley setzte sich hinters Lenkrad des Minis.

»Sieht so aus, als ob wir es gerade noch rechtzeitig geschafft hätten.« Emilia blickte nach draußen. Die Vorläufer des Sturms wirbelten alles auf, was lose herumlag. Blätter, Papierfetzen, Abfall.

»Kann man wohl sagen. Ich fürchte allerdings, es wird noch schlimmer.«

»Noch schlimmer?« Emilias Augen wurden groß.

Finley nickte. Er hatte den ganzen Weg über bereits nachgedacht, wie er den restlichen Tag mit Emilia gestalten sollte. Ursprünglich hatte er mit ihr eine längere Wanderung unternehmen und anschließend etwas essen wollen. Während des Essens hätte er abgecheckt, wie sich der Abend entwickelte. Das allerdings hatte der Sturm zunichtegemacht. Jetzt war es erst kurz vor drei Uhr. Eine gemütliche Auszeit im Pub und der anschließende Nachtspaziergang mit romantischem Sternenhimmel fielen aus. Die Gefahr, dass sie den Heimweg aufgrund des Sturms nicht mehr antreten konnten, war zu groß. Nun gut. Den Sternenhimmel hatten sie bereits vor drei Tagen erlebt. Zwar ungeplant, dafür umso besser.

»Was hältst du davon, wenn wir zu mir fahren und uns etwas zu essen zubereiten?« Wie kam er verdammt noch mal auf die Idee, ihr das jetzt vorzuschlagen? Er kratzte sich im Nacken.

»Zu dir?« Das Staunen stand ihr ins Gesicht geschrieben. »Du möchtest wohl, dass ich dich bekoche.« Der Ausdruck wechselte zu einem amüsierten Grinsen.

Nachdenklich zog er die Augenbrauen hoch. »Ich wäre mit dir gern noch ins Pub. Allerdings fürchte ich, dass wir später wegen des Sturms die ganze Nacht dort verbringen müssen. Im Haus ist es gemütlicher.« Gemütlicher? In dem alten und gefühlsbelasteten Kasten? Er war ein Idiot!

Emilia schob die Lippen vor. Offensichtlich dachte sie nach. »Und wenn ich von dir nicht mehr wegkomme, weil der Sturm zu stark wird?«

»Im Haus gibt es Gästezimmer. Du kannst dir eines aussuchen.« Zuversichtlich lächelte er sie an. Doch! Es war eine gute Idee. Sie hätten ausreichend Zeit, um sich besser kennenzulernen. Aber machte das Sinn, wenn sie sowieso nur wenige Tage oder bestenfalls Wochen miteinander verbringen würden, bevor er zurück nach Hawaii flog?

»Das klingt nach einem guten Vorschlag. Also lass uns losfahren, bevor der Sturm den Mini von der Straße weht.« Ihre Augen blitzten vergnügt.

Das beruhigte Finley. Emilia war umwerfend und zuckersüß. Sie würden die paar gemeinsamen Stunden genießen. Beim Kochen und Schwatzen. Und wenn der Sturm nicht nachließ, würde sie im Haus übernachten und sie könnten am Morgen zusammen frühstücken, bis er sie zu den Pepperloves brachte. Es musste ja nichts passieren, was sie nicht wollten. Sie waren erwachsen und verfügten über ausreichend Verstand, die Dinge real zu sehen. Der Gedanke beruhigte ihn.

Finley startete das Auto und fuhr los. Gar nicht so einfach, der Wind schlug volle Breitseite zu. Und offenbar hatten es auch andere eilig, rechtzeitig nach Hause zu kommen. Auf den Straßen war viel Verkehr.

»Huch! Ist das eng hier. Was bin ich froh, dass ich nicht fahren muss.«

»Die Hecken und Steinmauern am Rand sind tatsächlich oftmals hinderlich.« Finley musste zurücksetzen, damit ein entgegenkommender Lastwagen ausreichend Platz zum Vorbeifahren fand.

»Idyllisch sind sie aber trotzdem. So typisch für Cornwall. Wunderschön!«

»Nur eilig darf man es nicht haben.« Finley amüsierte sich trotz der verkehrstechnischen Widrigkeiten über Emilias romantische Sichtweise.

Sie kicherte. »Fehlen nur noch die Schafe.«

»Schafe?« Finley setzte die Fahrt fort.

»Ja. Eine Schafherde, die über die Straße läuft und uns am Weiterfahren hindert.«

»Gott bewahre! Dann kommen wir nie an!«

»Aber wir hätten Zeit, uns zu küssen. Mitten in der Schafherde. Wie in diesen kitschigen Filmen. Du weißt schon.«

Finley lachte. »Du bist eine unverbesserliche Romantikerin.«

»Mag sein?« Sie stimmte mit ein.

An der nächsten Kreuzung wechselte er auf die Hauptstraße, die zumindest zweispurig geführt wurde. Bald darauf setzte er den Blinker und nahm die Einfahrt zum Anwesen.

»Wow! Was für ein wunderschönes Haus. Wie in einem Märchen.« Emilia sah den alten Kasten definitiv mit anderen Augen als er.

Er parkte den Mini vor dem Haupteingang.

»Sag jetzt nicht, dass du hier wohnst?« Ihr Mund stand offen. Die Augäpfel kullerten ihr beinahe aus den Höhlen, so weit aufgerissen hatte sie die Lider.

»Darf ich vorstellen? Meine bescheidene Ruine.« Er sagte es so sarkastisch, wie es sich anfühlte. Er mochte das Haus nicht. Zu viele Erinnerungen.

»Ruine?«

»Das Dach und die Fenster müssen renoviert werden. Die Heizung generalüberholt. Die Einrichtung ist uralt. Die Böden, die Bäder. Ich weiß gar nicht, wo ich anfangen soll.«

»Ich habe schon gehört, dass alte Gebäude oft recht zugig sind. Auch in Österreich gibt es viele Schlösser und Burgen, die nur schwer erhalten werden können. Kostet jede Menge Geld.« Sie seufzte.

»Da sagst du was. Es ist hier nicht anders. Sieht auf den ersten Blick zwar toll aus, leert jedoch die Geldbörse. Aber komm! Hier draußen wird das Wetter auch nicht besser. Wir gehen rein, bevor uns ein Dachziegel auf den Kopf fällt.«

Gesagt, getan.

»Ich schlage vor, ich zeige dir zuerst mal die Küche.«

»Wird das jetzt ein Einstellungsgespräch?« Emilia lachte.

»Was?« Finleys Gedanken waren ganz woanders. Es war das erste Mal, dass er eine Frau, explizit Freundin, mit nach Hause brachte. Es war überhaupt nie vorgekommen, dass er Freunde mitbrachte. Sein Vater hatte das nicht gewollt, denn Finleys Bekannte waren ihm zu minder gewesen. Keine adäquate Abstammung, pflegte er zu sagen. Nicht einmal Patrick hatte ihn besuchen dürfen. Deshalb hatte Finley nur hin und wieder mit Peggy gespielt, wenn der Herr des Hauses nicht daheim oder anderweitig beschäftigt war.

»Weil ich Köchin bin. Zeigst du jeder Frau, die du zu dir mit heim nimmst, zuerst den Bereich, in dem sie in ihrem Job arbeitet?« Das amüsierte Leuchten in ihren Augen war nicht zu übersehen.

»Ähm, nein! Entschuldige, so war das nicht gemeint.« Er setzte ein Lächeln auf, obwohl ihm anders zumute war. Zu sehr steckte er in den Erinnerungen fest.

»Wie denn?« Sie zog eine Augenbraue hoch, während sie im großzügigen Foyer standen.

»Ich dachte, wir könnten Tee trinken und schauen, was die Speisekammer hergibt.«

»Ist eine gute Idee. Zeigst du mir im Vorbeigehen auch, wo sich das Badezimmer befindet?«

»Oh, ja, entschuldige.«

Nach einem kurzen Blick in die Küche verschwand Emilia im Bad, um sich frisch zu machen.

Währenddessen machte Finley sich daran, den Wasserkocher für den Tee zu starten.

Beth kam zur Tür herein. »Was machst du denn schon hier? Ich dachte, du bist heute den ganzen Tag weg?«.

»Tee? Wegen des Sturms musste ich die Wanderung abbrechen. Wir haben übrigens einen Gast.«

»Einen … Gast?« Neugier stand Beth ins Gesicht geschrieben. »Es handelt sich aber nicht um einen potenziellen Käufer, nehme ich an.«

Finley schüttelte den Kopf. »Eine Freundin.« Irgendwie hätte es ihm jetzt Freude bereitet, wenn er statt »eine« »meine« hätte sagen können. Aber so weit waren sie noch nicht. Und vermutlich würde das, was sich zwischen Emilia und ihm entwickelte, auch nie mehr als eine Zufallsbekanntschaft für kurze Zeit sein. Zu seinem großen Bedauern. Denn mittlerweile hatte Emilia sich in sein Herz geschlichen. Und er wünschte, sie hätten eine gemeinsame Zukunft.

Beth lächelte. »Soso. Das freut mich. Wenn ihr etwas braucht, dann immer her mit euren Wünschen. Wo ist sie denn?« Beth ließ ihren Blick durch die Küche schweifen und schielte ins Foyer.

»Im Badezimmer. Und, liebe Beth, wie du siehst, bin ich dazu imstande, selbst Tee zu kochen. Außerdem ist sie gelernte Köchin. Wir werden uns an deinen Vorräten bedienen und gemeinsam etwas zubereiten.«

»Nehmt euch, was immer ihr braucht.« Sie streichelte über Finleys Rücken. »Ich habe übrigens Peggy und Loredana heute früher nach Hause geschickt. Wegen des Sturms. Ich hoffe, das ist so in Ordnung?«

»Mach dir deswegen keinen Kopf. Und wenn du nicht im Herrenhaus übernachten möchtest, wäre es dir dringend angeraten, ebenfalls nach Hause zu eilen. Du kannst den Mini nehmen. Der steht vor der Tür. Falls ich ein Auto benötige, nehme ich den Rover.« Er hielt ihr den Schlüssel vor die Nase.

»Oh, Finley! Du bist mir eine große Hilfe. Fergus hätte mich sonst heute Abend abgeholt. Bei dem Wetter gehe ich nicht zu Fuß durch die Baumallee.«

»Also dann, hopp, hopp! Draußen geht bereits die Post ab.« Das kam nahezu einem Rauswurf gleich, doch Finley wollte einerseits, dass Beth ihr Zuhause unbeschadet erreichte. Andererseits kam es ihm gelegen, dass Beth Emilia nicht kennenlernte. Wozu auch? Noch war nichts fix zwischen ihnen. Ob sich das heute änderte?

»Danke. Viel Spaß euch beiden! Wir sehen uns morgen.« Beth drückte ihn und machte sich auf den Weg.

Kurz nachdem sie verschwunden war, kam Emilia herein.

»Oh, der Tee duftet herrlich. Was kann ich dir helfen?«

»Siehst du die Tür da drüben? Dort befindet sich die Speisekammer. Vielleicht finden wir etwas, das wir zum Tee essen können.«

»Der Vorratsraum ist ja beinahe so groß wie der einer Hotelküche«, rief Emilia aus, sobald sie ihn betreten hatte.

»Aber nicht so voll. Hier wohnen nicht allzu viele Menschen.«

»Nicht?«

Er schüttelte den Kopf. »Eigentlich nur ich allein.«

»Nur du?«

Es blieb ihm kaum etwas anderes übrig, als Emilia zu erklären, wie es dazu gekommen war. »Die Geschichte meiner Mum kennst du. Mein Vater ist vor sechs Jahren an einem Herzinfarkt gestorben. Und mein Bruder vor einem Monat. Er hat an Vielseitigkeitsturnieren teilgenommen und dafür trainiert. An einem Hindernis ist er vom Pferd gefallen. Genickbruch.«

»O mein Gott. Das wusste ich nicht. Das tut mir sehr leid.« Emilia senkte den Blick. Das Lächeln, das gerade noch ihren Mund umspielt hatte, war verschwunden. Hätte er es ihr schonender beibringen sollen und nicht unbedingt im Vorratsraum?

»Danke, schon in Ordnung. Ich hatte kein besonders gutes Verhältnis zu meinem Vater und auch nicht zu meinem Brudr.« Das war äußerst harmlos ausgedrückt, obwohl er mittlerweile an seiner Haltung zweifelte. Denn es stimmte ihn traurig, zumindest Kendrick nicht mehr begegnet zu sein.

»Bist du deshalb aus Hawaii angereist? Wegen des Begräbnisses?« Emilia verschränkte die Arme und lehnte sich gegen eines der Vorratsregale.

»Das Begräbnis war bereits vor meiner Anreise. Ich hatte einen Termin beim Notar. Schließlich bin ich der einzige Erbe von allem hier.« Mit dem Arm zeichnete er einen Kreis in die Luft.

»Wow!«, kam es sprachlos von ihr.

»Egal. Lass uns von was anderem reden. Was hältst du von Shortbread und Sandwiches?« Er deutete auf eine Blechdose und eine Packung Brot. Der heutige Abend sollte nicht seinen Verwandten gehören, sondern einzig und allein Emilia und ihm. Auch wenn es ihm schwerfiel, die Erinnerungen zu verdrängen.

»Klingt sehr vernünftig.« Sie schwenkte auf das neue Thema, obwohl er ihr ansah, dass sie die Informationen erst verarbeiten musste.

»Käse und Schinken befinden sich im Kühlschrank. Fisch ist hier.«

»Für mich Käse. Darf ich diese Gurke mitnehmen? Und was bevorzugst du?«

»Ich schließe mich dir an.«

Emilia belegte die Sandwiches, Finley deckte den Tisch und servierte den Tee.

Sie gesellte sich zu ihm. »Ich habe gar nicht gemerkt, dass ich schon so hungrig bin.« Emilia biss von ihrem Sandwich ab und kaute genüsslich.

»Seeluft macht Hunger.«

»Und das Wandern. Es hat mir übrigens außerordentlich gut gefallen. Die Landschaft und vor allem die Küste ist ein Traum!«

Er mochte es, wie begeistert sie von seiner Heimat redete. Seine Heimat? Mit ihr zusammen fühlte es sich wieder so an. Gefüllt mit Wärme und Wohlgefühl.

»Wenn du möchtest, zeige ich dir nach dem Essen das Haus.« Was war das jetzt? Wollte er sie damit beeindrucken? Nein! Er war nicht so ein Angeber wie Kendrick. Es lag an Emilia. Ihre romantische Vorliebe für alte Häuser und Gemäuer, für Schafe und die wilde Küstenlandschaft berührte ihn. Ihre Begeisterung, die sie ausstrahlte, sobald sie wieder etwas entdeckte, ihr Lächeln, ihre Worte, ihre Gesten erfüllten ihn mit Wärme. Er wollte mehr von ihrer bedingungslosen Hingabe an das Schöne. Deshalb hatte er vor, ihr den alten Kasten zu zeigen. Vielleicht auch ein wenig, um ihn mit ihren Augen zu sehen.

»Das würdest du tun? Ich war noch nie in einem englischen Herrenhaus. Ich hoffe, wir stören niemanden?« Mit kindlicher Vorfreude strahlte sie ihn an und biss sich sanft auf die Unterlippe.

»Beth habe ich vorhin nach Hause geschickt. Ab sofort sind wir vollkommen allein hier.«

»Beth? Ach ja, die Haushälterin. Ist sie es, die die Vorratskammer und den Kühlschrank so gut gefüllt hat?«

»Beth kümmert sich um alles im Haus. Ihr Sohn Fergus erledigt alle Arbeiten draußen.«

»Ein echter Familienbetrieb also.«

»Könnte man so sagen.« Finley grinste. So hatte er das noch nie gesehen.

Sie tranken den Tee aus und räumten das gebrauchte Geschirr in die Spülmaschine.

Daraufhin starteten sie mit dem Rundgang.

»Findest du es nicht gruselig, ganz allein in diesem Haus zu wohnen?« Emilia lugte die dunkle Holztreppe hinauf.

»So ganz allein bin ich ja nicht.«

»Wegen Beth meinst du?«

Er schüttelte den Kopf. »Sie ist nur tagsüber hier.«

»Wer denn?«

»Die Geister der Ahnen. Insbesondere diese hier.« Er deutete auf ein Gemälde, das seine Vorfahrin aus dem 19. Jahrhundert zeigte.

»Wer ist das denn?«

»Marilyn Rosemarie Antoinette Sherrell. Meine Urururgroßtante.« Mit den Fingern zählte er mit.

»Und was macht sie?«

»Sie lässt das Haus knarren und ächzen und schlägt Türen zu. Manchmal scheppert auch das Geschirr oder Lampen wackeln.«

»Hast du sie jemals gesehen?«

»Nicht wirklich.«

»Warum weißt du dann, dass sie es ist, die für den Lärm verantwortlich ist?«

»Die Legende der Ahnen.«

»Du bist lustig! Ich denke, heute wird sie sich die Mühe ersparen können.«

»Warum das?«

»Für den nächtlichen Lärm ist der Sturm verantwortlich.« Lächelnd klopfte Emilia ihm gegen die Brust. Vor Geistern schien sie sich nicht zu fürchten.

Die einfache Berührung reichte, dass sie ein Feuer in ihm entfachte, das nur sie löschen konnte. Finley zog Emilia in seine Arme, streichelte ihr die wilden Locken aus der Stirn und küsste sie beherzt. Hier am ersten Absatz der Treppe, in dem Haus, das für ihn jede Menge Tragödien beherbergte, die er sein Leben lang mit sich geschleppt hatte. Und dank Emilia drückte die Last viel weniger auf seine Schultern.

25

Emilia

Der Kuss war verheißungsvoll mit einem Versprechen auf mehr. Emilia leerte ihren Kopf, bis keine Gedanken ihre Empfindungen störten, und ließ sich in den Moment fallen. Da waren nur Finley und sie und die Zärtlichkeiten, die sie austauschten.

Das Klingeln des Telefons riss sie aus ihrer Hingabe.

Wie aus Trance erwacht, fischte Emilia es aus ihrer Jeanstasche und warf einen Blick darauf. »Da muss ich rangehen.« Sie hob ab. »Harriet, hallo! Ich wollte dich soeben anrufen.« Emilia zwinkerte zweimal, um Finley die winzige Lüge zu erklären. Er grinste.

»Bist du in Sicherheit? Oder sollen Fred und ich dich irgendwo abholen? Hier wackelt und scheppert alles, dass man denkt, das Dach fliegt einem über dem Kopf davon!«

»Mach dir keine Sorgen, Harriet! Ich bin in einem festen Gebäude und bei Finley in guten Händen. Ich werde heute nicht mehr rausgehen. Ich denke, ich werde hier im Gästezimmer übernachten.«

»Oh! Das ist eine wunderbare Idee. Das beruhigt mich sehr.«

»Und ihr bleibt bitte ebenfalls im Haus! Wir sehen uns morgen, wenn der Sturm nachlässt.«

»Kein Problem! Genieße den Abend und mach nichts, was ich nicht auch tun würde.« Harriet kicherte. »Viel Spaß.«

»Danke, liebe Harriet!«

Schon hatte sie aufgelegt.

Emilia zog den Mund schief. »Ich hätte sie bereits früher benachrichtigen sollen. Mein Fehler.«

»Offensichtlich warst du zu sehr abgelenkt.« Finley nahm Emilia in die Arme, sodass sie Mühe hatte, ihr Smartphone zu verstauen.

»Offensichtlich hast du mich zu sehr abgelenkt.« Sie schmunzelte.

»Das ist meine Lieblingsbeschäftigung.« Er verzog den Mund zu einem breiten Grinsen.

Emilia liebte es, wenn er sie auf diese Weise neckte. Sie war dem blonden kornischen Hünen längst verfallen. »Und ich dachte, du hattest vor, mir eine Führung durch dieses historische Anwesen zu geben.«

»Ich erwähnte doch bereits, dass Marilyn hier oftmals ihr Unwesen treibt. Sie liebt es, die Menschen von ihren Vorhaben abzubringen.«

»Ach, du schiebst jetzt die Schuld auf deine Urur ... wie oft auch immer ... Großtante?«

Er zuckte die Schultern. »Für eine Ausrede ist sie immer gut. Aber komm! Wir sehen uns nun zuerst die Räumlichkeiten im Erdgeschoß an.«

Und das taten sie, während der Sturm an den Mauern und Fenstern rüttelte.

Nachdem sie den Salon, die Bibliothek, das Esszimmer, das Damenzimmer, das Raucherzimmer und noch ein paar andere Räume besucht hatten, stiegen sie die Treppe hinauf in das obere Stockwerk.

»Hier befinden sich die Schlafzimmer und Gästezimmer. Einige verfügen über ein eigenes Bad. Es gibt auch zwei Wohnzimmer und einen Raum, in dem mein Bruder und ich als Kinder gespielt haben.«

»Wie hieß dein Bruder eigentlich?«

»Kendrick. Kendrick George Thomas Sherrell. Er war zwei Jahre jünger als ich.«

»Du vermisst ihn bestimmt sehr.«

Finley stieß einen undefinierbaren Laut aus. »Wir haben uns nicht wirklich gut verstanden. Wir waren grundverschieden. Auch wenn wir einige schöne Momente miteinander erlebt haben.«

Emilia runzelte die Stirn. Offenbar hatte es maßgebliche Differenzen zwischen den Brüdern gegeben. War das der Grund, warum Finley zwanzig Jahre nicht mehr hier gewesen war?

»Das tut mir sehr leid. Ich war ein Einzelkind und kann mir deshalb schwer vorstellen, wie es ist, Geschwister zu haben. Meine Halbgeschwister sind viel jünger. Ich empfinde mich eher als Tante denn wie eine Schwester. Aber ich liebe sie unglaublich!«

»Und sie kommen an Weihnachten zu Harriet?«

Emilia nickte. »Schon früher. Mein Vater hat sich Urlaub genommen. Wir sehen uns so selten.«

»Du liebst ihn sehr, oder?«

»Auf jeden Fall! Ich kann mir keinen besseren Vater vorstellen als ihn.«

Schmerz überzog Finleys Gesicht. Er zuckte zusammen und wandte sich ab. »Mein Vater war ein Tyrann.« Er sah sie nicht an, während er den Satz ausspie.

Emilia lief ein kalter Schauder über den Rücken. Was hatte er da gesagt? Und vor allem: Was meinte er damit?

»Wie bitte?«

Abrupt drehte Finley sich um und sah sie mit gequältem Gesicht an. »Du hast richtig gehört. Mein Vater war ein unverbesserlicher Tyrann. Er hat mir das Leben zur Hölle gemacht.«

Was musste der kleine Finley erlebt haben, so blass, wie er aussah, mit diesen geweiteten in die Ferne gerichteten Augen?

Emilia nahm seine Hand. Seine Finger waren eiskalt, obwohl es in dem alten Gemäuer relativ warm war. »Möchtest du mir davon erzählen?«

Er zog sie mit sich in ein Zimmer und bat sie, auf einem Sofa Platz zu nehmen. Finley selbst tigerte nervös im Raum herum. Mit gespreizten Fingern kämmte er durch sein offenes Haar. Die Strähnen sahen aus wie vom Wind zerzaust, obwohl er draußen eine Mütze getragen hatte.

»Mein Erzeuger gehörte zu der altmodischen Sorte Mensch. Er war adeliger Abstammung und fühlte sich so, als wäre er damit edler als andere. Das ließ er nicht nur mich, sondern auch seine Angestellten spüren. Traditionen waren ihm heilig. Und er liebte Pferde. Eine Reitgerte stand immer in seiner Nähe und er scheute nicht, sie zu benutzen. Solange meine Mutter gelebt hatte, hatte sie mich möglichst vor ihm beschützt. Doch als sie starb, hatte ich außer Beth niemanden auf meiner Seite. Doch Beth fürchtete um ihren Arbeitsplatz. Ihr Mann hatte sie verlassen, sie musste zwei Kinder versorgen und lebte im Cottage, das zu unserem Besitz gehört, zur Miete.« Er holte tief Luft und sah aus dem Fenster. »Ich war zunächst erfreut, dass er mich ins Internat steckte. Zumindest in der Zeit war ich seiner Reitgerte entkommen. Aber auch dort wurde ich gezwungen, zu reiten. Ich bin als Kleinkind vom Pferd gefallen. Und Vater hat mich damals bereits geschlagen. Seitdem hasste ich nicht nur ihn, sondern fürchte mich auch vor Pferden.« Finley blieb stehen und sah Emilia an. Offenbar suchte er nach Reaktionen ihrerseits. Und die empfand sie. Unglaublich, was er ihr da eröffnet hatte. Eine geschundene Seele, die nach zwanzig Jahren dahin zurückkehrte, von wo sie geflohen war. Nun verstand Emilia, warum er weg gewesen war.

»Das ist heftig. Um nicht zu sagen brutal.« Sie streckte die Hand nach ihm aus.

Er setzte sich in Bewegung und ließ sich neben ihr nieder.

Emilia fixierte ihn mit ihrem Blick. »Jetzt kann dir nichts mehr geschehen. Komm her!« Sie umarmte ihn und versuchte, ihm all die Last abzunehmen, die er mit sich trug. Dass ihr das mit dieser winzigen Umarmung nicht gelingen würde, war ihr klar. Aber es war ein Anfang. Vielleicht.

Finley ließ sich auf ihre Nähe ein. Aus seiner Kehle drang ein Schluchzen. Und dann benetzten seine Tränen ihre Stirn.

»Alles ist jetzt gut, Finley. Ich bin bei dir. Dein Vater kann dir nichts mehr antun.« Sie wiegte ihn in ihren Armen wie ein zu groß geratenes Kind, das man beruhigte, und wiederholte ihre Worte immer wieder.

Nach einer gefühlten Ewigkeit löste Finley sich von ihr und wischte mit dem Handrücken über die Augen. »Tut mir leid. So hatte ich mir den Abend mit dir nicht vorgestellt.«

»Ich finde es mutig von dir, dass du mir all das erzählt hast.« Hoffentlich hatte sie nichts Falsches gesagt? Sie war keine Psychologin. Die hätte er vermutlich in der Situation gebraucht.

»Mut ist etwas, das mir in meiner Kindheit genommen wurde.«

Emilia erspähte eine Box mit Taschentüchern auf einer Kommode. Die reichte sie ihm, damit er sich die Nase putzen konnte. Ein erster Schritt in eine bessere Zukunft. »Er hat dir aber nicht alles genommen.«

Verwirrt sah Finley sie an.

»An Surf-Weltmeisterschaften hat kaum jemand teilgenommen. Und schon gar niemand, der nicht mutig genug ist.«

Seine Mundwinkel zuckten. Er nickte. »Damit könntest du recht haben.« Ein Lächeln breitete sich auf seinem Gesicht aus. »Zumindest das traue ich mir zu.«

»Und bestimmt noch vieles mehr. Hättest du mir dein Geheimnis nicht verraten, ich wäre nie darauf gekommen, was du erlebt hast. So eine seelische Last nicht zu zeigen, kostet immense Kraft. Und du hast sie!«

»Letztlich habe ich es dir trotzdem erzählt«, gab er klein bei.

»Und dazu gehört ebenfalls eine Menge Mut und Vertrauen. Ich schätze es sehr, dass du mich dafür ausgewählt hast.« Liebevoll streichelte sie ihm über den Rücken.

Er zog sie in eine feste Umarmung. »Danke, dass du mir zugehört hast. Es fühlt sich nun wesentlich leichter an als zuvor.«

»Geteilte Freude ist doppelte Freude, geteiltes Leid ist halbes Leid. Ein alter Spruch, der nicht zu verachten ist.«

»Und offenbar stimmt er.« Finley hatte sein Lächeln wiedergefunden und es sah echt aus. Seine Augen blitzten, obwohl die Lider noch gerötet waren. »Möchtest du die Besichtigung fortsetzen?« Liebevoll strich er mit beiden Händen ihr Haar aus dem Gesicht und hielt es im Nacken fest.

»Gern. Immerhin muss ich mir ein Zimmer für die Nacht suchen.« Schmunzelnd zog sie eine Augenbraue hoch.

»Dann lass uns die Besichtigungstour fortsetzen und alle Geister vertreiben, die sich hier tummeln.« Seine fröhliche Art, die er mit Sicherheit von seiner Mum geerbt hatte, setzte sich nach seinem Zusammenbruch gerade eben wieder durch. Und Emilia freute sich mit ihm.

»Außer Marilyn. Ich finde, sie ist eine äußerst reizende Dame.«

»Da sagst du was! Manchmal habe ich mich als Kind sogar gefreut, dass sie sich heimlich in mein Zimmer geschlichen und mich mit ihrem Schabernack getröstet hat. Aber erzähl es niemandem weiter, sonst erklärt man mich für verrückt!« Schwungvoll öffnete er die Tür zum nächsten Raum.

»Ich werde mich hüten! Wer weiß, welche Streiche mir Marilyn andernfalls spielen würde.« Die gute Laune war zurück, auch wenn ein Touch Ernst in Emilia nachschwang.

Finley zeigte ihr ein Zimmer nach dem anderen.

»So viele Räume! Hast du schon mal überlegt, einige davon zu vermieten?«

»Um ehrlich zu sein, habe ich daran absolut nicht gedacht.«

»Das solltest du aber. Du könntest Personal anstellen und ein kleines Hotel daraus machen. Dann hättest du Einnahmen, um das Dach zu reparieren. Oder die Fenster. Oder was auch immer ansteht.«

Finley runzelte die Stirn. »Und Marilyn wäre die Chefin.«

26

Finley

Bitte, was schlug Emilia ihm da vor? Er würde die Hütte verkaufen und aus. Mit diesem alten Schuppen konnte sich beschäftigen, wer wollte. Er definitiv nicht. Er war doch kein Schnösel, der mit einem Anzug durch die heiligen Hotelhallen flanierte! Der alte Kasten war nur ein Klotz am Bein, während er vom Erlös ein herrlich freies Leben führen könnte. Obwohl sein Erspartes ebenfalls ausreichen würde, um sein Surferleben am Strand in Hawaii sowie Reisen zu anderen Spots zu finanzieren.

»Wenn du deine neue Managerin Marilyn nennst, dann soll sie so heißen. War nur so eine Idee.«

Sie war süß, wenn sie den Mund schief zog. Es drängte ihn, sie zu küssen, und vielleicht ergab sich auch mehr.

In dem Moment knarzte und krachte etwas. Es klirrte, als ob Scherben zerbrachen. Verdammt! Der Sturm! Beinahe hätte er den vergessen.

»Was war das?« Emilias Augen weiteten sich. Sie presste die Hände an die Wangen.

»Marilyn dürfte es nicht gewesen sein. Ich werde mal nachsehen. Vermutlich ist etwas im Garten passiert.« Er ging nach unten.

Emilia lief hinter ihm her. »Aber bitte, pass auf. Und geh nicht raus. Wenn es etwas Schlimmes ist, müssen wir die Feuerwehr rufen.«

»Keine Sorge, ich bin nicht lebensmüde«, beruhigte er sie.

Vom großen Salon aus, der sich zum Garten hin öffnete, sah er die Bescherung. Ein Baum war umgefallen und ein Ast davon hatte die Terrassenüberdachung getroffen. Das Glasdach war zersplittert und die metallenen Stützen verbogen und abgerissen. Shit!

»Zum Glück ist der Baum nicht ins Haus gefallen.« Emilia war blass. Mit hochgezogenen Brauen betrachtete sie den Schaden.

»Ich denke, die Feuerwehr brauchen wir nicht. Fergus ist sowieso dabei, mit der Gärtnerei den Baumbestand zu überprüfen. Er wird sich darum kümmern, sobald der Sturm abgezogen ist. Der Rest ist hoffentlich versichert.«

»Gar nicht so einfach, so einen alten Bestand an Bäumen zu bearbeiten. Ist Fergus der einzige Verantwortliche dafür?«

»Bisher ja.« In Wirklichkeit hatte Finley keine Ahnung, wer in den letzten Jahren hier gearbeitet hatte. Wie auch?

»Wie weit geht denn das Grundstück nach hinten?« Emilia reckte den Hals.

»So weit dein Auge reicht und noch darüber. Von links nach rechts und auch vor dem Haus.«

»Du meinst, da gehört noch Land dazu?« Staunen breitete sich auf ihrem Gesicht aus.

»Jede Menge.«

»Der Mann braucht eine Prämie.«

Finley schüttelte verwirrt den Kopf. »Wer?«

»Fergus. Wenn der sich allein um all das kümmert, muss der ein Wunderwuzzi sein.« Sie kicherte.

»Ein was?«

»Ein Magier. Wie kann ein Mann allein so viel Arbeit leisten?«

»Um ehrlich zu sein, habe ich keine Ahnung. Wie du weißt, war ich zwanzig Jahre nicht hier. Mein Vater hat mir zuvor keinen Einblick gewährt und was Kendrick die letzten sechs Jahre abgesehen von der Pferdezucht getrieben hat, weiß ich nicht. Viel dürfte es nicht gewesen sein. Wie mir mitgeteilt wurde, war er ein ziemlicher Lebemann.«

»Er hat wohl die Freiheit nach dem Tod eures Vaters genossen.«

»Vermutlich hast du recht. Jedenfalls hat er sämtliches Geld durchgebracht und die Pferdezucht verkleinert, indem er die meisten Tiere verkauft hat.«

»Pferdezucht?«

»Der Lebensinhalt meines Erzeugers.«

»Sind das die Gebäude, die ich bei der Herfahrt gesehen habe?«

Finley nickte.

»O mein Gott. Ich dachte, dabei handelt es sich um den Nachbarn.«

Sie schlug die Hand vor den Mund.

»Und das Cottage unten an der Straße gehört auch zum Anwesen. Darin wohnt Beth. Das habe ich ihr nun geschenkt.«

»Weil sie die Einzige war, die für dich nach dem Tod deiner Mutter da war.« Emilia hatte eine schnelle Auffassungsgabe.

»So ist es.« Er atmete tief ein und stieß den Atem aus. »Was hältst du davon, wenn wir in die Küche gehen und überlegen, was wir uns zum Abendessen bereiten?« Er brauchte dringend Abstand von den vielen Erinnerungen, die während des Rundgangs hochgekommen waren.

»Ähm, ja, das können wir gerne tun. Sind wir denn durch mit der Besichtigung?«

»Nicht ganz, den Rest zeige ich dir ein andermal.«

»Du meinst nicht zufällig dein Schlafzimmer?« Schmunzelnd zog sie die Augenbrauen hoch. Damit hatte sie ins Schwarze getroffen.

Finley hätte sie gern in das Gästezimmer, das er bewohnte, mitgenommen. Dort hätte er sie geküsst und vielleicht wäre auch mehr daraus geworden. Aber im Moment war er dazu nicht bereit. Noch nicht. Es hatte ihn aufgewühlt, Emilia von seiner Kindheit zu erzählen. Er brauchte etwas Zeit, um seine Emotionen ausreichend zu verarbeiten, bevor er sich Emilia entsprechend widmen konnte.

»Ja. Sozusagen.« Er setzte ein Lächeln auf. »Komm! Wir gehen in die Küche.« Er machte sich auf den Weg.

Emilia folgte ihm. »Was hättest du denn gerne zum Abendessen?« Ihre dunklen Kulleraugen blitzten.

»Auf jeden Fall etwas Vegetarisches. Dafür bist du Spezialistin. Und es soll schnell gehen. Ich möchte nicht, dass du ewig lange in der Küche stehst«, witzelte er.

»Wie zuvorkommend von dir. Aber du wirst mir sowieso helfen.« Sie lächelte ihn derart liebevoll an, dass er nicht Nein sagen konnte, selbst wenn er gewollt hätte.

»Möchtest du die Vorräte noch mal checken?«

»Vorhin habe ich Haferflocken entdeckt, damit könnten wir vegetarische Patties zubereiten. Karotten sowie Salat gibt es ebenso. Falls wir Bötchen finden, könnte ich das als Burger anrichten. Aber das funktioniert auch mit Sandwichbrot. Sieht halt nicht so toll aus eventuell.«

»Vielleicht im Tiefkühler?« Im Vorratsraum öffnete Finley das Gerät und suchte nach Burgerbrötchen. Leider waren keine zu finden. »Scheint so, als ob wir die Sandwichscheiben verwenden müssen.«

»Kein Problem. Ich habe hier bereits Tomaten, den Rest der Gurke von vorhin und etwas Blattsalat und Karotten. Nimmst du noch eine Zwiebel, die Haferflocken und Knoblauch? Und etwas Olivenöl bitte.« Das Gemüse legte Emilia auf den Küchentresen. Daraufhin suchte sie nach einem Schneidbrett und Messer.

Finley stellte die angeforderten Zutaten daneben.

»Wow! Beth hat ein tolles scharfes Messer. Sie kocht bestimmt fantastisch.«

»Das tut sie. Wie kann ich dir jetzt helfen?«

»Du wäschst am besten das Gemüse und zerpflückst den Salat. Ich kümmere mich um den Rest.« Und schon legte sie los. Man merkte, dass Emilia Köchin war. In Kürze hatte sie die Haferflocken eingeweicht,

Zwiebel und Knoblauch angebraten und einen Joghurt, den sie im Kühlschrank entdeckt hatte, gewürzt.

»Reibst du bitte die Karotten?« Sie reichte ihm ein Gerät, das er noch nie in seinem Leben bedient hatte.

»Wie funktioniert das?«

Beherzt nahm Emilia seine Hände und führte sie. »Immer so halten, damit du dich nicht schneidest. Aufpassen, das Ding ist scharf!«

Vorsichtig rieb er die Karotte klein. Lieber wäre ihm gewesen, wenn sie seine Hände nicht losgelassen hätte. Nicht wegen der Reibe, sondern wegen der Nähe zu ihr.

Doch sie ging komplett in ihrer Arbeit auf und merkte nicht, welche Gefühle sie in ihm auslöste.

Er sah gerade noch, wie sie die Haferflocken mit den angebratenen Zwiebeln und allerhand Gewürzen vermischte und Patties daraus formte, dann musste er die Tomaten in Scheiben schneiden.

»Steck bitte die Brotscheiben in den Toaster, damit sie schön warm und knusprig sind.« Währenddessen briet sie die Patties in der Pfanne, in der sie zuvor die Zwiebel geröstet hatte.

Im Nu hatte sie zwei Teller organisiert und legte die getoasteten Weißbrotscheiben darauf. Etwas Joghurtsoße verteilte sie auf dem unteren Brot. Darüber kamen Salat, eine Tomatenscheibe und eine Gurkenscheibe. Dann folgten ein Burger und eine Scheibe Cheddar. Wo auch immer sie den herhatte.

Zuletzt streute sie die Karottenschnipsel darauf und garnierte mit Salat, Tomate und Gurke. Mit einer zweiten Brotscheibe deckte sie den Burger ab.

»Fertig. Wir nennen die Dinger einfach Club-Oats. Eine Abwandlung von Club-Sandwich.« Sie lachte. »Ich hoffe, sie schmecken dir?«

»Lass sie uns probieren. Was möchtest du dazu trinken?«

»Am liebsten nur Wasser.«

»Vielleicht ein Schluck Wein?«

»Ich muss keinen Alkohol haben. Den verwende ich eher zum Kochen.«

»Vollkommen okay. Ich muss auch nicht, obwohl ich ab und zu einem Bierchen nicht abgeneigt bin.«

»Spricht ja nichts dagegen, wenn man mal im Pub ist.«

Sie setzten sich an den Tisch und aßen.

»Hm! Du bist eine begnadete Köchin.«

»Resteverwerterin in diesem Fall.«

»Kreativgenie trifft es eher. Das schmeckt himmlisch!«

»Du scheinst nicht besonders verwöhnt zu sein.« Sie lachte.

»Damit hast du sicherlich recht. Auf einsamen Stränden wird meist nur gegrillt. Selbstgeangelter Fisch.«

»Das Beste überhaupt.«

Eine Weile blieben sie still. Draußen pfiff und heulte der Sturm ums Haus.

»Möchtest du Nachschlag?« Emilia legte ihr Besteck weg.

»Wenn ich jetzt Nein sage, fühlst du dich dann in deiner Ehre als Köchin gekränkt?« Ein Grinsen konnte er sich nicht verkneifen.

»Überhaupt nicht. Ich habe doch gesehen, dass es dir geschmeckt hat.«

»Woran?«

»Du hast kein Wort geredet und kleine Grunzlaute von dir gegeben.«

»Habe ich nicht.«

Sie lachte herzerfrischend. »Doch, hast du!«

»Ich gebe zu, es hat mir ausgesprochen gemundet. Deshalb schlage ich vor, dass ich die Küche aufräume und du dich in der Zwischenzeit entspannst.«

»Welch grandiose Idee. Darf ich ein bisschen in der Bibliothek stöbern?«

»Aber klar doch. Tobe dich aus.« Finley stapelte das benutzte Geschirr übereinander und räumte den Tisch ab. Sobald Emilia die Küche verlassen hatte, füllte er die Spülmaschine und schaltete sie ein. Die Reste des Abendessens verstaute er im Kühlschrank. Rasch reinigte er den Tisch und den Küchentresen sowie die Spüle. Daraufhin folgte er Emilia in die Bibliothek.

Der Ohrensessel, in dem sie es sich gemütlich gemacht hatte, verschluckte sie beinahe. Finley musste schmunzeln. Typisch Leseratte. Und dabei sah sie so zauberhaft aus. Er seufzte.

Rund um sie herum lag eine Auswahl an Büchern. Sie war jedoch in eines vertieft.

»Was liest du denn Schönes?«

Erschrocken sah sie auf. »Ich habe dich gar nicht kommen gehört.« Sie hielt ihm das Cover entgegen.

»Wenn jeder Blick nur Liebe ist. Lotte R. Wöss«, las er laut vor und musterte sie. Hatte der Titel etwas für sie beide zu bedeuten?

Emilias Wangen röteten sich. Sie blieb an seinem Blick haften. »Seltsam, dass hier ein Liebesroman zwischen all den alten Schmökern steht. Darf ich ihn mir ausleihen? Vielleicht schaffe ich es, ihn heute Nacht zu lesen. Ansonsten bringe ich dir das Buch in den nächsten Tagen zurück.« Sie redete eine Spur hektischer als sonst. Oder bildete er sich das ein?

»Du darfst es auch behalten. Vermutlich hat es eine von Kendricks Freundinnen liegen gelassen und Beth hat es ins Regal geräumt.« Der Blick zwischen ihnen intensivierte sich.

»Das würde es erklären.« Emilia brach den Augenkontakt ab und legte das Buch beiseite. »Übrigens, wo darf ich übernachten?«

»Wie du bestimmt gemerkt hast, verfügt das Haus über jede Menge Gästezimmer. Was ich bei unserem Rundgang vorhin jedoch vergessen habe, ist die Heizung. Wir sollten uns darum kümmern, sonst frierst du in der Nacht.«

»Oh, natürlich! Komm, wir gehen noch mal rauf und du zeigst mir dein Zimmer, dann nehme ich einfach das nebenan. Das erwärmt sich bestimmt schneller, als wenn es im anderen Flügel liegt.«

Eines musste Finley ihr lassen: Emilia war nicht nur eine hervorragende Köchin, sondern auch eine Frau mit Hausverstand. Abgesehen davon, dass sie sowieso das entzückendste weibliche Wesen war, das er jemals kennengelernt hatte. Obwohl er ihr zuvor seine Räume verheimlicht hatte, nahm er sie nun mit nach oben.

»Komm, lass uns raufgehen!« Er hielt ihr die Hand hin. Und als sie die Finger mit seinen verflocht, klopfte sein Herz einen Tick schneller und er musste an sich halten, sie nicht sofort in seine Arme zu ziehen und sie zu küssen.

Emilia war wie ein Magnet für ihn. Er konnte sich ihr nicht entziehen. Sie im Nebenzimmer zu wissen, würde ihm in der bevorstehenden Nacht den Schlaf rauben. Denn in ihm schmorte unerfüllte Sehnsucht nach ihrer Nähe und ihren Berührungen. Er wollte mehr von ihr, als er bis jetzt bekommen hatte. Er wollte alles. Die Erfüllung. Ohne einen Gedanken an den Morgen zu verschwenden.

27

Emilia

»Das ist das Zimmer neben meinem.« Finley öffnete die Tür und schaltete das Licht an. Es war mit einem antiken viktorianischen Doppelbett, einer Kommode, einem Schminktisch mit Spiegel und Schränken im selben Stil eingerichtet. Auf jeder Seite des Bettes lag ein Perserteppich. An den mit dunkelgrünen Tapeten ausgekleideten Wänden hingen alte Landschaftsbilder. Die schweren Vorhänge waren beige und mit Blumenranken übersät.

»Hübsch.«

»Alt.« Finley lachte. »Wir sollten das Bettzeug frisch beziehen. Das Zimmer ist jedoch geputzt. Beth, Peggy und Loredana sind seit drei Tagen fleißig am Arbeiten. Ich kümmere mich mal um die Heizung.« Er öffnete eine Tapetentür, die Emilia bisher nicht aufgefallen war. Sie ging hinter ihm her.

»Oh, hier versteckt sich ein Badezimmer«, rief sie aus, sobald sie den kurzen Gang betreten und einen Blick in einen kleinen Nebenraum geworfen hatte. Das Bad war nicht antik gehalten wie das Schlafzimmer, sondern neutral eingerichtet. Emilia entdeckte eine Duschkabine, ein Waschbecken und auch eine Toilette. Die Wandfliesen waren in schlichtem Weiß gehalten. Der Boden diagonal schachbrettartig in Schwarz-Weiß verlegt. »Und wohin führt diese Tür?«

»Direkt in mein Zimmer.« Finley öffnete sie. Sofort strömte ein Schwall warmer Luft in den Durchgang.

»Oh, jetzt merke ich, dass nicht alle Räume beheizt sind. Hier ist es richtig kuschelig.«

»Dann lass uns hier warten, bis das Gästezimmer sich erwärmt hat. Die Heizung habe ich aufgedreht. Es wird aber eine Weile dauern. Wir lassen am besten die Tür offen.«

Emilia verschränkte die Arme locker vor der Brust. In der Bibliothek war es frisch gewesen. Kein Wunder! Dieses riesige Haus zu beheizen, kostete jede Menge Geld. Außerdem war es nicht nötig, alle Räume warm zu halten. Hier lebte nur ein Mann. Und was für einer.

»Ist dir kalt?« Finley musterte sie. Sein Blick blieb an ihrem haften. Seine Pupillen waren geweitet, die Iris leuchtete heller als sonst. Seine blonden Strähnen verliehen ihm das Aussehen eines Helden aus einem historischen Piratenfilm. Fehlte nur, dass er den Pullover und das Shirt auszog und seinen durchtrainierten Oberkörper zeigte. Emilia würde nicht Nein sagen, wenn er sie jetzt in diesem Augenblick verführte.

Doch er musste sich gar nicht entblößen. Bedächtig und vorsichtig klemmte er eine Haarlocke hinter ihr Ohr. Dabei berührte er wie zufällig ihre Wange und die Schläfe. Emilias Blut pulsierte. Sie hielt den Atem an und konnte nicht anders, als auf seinen Mund zu starren. Sie wusste, wie sich seine vollen Lippen auf ihren anfühlten, und verzehrte sich danach, dieses Prickeln ein weiteres Mal zu erleben. Lange musste sie nicht warten. Finley senkte den Kopf und streifte mit seinem ihren Mund. Ein Stöhnen drängte sich aus ihrer Kehle. Und daraufhin ging alles ganz schnell.

Finley zog sie in eine Umarmung. Seine Lippen landeten auf ihren. Ihre Zungen verwoben sich zu einem aufreizenden Tanz. Emilia schickte ihre Hände auf Erkundungstour unter seinen Pulli. Durch das Shirt ertastete sie sein Muskelspiel, welches Hitze in ihr entfachte. Vergessen war das kalte Gästezimmer. Das würde sie heute nicht brauchen. Das, was zwischen Finley und ihr aufloderte, knisterte derart gewaltig, dass es nicht mehr zu löschen war.

Seine Hände fanden den Weg unter ihren Pullover. Mit ihrer Hilfe zog er ihn ihr über den Kopf und entledigte sich ebenso seines. Ein fragendes Lächeln erschien auf Finleys Gesicht und sie gab ihm mit einem Nicken ihr Einverständnis, das fortzusetzen, was sie begonnen hatten. Ein leidenschaftlicher Kuss folgte, gegenseitig zerrten sie die Shirts aus den Jeans und ertasteten die nackte Haut des anderen. Alsbald waren sie aus sämtlicher Kleidung geschlüpft und in das kuschelige Doppelbett gewandert.

Dass draußen der Sturm tobte, war ihnen egal. Es gab nur sie beide und eine zeitlose Ewigkeit, um sich zu erkunden und die Erfüllung zu schenken.

Die Antwort von vorhin war Emilia Finley schuldig geblieben. Ihr war nicht mehr kalt. Im Gegenteil. Sie glühte wie nie zuvor in ihrem Leben.

Nach einer leidenschaftlichen und glückseligen Nacht war Emilia eingeschlafen. Nun rieb sie die müden Augen. Finley neben ihr schnarchte leise. Die Nachttischlampe spendete schummriges Licht, sie waren zu erschöpft gewesen, um sie auszuschalten. Durch die dicken Samtvorhänge konnte Emilia keinen Lichtstrahl ausmachen. Draußen war es etwas leiser als gestern. Der Sturm hatte nachgelassen. Es war noch früh und sie wollte weiterschlafen. Emilia kuschelte sich in die Daunendecke und schloss die Lider. Finleys Duft gemischt mit Moschus und Sandelholz hüllte sie ein. An Finleys Nähe könnte sie sich gewöhnen. Bestimmt war er keiner, der sie enttäuschte und sie nur fürs Bett haben wollte. Dass er mehr für sie empfand, hatte er sie nicht nur tagsüber, sondern auch in der Nacht spüren lassen. Und Emilia hatte das genossen. Ob sie wagen sollte, ihn richtig in ihr Herz zu schließen? Und damit das Risiko einzugehen, sich auf eine feste Beziehung einzulassen? Typisch Frau! Sie schalt sich in Gedanken. Nach einer gemeinsam verbrachten Nacht dachte sie an eine Beziehung! Aber träumen darf man ja, meldete sich ein inneres Stimmlein und ließ Emilia lächeln. In diesem Moment legte sich Finleys Hand auf ihre Hüfte und bahnte sich einen Weg zu ihrer Mitte.

»Auch schon wach?« Sanft zog er sie an sich. Löffelchenstellung. Seine Lust auf sie konnte er nicht verbergen. Seine Nähe weckte ihre Leidenschaft aufs Neue.

»Hm!«, schnurrte sie wie ein Kätzchen.

»Wir könnten den Morgen damit starten, womit wir vor dem Einschlafen aufgehört haben.« Sein Atem kitzelte sie am Ohr. Die heisere Stimme klang vielversprechend. Glücksgefühle erfassten sie und schalteten das Denken aus.

»Einverstanden.« Sie kicherte leise.

Weitere Worte waren nicht nötig. Die Nähe, die Hände, die Zungen reichten.

Langsam kam Emilia wieder zu Atem. »Ich müsste dann mal ins Bad.«

»Du kannst gerne duschen. Das Haus verfügt über warmes Wasser.« Finley schmunzelte und setzte einen Kuss auf ihre nackte Schulter.

»Wie komfortabel!« Amüsiert löste sie sich aus seiner Umarmung.

Emilia erledigte die Morgentoilette in dem kleinen Badezimmer. Leider hatte sie keine Zahnbürste dabei. Zur Not reichte auch ein Finger mit etwas Pasta. Das Duschgel borgte sie sich von Finley. Anschließend schlüpfte sie in ihre Klamotten, die verstreut auf dem Parkettboden lagen. Gestern hatte sie keinen Kopf dafür gehabt, darauf zu achten, wo sie gelandet waren. Die Erinnerung daran startete das heiße Kribbeln wieder, das sie ständig in Finleys Nähe empfand. Nachdem sie sich angekleidet hatte, machte sie sich mit Tausenden Glücksgefühlen im Bauch auf die Suche nach Finley. Er hatte das Schlafzimmer verlassen, während sie geduscht hatte. Offenbar war er auf eines der anderen Badezimmer ausgewichen. Genug davon hatte das Anwesen ja. Oder kümmerte er sich um Frühstück? Wie zuvorkommend von ihm. Ein Lächeln breitete sich nicht nur in ihrem Gesicht, sondern auch in ihrem Herzen aus.

Voller Vorfreude trat sie auf den Flur. Da hörte sie Frauenstimmen und Finley. Jemand lachte glockenhell.

Wahrscheinlich handelte es sich um die Haushälterin und deren Tochter, die das Haus in Schuss hielten. Wie peinlich, ihnen jetzt zu begegnen. Was würden die sich denken, wenn sie bei Finley übernachtet hatte und alle Gästezimmer unbenutzt waren? Immerhin war Beth so etwas wie seine Ziehmutter! Sollte sie lieber auf ihn warten? Oder sich aus dem Haus schleichen? Oder war es in Ordnung, wenn sie in die Küche spazierte, als ob es völlig normal wäre, dass Finley nächtlichen Frauenbesuch hatte? Wie stand er dazu? Und wie sollte sie sich vor Bediensteten verhalten? Emilia hatte keine Ahnung.

Zur Sicherheit öffnete Emilia die Gardinen, schaltete die Nachttischlampe ab und ging in das angrenzende Gästezimmer. Nicht ohne zuvor die Türen zu Finleys Schlafzimmer zu schließen. Sie legte sich in das unbenutzte Doppelbett und drehte sich mehrmals hin und her, sodass das Bettzeug zerwühlt aussah. Dabei schüttelte sie über sich selbst den Kopf. Sie war dreiunddreißig Jahre alt und niemandem eine Rechenschaft schuldig, mit wem sie ihre Nacht verbrachte.

Egal. An Haushälterinnen und Angestellte war sie definitiv nicht gewohnt. Die Situation war dementsprechend seltsam für sie. Und sie wollte nicht als Flittchen rüberkommen, das sich an den Hausherrn ranmachte. Das kam für sie nicht infrage. Auf keinen Fall! Denn so war sie nicht.

Schließlich machte sie das Bett. Aber so, dass es anders aussah als zuvor. Nachdem sie tief Luft geholt und sich mental auf die Begegnung vorbereitet hatte, verließ sie das Gästezimmer und ging nach unten.

Im Foyer unterhielten sich drei Frauen mit Finley.

»Guten Morgen!« Emilia versuchte, besonders freundlich zu sein. Vier Augenpaare richteten sich auf sie. Drei davon neugierig, Finleys Augen leuchteten.

»Guten Morgen.« Er kam auf sie zu, legte den Arm um ihre Schultern und drückte ihr einen Kuss auf den Scheitel. »Darf ich euch meine Freundin Emilia vorstellen?«

Emilias Herz blieb einen Moment stehen, bevor es loswummerte. Sie hatte sich bemüht, ihre heiße Nacht zu verbergen, und er stellte sie als seine Freundin vor? Meinte er das ernst? Wärme durchflutete sie und ihre Mundwinkel wanderten wie von selbst nach oben. Es fühlte sich nämlich verdammt perfekt an, seine Freundin zu sein. Sogar viel mehr, als sie sich ausgemalt hatte.

»Guten Morgen, Emilia! Wie schön, dich kennenzulernen. Ich bin die alte Beth, das hier ist meine Tochter Peggy und das meine liebe Freundin Loredana. Wir drei kümmern uns darum, dass das Haus auf Hochglanz poliert wird. Jetzt, wo Finley wieder da ist.« Die Worte sprudelten nur so aus dem Mund der leicht molligen Frau mit Küchenschürze. Ihre Stimme klang resolut, aber so, dass man sich bei ihr aufgehoben fühlte. Emilia mochte sie auf Anhieb.

»Guten Morgen, Beth, schön, dich kennenzulernen.« Sie begrüßten sich mit einem kräftigen Handschlag.

»Hi, ich bin Peggy.« Die Frau in ihrem Alter streckte ihr freudestrahlend die Hand entgegen. Die vielen Sommersprossen in ihrem Gesicht unterstrichen ihr freundliches Auftreten.

Dann fiel ihr Blick auf die dritte Frau im Bunde. Loredana. Sie war etwas kleiner als die beiden anderen und sehr schlank. Die dunklen Locken, die bereits mit silbernen Strähnen durchzogen waren, reichten ihr bis knapp zum Nacken und umspielten den seidig warmen Ton ihres Gesichts.

Plötzlich hatte Emilia das Gefühl, dass die Luft knisterte und alles um sie herum verschwamm. Nur noch diese Frau stand vor ihr und fixierte Emilia mit ihrem Blick. Hinter Emilias Ohren startete ein Kribbeln, das in kürzester Zeit ihren gesamten Körper erfasste. Das konnte doch nicht …? Das war doch nicht …? Bestimmt unterlag sie einem Trugbild. Sie sog scharf den Atem ein.

Wie von einer künstlichen Intelligenz instruiert, streckte Emilia Loredana die Hand zum Gruß entgegen.

Loredana zögerte. Der Blick aus ihren großen schwarzbraunen Augen durchdrang Emilia bis zum Grund ihrer Seele. Warum reagierte die Frau nicht?

»Guten Morgen«, stieß Emilia mühsam hervor und ließ die Hand fallen.

»Scusa! Buongiorno! Ähm!« Loredana schüttelte den Kopf, sodass die schwarzen Locken wild um ihren Kopf flatterten, und griff sich an die Stirn. »Sorry! Manchmal vergesse ich, dass ich in Cornwall bin.« Ein Lächeln umspielte ihren Mund. Entschuldigend fuhr sie mit der Hand durch die Luft und legte daraufhin beide Handflächen an ihre Wangen.

Sie war Italienerin. Emilia lief ein heißer Schauer durch den Körper. Beinahe hätten ihre Beine versagt. Sie schwankte.

»Ist dir nicht gut?« Finley hielt sie fest.

»Doch, doch. Ich …« Sie achtete nicht weiter auf ihn. »Loredana?«

Die Angesprochene nickte.

»Kennst du Alessia?« Nun stand alles auf dem Spiel. Sie hatte die Frage absichtlich so gestellt, dass Loredana ihr ausweichen konnte, falls sie das wollte.

Loredana zog die Augenbrauen zusammen. Dass das Lächeln nicht aus ihrem Mund verschwand, wertete Emilia als positives Zeichen.

»Alessia ist mein Künstlername.« Mit warmherzigem Blick sah Loredana sie an.

In Emilia wirbelte der kurze Satz sämtliche Zellen durcheinander. Ihr wurde heiß und kalt zugleich. Alles kribbelte. In ihren Ohren rauschte es, die Lichter flackerten. Dass sie zu atmen vergessen hatte, merkte Emilia erst, als sie laut nach Luft schnappte.

»Non mi ero sbagliata, sei tu!«, hauchte sie. »È tutta la vita che ti cerco. Mamma?« Für sie gab es keinen Zweifel mehr.

Loredana nickte. »Sì, sono davvero io. La tua mamma.«

Ein lauter Schluchzer entrang sich Emilias Kehle. Sie schlug die Hände vor den Mund. Tränen lösten sich aus ihren Augen und kullerten die Wangen hinab.

»Emilia? Was ist los? Ich habe kein Wort verstanden. Habt ihr italienisch gesprochen?« Finley blickte zwischen Emilia und Loredana hin und her.

»Ich denke, da haben sich zwei gefunden, die sich viele lange Jahre nicht gesehen haben. Wir sollten ihnen Zeit geben, sich genauer kennenzulernen.« Beth nahm Finley an die Hand, führte ihn in die Küche und winkte Peggy, ihnen zu folgen.

Das bekam Emilia jedoch nur am Rande mit. Vor ihr stand Alessia vulgo Loredana und somit ihre Mutter. Emilia konnte ihr Glück kaum fassen.

Zögerlich hoben beide die Arme gleichzeitig. Sie mussten lachen. Und schließlich lagen Emilia und Loredana sich in den Armen, sodass kein Blatt dazwischen gepasst hätte. Es war, als ginge die Sonne auf und schickte ihre wärmenden Strahlen, um die Seele zu streicheln.

Emilia hatte ihre Mutter gefunden. Und am schönsten daran war, dass ihre Mama sie liebte. So, wie sie im Brief geschrieben hatte.

28

Finley

»Beth, was ist los? Kennen die beiden sich? Ist das etwa Emilias Mutter? Die vermisste Italienerin?« Deshalb hatte er das Gefühl gehabt, ihr bereits begegnet zu sein. Welch seltsames Schicksal hatte Emilia ausgerechnet in diesem verfluchten Haus in die Hände ihrer Mutter geführt?

»Offenbar hat Emilia dir ihre Geschichte erzählt. Die beiden scheinen tatsächlich Mutter und Tochter zu sein. Loredana hat mir vor Tagen erzählt, dass sie eine Nachricht von Emilia erhalten hat. Aber du hast mit keinem Sterbenswörtchen erwähnt, dass deine Freundin ausgerechnet Emilia ist.« Beth verzog den Mund.

»Und du hast alles von ihrer Mutter erzählt bekommen.« Eine Feststellung in dem ganzen Wirrwarr, welches sich in Finleys Gehirn erst ordnen musste.

»Loredana hat mir ihr Herz ausgeschüttet, als sie die Notiz bekommen hat. Sie war so aufgeregt. Kennst du Andy's Laden unten im Zentrum?«

Finley schüttelte den Kopf.

»Er ist Maler und bietet dort Bilder an. Loredanas Künstlername ist Alessia. Emilia hat ein Bild von ihr entdeckt.«

Nun verstand er gar nichts mehr.

»Mum, lass doch Emilia alles erklären. Du bringst sonst noch etwas durcheinander. Besser, wir beide kümmern uns um das Frühstück.« Peggy legte eine Hand auf Beths Schulter.

»O mein Gott, ja! Emilia und Loredana werden dir bestimmt alles erzählen, wenn sie sich erst einmal abgetastet haben. Wir kümmern uns inzwischen um das leibliche Wohl. Peggy, du kochst Tee. Finley, du deckst den Tisch. Den Rest erledige ich. Kaffee oder Tee? Was trinkt denn Emilia am liebsten?« Geschäftig rang Beth die Hände und startete auch schon los, ohne darauf Rücksicht zu nehmen, dass Finley eigentlich ihr Arbeitgeber war und sie das zu tun hatte, was er verlangte. Aber so war Beth eben. Sie sah noch immer den Jungen in ihm, den sie nach dem Tod seiner Mutter großgezogen hatte. Finley konnte ihr nicht böse sein.

»Keine Ahnung?« Sein Gehirn leistete ihm heute absolut keine Dienste. Hatte Emilia jemals erwähnt, ob sie Kaffeetrinkerin war? Oder bevorzugte sie Tee? Gestern am Nachmittag hatte sie Tee getrunken. Und im Restaurant ebenso. Aber am Morgen?

»Die Nacht scheint ziemlich anstrengend gewesen zu sein.« Peggy zwinkerte ihm zu. »Ich stelle zur Sicherheit beides auf.«

»Wenn ich euch nicht hätte!«, stieß er seufzend hervor.

»Dann hättest du andere.« Beth lachte, während sie Eier in die Pfanne schlug.

Ob Finley nachsehen sollte, ob Emilia und Loredana etwas benötigten? Nein. Er beschloss, den Tisch zu decken, wie Beth ihm aufgetragen hatte. Da hatte Emilia nun also ihre Mutter gefunden. Er schüttelte den Kopf. Unglaublich, wenn man es recht bedachte.

Die drei waren soeben mit den Vorbereitungen fertig geworden, da traten Loredana und Emilia in den Raum. Ihre Wangen leuchteten vor Aufregung rot. Auch ihre Augen waren gerötet, strahlten jedoch vor purer Freude.

Beth eilte zu ihnen, während Finley starr wie eine Statue stehen blieb und die Szene beobachtete.

»Ist alles in Ordnung mit euch beiden? Braucht ihr Unterstützung? Hilfe?« Beth nahm sie an den Händen.

Loredana warf Emilia einen Blick zu. »Ich denke, uns geht es so weit gut. Oder?«

Emilia nickte. »Alles okay, wenn auch sehr aufregend. Ich habe mir immer gewünscht, meine Mama zu finden. Und jetzt? Ich bin so glücklich!« Sie schenkte ihrer Mutter ein glückseliges Lächeln.

Hatte Emilia ihn je so angesehen, überlegte Finley, schüttelte den Gedanken jedoch sofort wie ein lästiges Insekt ab. War er etwa eifersüchtig auf Emilias Mutter? So eine lächerliche Idee. Das war doch absoluter Bullshit!

»Setzt euch an den Tisch. Ihr habt euch bestimmt vieles zu erzählen. Du verträgst sicherlich noch einen Kaffee, Loredana. Und du Emilia hattest noch gar kein Frühstück.« Beth schubste sie geradezu in Richtung

Esstisch. Dieser war liebevoll gedeckt und ließ keinerlei Wünsche offen.

Als ob sie eine Bestätigung brauchte, sah Emilia Loredana an.

Finley runzelte die Stirn. Würde sie ab jetzt immer ihre Mutter fragen, wie sie ihr Leben gestalten sollte, obwohl Emilia es bisher tadellos allein gemeistert hatte?

»Geh nur, auf mich musst du keine Rücksicht nehmen, Emilia. Wir beide haben ab sofort Zeit genug, um uns kennenzulernen.« Mit dem Kinn deutete Loredana in Richtung Finley. Er fühlte sich ertappt. Hatte sie etwa gemerkt, was ihn beschäftigte?

Zögernd kam Emilia auf ihn zu. Sofort legte er den Arm um ihre Schultern. »Lust auf Frühstück nach dem aufregenden Morgen?«

Emilia schmiegte sich an ihn, was ihn erleichtert aufatmen ließ. Sie hatte ihn nicht vergessen und schon gar nicht abgehakt.

»Ich weiß nicht, ob ich einen Bissen hinunterbekomme. Heute Morgen aus heiterem Himmel meiner Mama gegenüberzustehen, ist richtig heftig. Ich zittere noch immer.«

Tatsächlich zitterte sie am ganzen Körper. Er zog sie etwas fester an sich und nahm sie in eine Umarmung. »Du bist aufgewühlt und voller Emotionen, die du nicht einordnen kannst. Aber das wird schon. Ich bin an deiner Seite.«

Emilia sah zu ihm auf und hauchte ein »Danke«. Und er wusste, dass sich zwischen ihnen nichts ändern würde. Erleichtert atmete er auf.

»Alles gut?« Mit einer Kaffeetasse in der Hand stand Loredana neben dem Esstisch und musterte sie.

Finley nickte. »Ich denke schon.« Sanft strich er über Emilias Rücken.

»Ja.« Sie löste sich aus seinen Armen. »Ich brauche jetzt erst einmal Kaffee.«

Beth lachte. »Habe ich es doch gewusst. Wie die Mutter, so die Tochter. Peggy?«

»Bin schon dabei.« Ihre Tochter war schneller am Kaffeeautomaten, als Beth die Worte ausgesprochen hatte.

Finley begleitete Emilia zum Tisch, um mit ihr zu frühstücken. Was für ein Tohuwabohu nach der ersten gemeinsamen Nacht. Den Morgen danach hatte er sich anders vorgestellt. In Zweisamkeit und mit heißen Küssen zwischen Toastbrot und Ei. Dennoch liebte er es, wie Emilias Augen strahlten. Und das freute ihn. Nein. Er gönnte es ihr.

Peggy reichte Emilia die Tasse mit aromatisch duftendem Kaffee.

»Bist du so lieb und bereitest mir ebenfalls eine Tasse zu?« Normalerweise trank Finley kaum Kaffee, obwohl er ihm schmeckte. Heute konnte er Koffein jedoch gebrauchen.

Emilia und Loredana setzten sich am Esstisch gegenüber. Er gesellte sich neben Emilia. Beth und Peggy nahmen ebenfalls Platz.

»Die Rühreier werden bereits kalt sein. Ich wärme sie auf.« Beth ergriff die Pfanne.

»Nicht nötig.« Finley hielt sie zurück. »Ich esse sie auch lauwarm. Oder möchte jemand anders …?«

»Ich bin viel zu aufgeregt, um zu essen.« Emilia fächerte sich mit beiden Händen Luft zu.

Peggy stellte die Kaffeetasse vor ihm ab. »Hier, wenigstens ist der heiß.«

»Und ich habe bereits gefrühstückt. Außerdem geht es mir wie Emilia.« Loredana nahm einen Schluck von ihrem Kaffee.

»Das ist die Freude.« Beth lächelte liebevoll.

Emilia nickte. »Leider kann ich mich nicht daran erinnern, dass wir uns jemals gesehen haben, Mama.«

Die Angesprochene seufzte. »Das damals ... wir werden darüber noch reden. Du hast bestimmt jede Menge Fragen. Und auch ich möchte so vieles von dir wissen.«

»Hat dir eigentlich dieser Andy aus dem Künstlerladen die Nachricht von mir gegeben?« Emilia beäugte ihre Mutter über den Tassenrand hinweg.

Diese zog die Brauen zusammen. »Hat er. Am selben Tag noch, an dem du sie geschrieben hast.«

»Aber?«

Loredana strich ihr Haar aus dem Gesicht. »Ich habe mich irrsinnig gefreut, dass du mich suchst. Aber ich war mir nicht sicher, wie ich vorgehen soll. Ich fürchtete, es wäre vielleicht komisch zwischen uns und wir wären uns fremd. Es hätte mich wahnsinnig enttäuscht, wenn du mich abgewiesen hättest. Um ehrlich zu sein, hatte ich riesige Angst, dich zu verlieren, sobald wir uns begegnen. Deshalb habe ich Andy gebeten, etwas Zeit herauszuschinden.«

»Das kann ich irgendwie nachvollziehen.« Emilia nestelte an der Serviette herum. »Aber du hättest es zumindest versuchen können.«

»Ich habe dreimal vor der Tür der Pepperloves gestanden, um zu klingeln. Einmal kamst du sogar raus. Hast das Fahrrad aus dem Schuppen geholt und bist weggefahren. Du hast mich nicht beachtet. Und ich war zu feige, dich anzusprechen.«

»Das Schicksal hat euch dennoch zusammengeführt.« Beth unterbrach die Stille, die sich über den Frühstückstisch gebreitet hatte.

»Und das in diesem Haus. Wer hätte das gedacht.« Finley konnte sich den Kommentar nicht verkneifen.

»Die Zeiten ändern sich, mein Junge.« Beth griff über den Tisch und tätschelte seinen Arm.

»Wie wahr!«

»Und ihr esst jetzt erst einmal. Reden könnt ihr später.« Beth wies auf die Köstlichkeiten.

Finley nahm sich Toastbrot mit Erdbeermarmelade und aß dazu drei Rühreier. Was auch immer auf ihn zukommen mochte, er hatte Hunger.

Loredana knabberte an Shortbread und Emilia bestrich eine Scheibe Toastbrot mit Butter und Marmelade.

Offensichtlich hatte sich ihre Aufregung etwas gelegt.

29

Emilia

Loredana und Emilia fuhren im Mini zu den Pepperloves. Finley hatte ihnen kurzerhand das Auto geliehen, damit Emilia sich in Ruhe frische Klamotten anziehen konnte. Schließlich trug sie dieselbe Unterwäsche wie gestern nach dem Wandern. Weil sie viel zu aufgeregt war, den Wagen durch den englischen Linksverkehr zu lenken, hatte Loredana sich hinters Steuer gesetzt.

»Grazie, per guidare la macchina. Sicuramente non sarei arrivato sano e salvo. Ich wäre bestimmt nicht heil angekommen.« Emilia klammerte sich am Sitz fest und war froh, dass ihre Mutter das Auto lenkte. Die Emotionen heute Morgen hatten sie überwältigt.

»Sei una donna forte. Unterschätze deine Fähigkeiten nicht! Mi creda. Sono eccitato quanto te.« Loredana setzte den Blinker und bog in die Gasse ein, in der die Pepperloves wohnten. Emilia glaubte ihr, dass sie genauso aufgeregt war wie sie selbst.

»Mamma! Perché siamo fatti nello stesso modo.« Emilia kicherte.

»Genau. Wir sind vom gleichen Schlag. Solo madre e figlia. Wie Mutter und Tochter.« Loredana gluckste und Emilias Herz pumpte wieder einmal vor Freude so heftig, dass ein warmer Schwall sich in ihr ausbreitete.

»La casa di famiglia Pepperlove è laggiù. Dort vorne ist das Haus. Harriet wird Augen machen! Sie hat mir bei der Suche geholfen. Im Haus ihrer Freundin Abigail hängen Bilder an der Wand, die du gemalt hast.« Sie warf ihrer Mutter einen Blick zu. Wie sich das anfühlte! Endlich ihre Mutter um sich zu haben! Und noch dazu hatten sie sich auf Anhieb verstanden. Emilia hatte gelesen, dass verlorene Mütter und Töchter sich beim Wiederfinden oft fremd waren. Nicht so bei ihnen. Im Foyer der Sherrells hatten sie einander in den Armen gelegen und hatten geweint und geschluchzt. Bis sie sich gefangen hatten, hatte es eine halbe Ewigkeit gedauert.

»I dipinti si vendono bene in Cornwall. Die Bilder verkaufen sich gut in der Gegend. Ich dachte allerdings, dass sich hauptsächlich Touristen dafür interessieren.«

»E soprattutto io.« Und ganz besonders ich, dachte Emilia und konnte es noch immer kaum fassen.

Loredana parkte den Mini vor dem Haus, stellte den Motor ab und wandte sich Emilia zu. Aufmerksam sah sie ihre Tochter an. »Ich habe dir damals absichtlich ein Bild in dein Körbchen gelegt. Mit der leisen Hoffnung, dass du dich irgendwann damit auf die Suche nach mir machst.« Eine Träne löste sich aus ihrem Augenwinkel. Sie wischte sie fort. »Mi dispiace tanto. Es tut mir so, so leid.«

»Du hättest uns besuchen können. Du wusstest ja, wo Papa und ich wohnen.« Ein unangenehmes Gefühl beschlich Emilia. Es machte sie wütend, dass ihre Mutter zwar einen Hinweis für sie hinterlassen, aber sich nie mehr gemeldet hatte. Es wäre so simpel für sie gewesen.

Loredana schüttelte den Kopf. »Ich erzähle dir die Geschichte später, Cara mia. Mach dich zuerst frisch. Das ist nichts für zwischen Tür und Angel.« Sie fasste nach Emilias Hand und streichelte sanft darüber.

Emilia atmete auf. »Okay. Ich habe so lange gewartet, dann halte ich die paar Minuten auch noch aus.« Sie deutete zum Haus. »Lass uns aussteigen. Harriet wird Augen machen!«

Und das tat sie.

»Emilia, Darling! Du wanderst mit dem attraktiven Finley los und kommst mit deiner Mum zurück? Wie hast du das denn zuwege gebracht? Abigail hatte doch keine Ahnung, wo Alessia sich aufhält. Und unsere Bekannten ebenso wenig.« Sie hielt sich die Hand an das Herz und rang nach Luft. »Ich freue mich so für euch. Setzt euch doch und wir trinken erst einmal Tee. Die Nacht war grausam stürmisch. Ich habe kein Auge zugetan. Wie ist es euch ergangen? Tee oder doch lieber Kaffee?« Vor lauter Aufregung hörte die arme Harriet gar nicht mehr auf zu reden. Gleichzeitig hantierte sie mit der Kaffeemaschine, den Pads und stellte auch schon den Wasserkocher an.

»Tee wäre fantastisch. Danke! Kann ich etwas helfen?« Loredana sah Harriet über die Schulter. »Vielleicht das Service?«

»Hier oben. Es wäre nett, wenn du es auf den Tisch stellen könntest. Ach, wir haben ja die Weihnachtskekse, die Emilia gebacken hat. Darf ich deiner Mum welche servieren?«

»Aber natürlich. Ich hole sie aus dem Vorratsraum. Moment!«

»Das mache ich selbst. Du schau zu, dass du dich umziehst. Und dann kommst du so rasch wie möglich wieder zu uns.«

»Danke.« Emilia eilte ins obere Stockwerk. Was für ein Tag! Schnell schlüpfte sie in frische Unterwäsche, putzte die Zähne und kämmte das Haar.

Neu eingekleidet und erfrischt lief sie die Treppe hinab. Am Gelächter erkannte sie, dass ihre Mutter und Harriet sich ausgezeichnet verstanden. Wie schön! So hatte sie sich Familienleben immer vorgestellt. Ein Hauch Wehmut erfasste sie, weil sie das als Kind nicht erlebt hatte. Dennoch breitete sich genauso ein Lächeln in ihr aus. Schwungvoll öffnete sie die Tür zur Küche.

»Da bist du ja wieder. Loredana hat mir erzählt, dass sie im Cottage der Sherrells wohnt. Bei Beth Blooment. Leider kenne ich die Dame nicht. Sonst hätten wir bestimmt früher deine Mum entdeckt. Unser Städtchen ist wohl doch größer als gedacht.«

»Was nicht das Allerschlechteste ist.« Loredana verzog den Mund.

»Wie meinst du das?« Emilia setzte sich auf den freien Stuhl.

Loredana seufzte und legte den Löffel weg, mit dem sie soeben ihren Tee gerührt hatte. Dann sah sie von einer zur anderen. »Es hat damit zu tun, dass ich dich zu deinem Vater gegeben habe und verschwunden bin.«

»Oh!« Harriet hielt sich die Hände vor den Mund. »Wenn ich das nicht erfahren soll, dann sag es einfach, meine Liebe. Ich muss später sowieso noch zum Supermarkt und etwas einkaufen.« Bestärkend drückte sie Loredanas Unterarm. Geradeso, als ob sie alte Bekannte wären, die sich lange nicht gesehen hätten.

Mit einem Kopfschütteln wehrte Loredana ab. »Nein, ist schon in Ordnung. Du bist so etwas wie Emilias Großmutter. Damit gehörst du zur Familie. Wir sollten keine Geheimnisse voreinander haben. Jetzt nicht mehr.« Ein trauriger Ausdruck legte sich über Loredanas Gesicht. Tief in Gedanken versunken schaute sie zum Fenster hinaus.

Harriet warf Emilia einen Blick zu und nickte sanft. Was so viel zu heißen schien wie: »Ich bin für dich da, wenn du mich brauchst.«

Emilia sog scharf den Atem ein und zwinkerte dankbar zurück. Harriets Mundwinkel wanderten einen Hauch nach oben. Dann griff sie nach der Teekanne und füllte Emilias Tasse.

Loredana schien von all dem nichts mitbekommen zu haben. Wie aus einer Trance erwacht, schüttelte sie den Kopf und kämmte mit den Fingerkuppen durch ihre wilden Locken. Ein Lächeln zeichnete sich auf ihrem Antlitz ab.

»Entschuldigt! Ich war zu weit weg. Zu viele Erinnerungen. Va bene allora. Ihr wollt einiges von mir wissen. Zuvor verrate ich euch noch eines: Außer der

Freundin in meiner Jugendzeit und Beth kennt bisher niemand die Wahrheit. Ich bitte euch, sie so gut wie möglich bei euch zu behalten. Nicht jeder muss wissen, woher ich komme.« Sie musterte zuerst Harriet und danach Emilia.

»Kein Wort. Versprochen!« Harriet zog einen imaginären Reißverschluss über ihre Lippen. »Ähm, außer Fred. Dem erzähle ich es. Ist das in Ordnung?«

»Chi è Fred?«

»Das ist Harriets Ehemann«, mischte Emilia sich ein.

»Selbstverständlich. Und ja, es wäre kein Problem, wenn jemand davon erführe, aber es muss ja nicht jeder alles wissen. Manche Dinge seines Lebens sollten besser ruhen. Und ich bin immer noch vorsichtig.«

Harriet nickte eifrig. »Nun bin ich aber gespannt. Und die arme Emilia erst recht. Wie kam es dazu, dass du sie bei ihrem Vater gelassen hast?« Sie ergriff Emilias Hand und drückte sie.

Dankbar für diese Unterstützung blinzelte Emilia ihr zu. Harriet hatte sich mit ihrer liebenswürdigen Art in kürzester Zeit in ihr Leben geschlichen, als ob sie sich ewig schon kannten.

Mit der freien Hand führte Emilia die Tasse an den Mund, um einen Schluck zu trinken. Ihr Hals war trocken, das Herz raste.

Loredana räusperte sich. »Paul und ich haben uns am Strand in Jesolo kennengelernt. Es war Sommer, er hat mit ein paar Studienkollegen seinen Urlaub dort verbracht. Und ich war heimlich mit Freundinnen ebenso übers Wochenende ans Meer gefahren. Fragt nicht! Dummer Mädchenstreich.« Loredana lachte. »Paul und ich haben uns sofort verliebt und die Tage und auch die Nächte gemeinsam durchgefeiert. Dabei bist du entstanden, Emilia. Ein Sommerkind.« Loredanas Augen leuchteten bei der Erinnerung.

»Das hat mir Papa erzählt. Leider aber nicht viel mehr.« Sie zog die Stirn in Falten.

»Es gab auch nicht viel mehr. Er wollte mit mir in Kontakt bleiben und hat mir seine Adresse auf einen Zettel geschrieben. Ich habe ihm meine nicht genannt. Ihm habe ich mich als Alessia vorgestellt. Deshalb wusste er nicht einmal meinen richtigen Vornamen. Loredana. Mein richtiger Name lautet Loredana Bernozano. Mein Vater hat für die Cosa Nostra gearbeitet.« Sie legte eine Pause ein.

»Er war bei der Mafia? Das heißt ...?« Emilia lief es kalt über den Rücken.

»Ja. Er ist tot. Er, seine Brüder und alle, die damit zu tun hatten.«

Harriets Augen waren riesengroß, sie sagte jedoch kein Wort. Noch immer hielt sie Emilias Hand. Doch jetzt drückte sie so stark zu, als wolle sie sich an ihr festklammern.

»Zurück zu damals. Ich komme ursprünglich aus Sizilien. Studiert habe ich jedoch in Bologna. Mein Vater wollte mich aus dem unmittelbaren Gefahrenbereich weghaben und hat mich dort unter falschem Namen eingeschrieben und versteckt. Wobei ... das war wohl das einzig Gute, das ich ihm zugestehen kann. Weil er ein kleiner Fisch war und nicht ausreichend Geld zur Verfügung hatte, konnte er sich Personenschutz nicht leisten. Ich habe rasch gelernt, nichts zu erzählen und so zu tun, als wäre ich ahnungslos. Jedenfalls habe ich bald gemerkt, dass ich schwanger war und mich dazu entschieden, dich, liebe Emilia, auf die Welt zu bringen. Aus dem einfachen Grund, weil ich dich vom ersten Tag an liebte.« Loredana warf ihr ein liebevolles Lächeln zu, das Emilia so sehr rührte, dass sie schluchzte.

Tränen rollten über ihre Wangen und Loredana nahm sie fest in den Arm. »Ja, ich habe dich geliebt, dir jeden Tag vorgesungen, den Bauch gestreichelt und mir vorgestellt, wie du zu dem süßesten Baby heranwächst, das die Welt jemals gesehen hat.« Ihre Stimme klang brüchig, als ob sie nah am Weinen wäre.

Die Worte erfassten jede einzelne Zelle in Emilias Körper und brachten ihre Seele zum Schwingen. »Mama!«, stieß sie unter Tränen hervor. Auch Harriet schniefte.

Erst nachdem sich alle beruhigt hatten, redete Loredana weiter. »Ich habe niemandem von der Schwangerschaft erzählt. Nur vor meiner Freundin, mit der ich ein Zimmer in einer Pension bewohnte, konnte ich es nicht ewig verbergen. An Weihnachten war ich noch bei meinen Eltern. Und ab da habe ich Ausreden erfunden. Jede Menge Prüfungen, die ich absolvieren müsste, Einladungen von Freundinnen, eine Grippe, solche Dinge. Es galt nur, Ostern zu überbrücken und somit den Zeitpunkt deiner Geburt. Allerdings bin ich sowieso nur zu Feiertagen heimgereist. Und dann war es so weit. Ich habe dich in der Wohnung zur Welt gebracht. Meine Freundin hat mir beigestanden. Zum

Glück verlief alles vollkommen unkompliziert und wir mussten keine Rettung rufen. Zwei Wochen lang habe ich dich bei mir behalten. Du warst das süßeste Baby, das ich jemals gesehen habe. Ich habe dich unendlich geliebt. Und genau aus diesem Grund habe ich dich deinem Vater gebracht.«

»Du hast mich weggegeben, obwohl du mich so geliebt hast?«

Loredana nickte. »Ich musste. Ich musste dich davor beschützen, so aufzuwachsen, wie ich es erlebt habe. Immer wieder Kämpfe, Drohungen, Morde. Das ewige Versteckspiel. Ich wollte dich vor meiner Herkunftsfamilie beschützen. Dazu bin ich mit dir nach Wien gereist und habe dich deinem Vater übergeben.«

»Im Brief stand aber nichts davon. Du hast nur geschrieben, dass du mich unendlich liebst, aber dass du nicht ausreichend Geld hast, dich um mich zu kümmern.«

Loredana schüttelte den Kopf. »Meine Familie war es, der ich dich vorenthalten wollte. Zu deinem Schutz und dem deines Vaters.«

»Und das Bild? Dein Künstlername?«

Loredana zuckte mit den Schultern. »Meine Hoffnung, dass du mich eines Tages findest. Nenn es Strohhalm, an den ich mich klammerte.« In ihren Augen standen Tränen. Eine kullerte ihre Wange hinab und sie wischte diese weg.

»Was letztlich funktioniert hat.« Emilia flüsterte den Satz. Den Tränenfluss konnte sie nicht zurückhalten.

Erst nachdem sie sich gefasst hatte, fiel ihr auf, dass Harriet ebenso weinte.

»Entschuldigt, aber das ist eine so berührende Geschichte. So etwas gibt es nicht mal bei Rosamunde Pilcher.« Harriet schniefte in ein Taschentuch.

30

Finley

Drei Tage später sprach Finley mit Mr Cordmire und Mr Coldman, dem Makler von Luxusimmobilien, über den Verkauf. Nun war es fix. Mr Coldman würde sich darum bemühen, die größtmögliche Summe aus dem Anwesen zu lukrieren. Denn eines war Finley klar: Die Bank wollte er nicht miteinbeziehen und auch sein Barvermögen nicht für anstehende Zahlungen opfern. Das musste er unbedingt vermeiden. Das Haus und alles, was dazugehörte, stellten für ihn nur Belastungen dar. Viel lieber lebte er so wie in den letzten zwanzig Jahren. Mit diesem Entschluss war er angereist, den hatte er durchgezogen. Wie Emilia das sehen würde? Immerhin hatte sie ihm vorgeschlagen, das Haus touristisch zu nutzen. Nein. Er war hierhergekommen, um sich endgültig von allem zu lösen. Dass ihm eine Frau begegnen würde, die seinen Entschluss ins Wanken bringen könnte, damit hatte er nicht gerechnet. Und wenn schon. Emilia war frei und ungebunden. Er würde sie fragen, ob sie ihn nach Hawaii begleitete. Bestimmt sagte sie zu. Mit dem vielen Geld aus dem Verkauf würde sie nicht einmal zwingend arbeiten müssen. Sie könnte in der Surfschule aushelfen, den Tag chillig am Strand verbringen. Sie würden viel reisen, das Leben genießen. Ein Traum.

Und falls sie mit seinem Vorschlag doch nicht einverstanden war, weil ihre Mutter sich in Cornwall befand? Finley seufzte und wischte sich über die Stirn. Die vielen Gedanken bereiteten ihm Kopfschmerzen. Womöglich machte er einen Fehler, wenn er Emilia in seine Entscheidungen nicht miteinbezog. Aber was hätte er schon anders tun sollen? Sie kannten sich doch viel zu kurz.

Er zog das Eingangsportal der Stadtvilla zu, in der sich das Büro des Rechtsberaters befand. Sogar hier hing ein weihnachtlicher Türkranz. Seit Anfang Dezember hatte sich die Anzahl der Weihnachtsdekorationen in der Stadt massiv gesteigert. Es mochte manche erfreuen, aber Finley konnte damit nichts anfangen. Spätestens zwei Tage vor Weihnachten würde er abreisen, um mit Adam so wie jedes Jahr die Feiertage am Strand zu verbringen. Auf dem Surfbrett und in den Wellen natürlich. Sein Freund hatte ihn längst kontaktiert und ihm die Hölle heißgemacht, da die Kursbuchungen über Weihnachten überhandgenommen hatten und jede Menge Arbeit in der Surfschule wartete. Doch Finley musste sich hier um einiges kümmern, bis alles von selbst lief. Nun gut. Den Notar und den Immobilienvertreter hatte er jetzt organisiert, die Sache mit Beths Cottage war unter Dach und Fach. Die Pferde würden verkauft beziehungsweise auf dem Gnadenhof untergebracht werden, bevor er abreiste. Und Beth hatte den Schlüssel, damit Fergus und sie sich um das Wesentlichste kümmerten. Er bezahlte den beiden extra Lohn, wenn sich Interessenten meldeten, um den alten Kasten zu erwerben.

Patrick fiel ihm ein. Und dass er die Geschenke für dessen Kinder und Frau noch nicht besorgt hatte. Kurzerhand machte er sich auf Richtung Weihnachtsladen. Auf dem Weg dorthin verspürte er einen seltsamen Druck im Magen. Emilia würde ihm in Hawaii fehlen. Vermutlich mehr, als er sich bislang zugestand. Mit ihrer liebenswürdigen und positiven Art war die hübsche Zufallsbekanntschaft unter seine Haut gekrabbelt und hatte sich tief in sein Herz geschlichen. Emilia brachte ihn zum Lachen, sie tröstete ihn, wenn ihn die Erinnerungen überkamen und nicht zuletzt hatte er die Nacht mit ihr genossen wie mit keiner Frau zuvor. Emilia war das, was er sich sein Leben lang erträumt hatte. Und trotzdem. Ihm war klar, dass er sie würde enttäuschen müssen. Außer, sie kam mit ihm nach Hawaii.

Beim Eintreten ins Santas Art & Craft erklang eine Melodie. »All I Want For Christmas Is You« von Mariah Carey schallte ihm mit Glöckchentönen ans Ohr. Ja, er wusste, was er sich zu Weihnachten wünschte. Emilia! Doch Hawaii wartete. Und sie musste mitkommen. Das wäre sein schönstes Geschenk! Wie genau er das in die Wege leiten sollte, damit sie auch wirklich zusagte, war ihm ein Rätsel.

»Einen wunderschönen guten Morgen, Finley! Was kann ich für dich tun?« Dass der Weihnachtsmann sich an seinen Namen erinnern konnte, war seltsam. Wie merkte sich der Verkäufer das? Hier gaben sich doch gefühlt Tausende Kunden die Klinke in die Hand, auch wenn er jetzt allein mit ihm hier stand.

»Guten Morgen! Sie können mir in der Tat helfen. Ich suche Geschenke für eine Frau und drei Kinder. Was Kleines, das ihnen Freude bereiten wird. Und vielleicht auch eine Kleinigkeit für einen alten Freund.«

»Da werden wir bestimmt fündig, nicht wahr?« Der Weihnachtsmann zwinkerte ihm zu. Gemeinsam mit Finley durchwühlte er die Regale und alsbald hatten sie ein Engelchen zum Aufziehen, einen kleinen Soldaten mit einer Trommel, einen mit einer weihnachtlichen Mütze verkleideten Hasen, der hoppelte, und einen Schal mit Weihnachtssternmotiven gefunden. Für Patrick wählte er Flipflops mit aufgedruckten Weihnachtsmännern. Das passte zu seinem Freund, denn der liebte schräge Motive und trug diese Dinger sogar mit Socken.

»Was möchtest du deiner Freundin schenken?« Der Verkäufer schob seine Brille hoch. Erstaunlich, dass ihm unter dem Rauschebart mit der Mütze nicht heiß wurde. Finley hatte seine Jacke bereits geöffnet, so warm war ihm.

»Meiner Freundin?« Das Zusammentreffen hier im Laden musste den Mann beeindruckt haben. »Ich ... wir ... eigentlich kennen wir uns erst kurz. Und ich weiß gar nicht, ob wir uns zu Weihnachten überhaupt sehen.« Das wusste er wirklich nicht, obwohl er sich das wünschte.

»Das wäre aber schade! Ihr gebt ein so wunderbares Paar ab.« Nachdenklich strich er sich über den Bart.

»Ja, vielleicht. Aber es ist kompliziert. Ich werde nicht hierbleiben. Das … kann ich nicht.« Finley seufzte.

»Je herausfordernder die Welle, umso glücklicher der Surfer, wenn er sie bezwungen hat.« Finley stutzte. Was auch immer der Weihnachtsmann mit dem Spruch meinte, er wurde ihm immer suspekter. Er wusste eindeutig zu viel über Finleys Liebesleben und seine Hobbys.

»Ich muss noch überlegen. Womöglich komme ich in den nächsten Tagen wieder.« Finley zog den Geldbeutel aus der Tasche, bezahlte und machte sich auf den Weg zu Patrick, um ihm die Geschenke zu überbringen. Der sollte sie dann für die Kinder unter den Weihnachtsbaum legen.

Abends saß Finley mit Emilia im Pub. Tagsüber hatte er kaum Zeit gehabt, sich über sein Privatleben Gedanken zu machen. Die Gärtnerei hatte ihm mitgeteilt, dass sie länger als geplant arbeiten müssten. Außerdem hatte sich ein Wasserfleck in einem der Bäder an der Wand gebildet und er hatte einen Installateur organisieren müssen, der sich um das geplatzte Wasserrohr kümmerte. Er hatte nach einer Firma gesucht, die den Schaden im Wintergarten reparieren konnte, und zusätzlich mit der Versicherung telefoniert. Und später hatte er sich regelrecht um Emilia bemühen müssen, damit sie mit ihm ausging. Klar, er konnte verstehen, dass sie lieber mit ihrer Mutter deren freien Abend verbrachte als mit ihm. Blutsbande waren eben stärker. Nein, im Ernst. Er hätte weiß Gott was dafür gegeben, wenn er seine Mutter noch einmal hätte treffen können. In gewisser Weise beneidete er Emilia um ihr Glück, obwohl er es ihr von Herzen gönnte. Trotzdem würde er sie heute fragen, ob sie ihn nach Hawaii begleiten würde. Doch bisher war der passende Moment nicht gekommen. Vielleicht war das Pub auch nicht der passende Ort für eine so wichtige Entscheidung. Sie redeten seit gefühlt Stunden über ihre Familie. Ihre Emotionen diesbezüglich konnte er nachvollziehen.

»Und der Mafioso ist tot?« Finley stellte das Glas beiseite, von dem er soeben getrunken hatte.

»Mama sagt, es war eine Fehde zwischen Clans. Mittlerweile liegt das neun Jahre zurück. Hin und wieder besucht sie ihre Mutter, also meine Großmutter, die seitdem in Positano bei ihrer Schwester lebt, woher sie ursprünglich stammte. Ich werde sie bestimmt mal besuchen. Warst du bereits in Positano?« Trotz mafiöser Todesfälle strahlten Emilias Augen. Sie schien immens glücklich darüber zu sein, ihre Herkunftsfamilie gefunden zu haben.

Finley schüttelte den Kopf. »Nein. Wo liegt das? Auf dem langen Stiefel?«

»An der Amalfiküste südlich von Neapel. Dort, wo der Schaft um den Knöchel eine Falte macht.« Ihr Lachen klang heller als sonst, irgendwie aufgekratzt und fröhlich.

»Küste klingt immer gut.« Er lächelte, wenn auch etwas angestrengt.

»Dort ist das Wasser sogar warm. Ich bin mal mit einer Freundin durchgefahren. Es ist traumhaft. Die Häuser sind in die Hänge gebaut, überall blühen Zitronenbäume. Der Duft! Einfach magisch!«

»Vermutlich ist Cornwall dagegen eine eiskalte Hölle«, warf er mit Stirnrunzeln ein. Hoffentlich wollte sie nicht urplötzlich nach Italien ziehen.

Sie winkte ab. »Es ist nicht unbedingt von Vorteil, wenn dir die Sonne stundenlang auf den Scheitel brennt. Hier ist es ausgeglichener und ich mag es, wenn der Wind einem um die Ohren pfeift und die Gedanken kühlt. Außerdem liebe ich Wollpullover. Die sind so schön kuschelig.« Zur Bestätigung zupfte sie am Rollkragen. Liebte sie denn nicht die Wärme so wie er?

Gerade als er ansetzen wollte, sie das zu fragen und damit das Gespräch doch noch auf Hawaii zu lenken, tauchte eine junge Frau an ihrem Tisch auf, die einen übergroßen Hoodie trug und einen Kaugummi kaute.

»Entschuldigung, wenn ich störe. Aber du bist doch Finley, der Weltmeister. Dürfte ich bitte ein Autogramm haben?« Sie hielt ihm eine Ansichtskarte von Newquay vor die Nase.

Finley sog den Atem ein. Ich bin nicht Kelly Slater, wollte er soeben ansetzen, unterließ es aber. »Kein Problem.« Er griff nach der Karte und dem Stift, den sie ebenfalls bereithielt, und unterschrieb, nicht ohne sie zuvor um ihren Namen gefragt zu haben.

Freudestrahlend warf sie ihm ein Lächeln zu, bedankte sich und verschwand in der Menge.

Emilia sah ihn aus großen Augen an.

»Es tut mir leid, dass wir unterbrochen worden sind. Was hältst du davon, wenn wir zu mir nach Hause fahren, Tee trinken, Plätzchen essen und eventuell ein wenig kuscheln?« Hoffentlich lehnte sie sein Angebot nicht ab. Er würde sie eben daheim fragen, was sie von Hawaii hielt. Da waren sie ungestört. Außerdem verlangte es ihn nach Emilias körperlicher Nähe und er hatte Lust, ihr diese winzigen Seufzer zu entlocken, die nur ihm gegolten hatten. Von dem hingebungsvollen Kuss abgesehen, den sie ihm zur Begrüßung heute Abend geschenkt hatte, fühlte er sich beziehungsmäßig relativ unterfordert. Die letzten Nächte hatte er allein verbracht und sich immens nach ihr gesehnt. Was neu für ihn war, weil er noch nie in seinem Leben so starke Sehnsucht nach jemandem empfunden hatte. Es tat weh, Emilia nicht jeden Tag in den Armen zu halten.

»Ich dachte schon, du fragst nie.« Sie lachte und ihm fiel ein Stein vom Herzen. Da war sie wieder, diese süße Zugbekanntschaft, in die er sich unsterblich verliebt hatte. Verliebt?

Ja, Emilia hatte sein Herz erobert. Auch, wenn das sein zukünftiges Leben eher erschweren denn erleichtern würde. Hoffentlich begleitete sie ihn nach Hawaii.

Nachdem sie ausgetrunken hatten, starteten sie.

»Von hier aus ist es aber nicht weit bis zu dir«, stellte Emilia überrascht fest, weil sie fünf Minuten später das Herrenhaus erreichten.

»Newquay ist nicht London.« Er schaltete den Motor aus.

»Im Mondlicht wirkt das Haus einen Hauch gespenstisch. Romantisch gespenstisch möchte ich damit sagen. Ob Marilyn ihr Unwesen treibt?« Der Kies knirschte unter ihren Sohlen.

Finley nahm ihre Angst zum Anlass, Emilia in eine beschützende Umarmung zu ziehen. »Du musst dich nicht fürchten. Sie ist ein romantischer Geist und mag es, Liebespaaren beim Turteln zuzusehen.« Er schloss das Eingangstor auf.

»O mein Gott! Wie können wir sie aus dem Schlafzimmer sperren?«

»Wir lassen das Licht an.« In der Sekunde drückte Finley auf den Schalter und das Foyer strahlte hell.

Emilia quietschte. »Musst du mich derart erschrecken?« Ihr Lachen hallte von den Wänden wider.

»Immer wieder gern, wenn du so wie jetzt in meinen Armen landest.« Zärtlich strich er eine der wilden Locken aus ihrem Gesicht. Ihre Augen strahlten in diesem warmen Braunton, der ihn bereits auf der Zugfahrt fasziniert hatte. Ihr Mund stand ein winziges Stück offen. Ihre Mundwinkel zuckten zwischen belustigt und ungläubig. Und dann senkte er den Kopf, weil er ihr nicht widerstehen konnte.

Der Kuss schmeckte nach Emilia. Süß und verführerisch und nach so viel mehr, als er sich in einsamen Nächten ausgemalt hatte. Sie war anschmiegsam und fordernd zugleich. Und genau das war es, was ihn an ihr reizte.

Keuchend lösten sie sich voneinander. »Lust auf Tee und Kekse oder gleich auf ein warmes Schlafzimmer?« Er deutete mit dem Kopf nach oben.

»Tee und Kekse hatte ich heute schon.« Emilia grinste verschmitzt.

Finley lachte und half ihr, die Stiefel auszuziehen und die Jacke in die Garderobe zu hängen. Daraufhin nahm er sie an die Hand und führte sie nach oben.

Tagsüber hatte er trotz aller Hektik Zeit gefunden, Kerzen zu organisieren. Nun musste er sie nur noch anzünden.

Emilia blieb im Türrahmen stehen und beobachtete ihn dabei. »Wow«, rief sie aus, sobald er sich ihr zuwandte. »Wie romantisch!«

»Nur damit Marilyn nicht auf den Gedanken kommt …« Er deutete zur Tür.

Emilia kicherte. »Sie würde sowieso lediglich neidisch werden.«

»Und deswegen allerhand Unfug treiben«, setzte Finley fort, bevor er Emilia in seine Arme zog und sie zärtlich seinen Kuss erwiderte.

So glücklich hatte er sich nie zuvor gefühlt, dachte er Stunden später, während er die schlafende Emilia neben sich betrachtete. Seufzend ließ er sich in die Kissen sinken. Es würde ihm das Herz aus dem Leib reißen, wenn sie ihn nicht nach Hawaii begleitete. Und er Idiot hatte vor lauter Leidenschaft vergessen, sie zu fragen.

31

Emilia

»Papa! Wie schön, dass ihr endlich da seid!« Emilia fiel ihrem Vater in die Arme, sobald er aus dem Auto ausgestiegen war.

»Und ich freue mich, dich endlich wieder einmal drücken zu können. Wie geht es dir, mein Kind?« Er rieb ihren Rücken, löste sich von ihr und hielt sie an den Schultern vor sich, sodass er in ihrem Gesicht lesen konnte.

»Ich habe mich nie besser gefühlt. Es ist, als würden alle meine Träume auf einen Schlag wahr werden. Du musst Mama unbedingt treffen. Sie ist genauso, wie ich es mir als Kind immer ausgemalt habe. Nein, noch viel besser. Und Finley …«

»Was ist mit ihm?« Mit gerunzelter Stirn sah ihr Vater sie an. Emilia hatte ihm erzählt, wo sie ihrer Mutter begegnet war. Dass sie und Finley bestens bekannt waren, hatte sie nicht verheimlichen können. Nicht vor Papa.

Emilias Wangen wurden heiß. »Er ist okay.« Sie biss sich auf die Lippen.

»Nur okay?« Ihr Vater kniff ein Auge zu und beäugte sie mit dem anderen, als ob er ein Monokel tragen würde. Das hatte sie bereits im Kleinkindalter zum Lachen gebracht. So wie jetzt.

»Nein, natürlich nicht. Ich meine, er ist ... ach, was soll's. Ich bin über beide Ohren verliebt und genieße die Zeit mit ihm.«

»So soll es sein. Ich bin schon gespannt darauf, wann du ihn mir vorstellst.«

»Das klingt so antik. Ihr werdet euch bestimmt bald mal über den Weg laufen. Aber noch viel wichtiger ist Mama. Sie freut sich so sehr darauf, dich wiederzusehen.«

Das Lächeln verschwand aus seinem Gesicht. »Du hast ihr hoffentlich gesagt, dass ich verheiratet bin und ich meine Frau abgöttisch liebe? Mary?«

Suchend sah er sich nach seiner Ehefrau um. Emilia deutete mit dem Finger an ihm vorbei auf Mary, Fred und Harriet.

»Ach, ich hätte mir denken können, dass Fred und Harriet sie sofort in Beschlag nehmen.« Er schmunzelte.

Harriet hatte ihren Arm um Mary gelegt, Fred stand daneben und alle drei blickten in den Family-Van, wo Samuel und Tessy friedlich schliefen. Emilia und ihr Vater drehten sich dem Auto zu und sahen durch die Windschutzscheibe. Gott, waren die beiden süß! Der Junge hielt seine Giraffe im Arm und das Baby lächelte im Schlaf. Das wurden bestimmt ganz wunderbare Weihnachten mit ihnen. Hatte sie das eben gedacht? Emilia wollte doch zu den Feiertagen gar nicht mehr hier sein. Über diese Idee schüttelte sie den

Kopf. Wie hatte sie das jemals in Betracht ziehen können. Sie würde den Teufel tun und vor den Festtagen abreisen. Sicher nicht. Jetzt, wo sie endlich eine richtige Familie hatte. Und Finley noch dazu.

Ihr Blick fiel auf Samuel, der in diesem Moment die Augen öffnete. So verschlafen, wie er wirkte, war er zum Knuddeln! Mit riesigen Kulleraugen orientierte er sich. Sobald er seine Großeltern entdeckte, verzog er den Mund und heulte. Emilia schmunzelte. Bei ihr hatte er ähnlich reagiert, als sie aus Sizilien angereist war.

Mary lachte. »Samuel, das sind doch Granny und Grandpa! Du musst nicht weinen.«

Skeptisch drehte er ihnen den Kopf zu und musterte sie.

»Samuel, Darling, möchtest du Schokolade und Kuchen?« Harriet versuchte es auf die verführerische Tour.

Der Junge richtete sich in seinem Kindersitz auf, starrte sie aus zusammengekniffenen Augen an und nickte schließlich.

»Da hat Grandma das richtige Lockmittel gefunden«, warf Emilia an ihren Vater gewandt ein. Der nickte lächelnd.

»Dann komm mit. Granny macht dir warme Schokolade und gibt dir Cookies.« Sie nestelte am Klippverschluss und hob Samuel aus dem Auto. »Du bist ja groß und stark geworden. Wir haben uns viel zu lange nicht gesehen. Weißt du noch, wie wir im Sommer am Strand Sandburgen gebaut haben?«

»Ja, ganz große. Und so viele Muscheln haben wir gesammelt.« Er streckte seine Ärmchen aus. Offensichtlich war er vollkommen aus dem Schlaf erwacht und in der Wirklichkeit angekommen. Emilia warf ihrem kleinen Bruder ein Lächeln zu, das er jedoch nicht bemerkte.

»Siehst du, jetzt weißt du wieder, wer ich bin.« Harriet führte ihn an der Hand den Gartenweg hoch zum Haus. Ob Harriet Emilias Kindern eine ebenfalls so liebevolle Grandma wäre? Ganz bestimmt. Aber wie kam Emilia bloß auf solche Ideen? Immerhin waren Finley und sie absolut nicht so weit, sich über gemeinsame Kinder Gedanken zu machen. Verlockend fand sie die Vorstellung von so goldigen Kerlchen, wie Samuel einer war, dennoch. Vor allem wenn sie so blonde Haare und blaue Augen wie Finley besäßen.

»Granny, ich muss aufs Klo.« Das übertriebene Zappeln ihres kleinen Bruders brachte Emilia zum Lachen.

»Braver Junge. Da gehen wir zuerst hin und dann gibt es was zu essen und trinken. Für deine Schwester soll deine Mum sorgen.« Und schon verschwanden sie hinter der Haustür.

Emilia war so vertieft in das Schauspiel gewesen, dass ihr erst jetzt auffiel, dass Tessy brüllte. »Oh, da hat jemand schlechte Laune.«

»Hunger trifft es eher.« Mary lachte. »Ich werde die Kleine zuerst einmal stillen. Paul, kümmerst du dich um die Sachen?«

»Natürlich, Honey.«

»Und ich helfe dir«, mischte Fred sich ein.

Emilia angelte die Wickeltasche, die zwischen Vorder- und Rücksitz steckte, und folgte den Frauen ins

Haus, während die Männer sich um das Gepäck kümmerten.

Mary hatte sich in der Zwischenzeit an den Küchentisch gesetzt, um Tessy die Brust zu geben. »Oh danke. Spätestens nach der Mahlzeit hätte ich nach den Windeln gesucht. Komm, setz dich zu mir und erzähle mir alles.« Ihre Augen blitzten vor Neugier.

»Alles?«

Mary nickte so heftig, dass Tessy der Nippel aus dem Mund rutschte und sie quäkte. »Alles. An einen Finley kann ich mich aus meiner Schulzeit dunkel erinnern. Ich weiß allerdings nicht, ob es derselbe ist. Und deine Mutter? Himmel! Das muss so aufregend für dich sein! Wie ist sie denn? Bestimmt so eine Liebe wie du. Paul hat mir einiges über diesen Urlaub damals erzählt, aber natürlich nicht jedes Detail. Darüber hinaus weiß er ja selbst nichts über Loredanas Leben. Er kannte nicht einmal ihren richtigen Namen.«

Und so startete Emilia mit der Geschichte von der Bahnfahrt und Mary lauschte ihr aufmerksam, nicht ohne zu kommentieren.

Samuel und Harriet stießen zu ihnen. Deshalb beendeten sie vorläufig ihr Gespräch, was Emilia nur recht war. Es war doch etwas hektisch um sie herum.

Glückselig schlürfte Samuel schließlich an seiner heißen Schokolade.

»Wie wäre es mit Lunch?«, schlug Harriet vor.

»Eine ausgezeichnete Idee. Ich sterbe vor Hunger.« Mary nahm Tessy, die zwischenzeitlich eingeschlafen war, von der Brust und hielt sie aufrecht.

»Du brauchst auf jeden Fall etwas Ordentliches zu essen. Die Männer sowieso und Emilia, dir schadet es auch nicht. Wer von euch beiden Damen möchte mir dabei helfen?«

»Lass mich das erledigen. Und du setzt dich zu Mary«, bot sich Emilia an und Harriet ging auf den Deal ein.

Nicht zuletzt nahm Harriet Tessy und herzte sie, wie eine Großmutter das eben tut. »Du bist ja so groß geworden, meine Kleine. Und du hast so süße Pausbäckchen. Lass dich knuddeln! O mein Gott, du riechst so gut.«

»Ich denke, sie sollte gewickelt werden«, grätschte Mary amüsiert dazwischen. Das entlockte Emilia ein Schmunzeln. Tessy war so süß, selbst mit vollen Windeln.

»Na, dann schauen wir mal, ob du uns ein schönes Häufchen geschenkt hast.« Harriet knutschte das Baby auf die Wange und folgte Mary ins Badezimmer.

Emilia blieb mit Samuel allein und kümmerte sich mit seiner Hilfe um das Essen.

Bald darauf saßen alle rund um den Küchentisch und aßen.

»Und wann kommt Loredana zu Besuch?« Emilias Vater lehnte sich satt im Stuhl zurück.

Emilia warf einen Blick auf die Uhr. »In fünf Minuten.«

»Dann gehen Fred und ich mit den Kindern eine Runde spazieren, damit ihr euch in Ruhe unterhalten könnt«, bot Harriet an.

»Eine gute Idee.« Mary ging in den Vorraum, um den Kinderwagen zu holen. Es klingelte.

»Das wird Mama sein.« Emilia drückte sich an ihrem Vater vorbei, da wurde die Haustür auch schon geöffnet. Wie ein Blitz stürmte Emilia in den Vorraum und warf sich ihrer Mutter an den Hals. »Ciao mamma! Che bello che tu sia qui! Grazie mille!« Sie genoss es jeden Tag aufs Neue, das tun zu können. Viel zu lange hatte sie nur davon geträumt. »Jetzt komm bitte, wir setzen uns ins Wohnzimmer.« Alle begrüßten sich und stellten sich Loredana vor, sofern sie das bisher noch nicht getan hatten.

»Und ich gehe inzwischen mit Fred und den Kindern spazieren«, meldete Harriet sich anschließend.

»Ist es euch lieber, wenn ich meine Eltern begleite?« Mary sah zwischen Emilias Vater und Loredana hin und her. Das Vorzimmer quoll über vor lauter Menschen.

»Auf gar keinen Fall.« Loredana räusperte sich. »Ich meine, nur falls es dir lieber ist. Mich stört es absolut nicht, dass du hierbleibst. Ich freue mich, dich und euch alle kennenzulernen. O Gott! Das ist alles so neu und aufregend!« Loredana wischte mit den Händen die Locken aus dem Gesicht.

»Jetzt weiß ich, von wem Emilia diese Handbewegung hat.« Ihr Vater lachte. »Und nun komm mit rein. Emilia und Mary, ihr beide auch. Damit Harriet und Fred Platz haben, um die Kinder anzuziehen und ins Freie zu befördern.«

»Welch grandiose Idee, Schwiegersohn.« Freds Bass dröhnte.

Alsbald saßen Emilias Vater, ihre Mutter und Mary im Wohnzimmer. Sie selbst servierte Tee und ihre selbst gebackenen Plätzchen.

Die anfänglichen Gespräche waren versiegt. Jetzt ging es ans Eingemachte. Emilia gesellte sich zu ihnen.

»Emilia hat mir bereits einiges erzählt. Eines verstehe ich dennoch nicht.« Ihr Vater schob die Augenbrauen zusammen.

»Was möchtest du wissen?« Loredana musterte ihn.

»Wo hast du die ganze Zeit über gelebt?«

»Zuerst bin ich in Bologna geblieben. Ich habe das Wirtschaftsstudium abgeschlossen. Schon allein deswegen, um meiner Familie aus dem Weg zu gehen und meinem Vater diesen Gefallen zu tun. Anschließend habe ich in Mailand in einem großen Konzern zu arbeiten begonnen. Da habe ich gemerkt, dass ich für das Wirtschaftsleben nicht geboren wurde. Deswegen habe ich versucht, meine Bilder zu verkaufen, die im Laufe der Jahre entstanden sind. Ich habe schon als Kind gerne gemalt. Es war für mich wie eine Flucht aus der Realität. Leider bin ich nicht besonders talentiert und konnte davon nicht leben. Mit kleineren Jobs habe ich mich über Wasser gehalten. Dann bot sich mir die Gelegenheit, nach Frankreich zu reisen. Eine Bekannte hatte in Marseille einen Job angenommen und ich habe sie kurzerhand begleitet. Meiner Mutter habe ich erzählt, dass ich ebenfalls ein gutes Jobangebot hätte. Vater konnte ich nicht erreichen, weil er zu diesem Zeitpunkt im Gefängnis saß.« Sie legte eine Pause ein, um einen Schluck Tee zu trinken.

»Eines Tages hat meine Mutter sich gemeldet und mich gewarnt. Man hatte ihr gedroht, sich an allen Familienmitgliedern zu rächen, falls Vater jemanden verriet. Offenbar wussten sie mittlerweile von meinem falschen Namen und kannten meinen Aufenthalt. Noch bevor jemand auftauchte, habe ich mich auf das nächstbeste Schiff geschlichen. Ich hatte keine Ahnung, wohin es mich bringen würde. Ein junger Matrose hat mir geholfen, nicht entdeckt zu werden. Die Überfahrt dauerte nicht lange. Ich bin in Spanien gelandet. Dort habe ich mich mit meinen Ersparnissen durchgeschlagen, verschiedenste Jobs angenommen und viele Jahre in Andalusien verbracht. Niemand hat genauer nachgefragt, woher ich komme und wovon ich lebe. Das war mir recht.«

»Und ich habe dich in Italien gesucht.« Emilia seufzte.

»Mi dispiace tanto! Das tut mir so leid! Wenn ich alles rückgängig machen könnte …«

»Würdest du es nicht tun«, setzte Emilias Vater nach. »Ich kann verstehen, dass du so gehandelt hast und abgehauen bist. Ich hätte es an deiner Stelle nicht anders getan.«

»Wirklich?«

»Und ich auch nicht. Wer möchte denn bitte sehr in verbrecherischen Kreisen leben und um sein Leben fürchten?« Mary legte ihre Hand auf Loredanas Unterarm.

»Nun, ich hatte auch Angst um meine Mutter. Auch um meinen Vater, der eigentlich ein guter Mensch war, jedoch zu seinen Taten gezwungen wurde. Wir waren zu arm, um uns freizukaufen. Leider konnte ich nie mehr mit ihm reden.« Loredana wandte sich kurz ab. In ihren Augen standen Tränen. Sie räusperte sich. »Es war nicht leicht, sich durchzuschlagen. Aber zumindest war ich meine eigene Herrin. So blöd es klingt.«

Mary tätschelte ihren Arm. »Und wann bist du in Cornwall gelandet?«

Emilia stieß den angehalten Atem aus und wechselte mit ihrem Vater einen besorgten Blick. Sie merkte, dass Mary mit ihrer Frage Loredana nur aus den Gedanken über die schrecklichen Vorkommnisse reißen wollte. Emilia selbst würde mit ihrer Mama über das alles in Ruhe reden, nahm sie sich vor.

Loredana lachte auf. »In Spanien habe ich einen Engländer kennengelernt. Wir haben uns verliebt. Und ich bin mit ihm nach Devon gezogen. In der Zeit konnte ich es aufgeben, als Illegale durch das Leben zu gleiten. Mein Vater war tot. Meine Mutter wohnte bei ihrer Schwester. Man ließ sie in Ruhe. Doch nach sieben Jahren hatten James, dem ich ewig dankbar für seine Hilfe bin, und ich uns auseinandergelebt. Wir haben uns getrennt, sind aber immer noch in freundschaftlichem Kontakt. Ich besaß das Aufenthaltsrecht für Großbritannien bereits, wusste jedoch nicht wirklich, wohin ich gehen sollte. Hierbleiben oder zurück nach Italien? Nach einem Besuch bei meiner Mutter stellte ich fest, dass Italien mir fremd geworden war. Deshalb bin ich nach Cornwall gereist und schließlich hier gelandet. Andy hat mir die Chance geboten, meine Bilder zu verkaufen. Beth habe ich beim Einkaufen getroffen. Wir haben uns auf Anhieb verstanden und sie hat mir angeboten, das Zimmer ihrer Tochter Peggy zu beziehen, bis ich etwas Eigenes finde. Das ist nun beinahe ein Jahr her.«

»Wie gut, dass du nicht weggezogen bist.« Emilia atmete auf.

»Das sehe ich jetzt auch so. Es muss Schicksal sein.« Loredana lächelte.

»Ganz bestimmt. Und nun wird alles gut!« Mary, die unverbesserliche Optimistin, hielt die Daumen in die Höhe.

»Ich bin jedenfalls sehr froh, dass Emilia dich gefunden hat. Für mich war es damals nicht einfach. Zuerst habe ich meine Urlaubsliebe verloren, von der ich gedacht habe, dass sie mehr als nur das sein wird. Dann habe ich mich endlich damit abgefunden und du hast mir Emilia vor die Tür gestellt. Herrgott! Du hast keine Ahnung, wie es mir mit dem Säugling ergangen ist. Ich war total überfordert. Wenn ich meine Eltern nicht gehabt hätte, um Emilia hin und wieder abzugeben, ich weiß nicht, wie ich alles geregelt bekommen hätte.«

»Aber Oma und Opa leben doch in Tirol?«, grätschte Emilia dazwischen.

»Ja, leider warst du nur in den Ferien dort. Zum Glück gab es damals in Wien bereits ausgezeichnete Kinderbetreuung, sodass ich mein Studium fortsetzen konnte.«

»Sonst wärst du nie bei mir in London gelandet, Herr Marketing Manager.« Marys Lachen steckte alle an.

Bevor sie ihre Unterhaltung fortsetzen konnten, betrat Harriet mit den Kindern den Raum. »Ich denke, Tessy hat wieder Hunger.«

»Oh, mein gefräßiger Vielfraß!« Mary stillte die Kleine. Samuel schmiegte sich an seine Mutter.

Loredana betrachtete die Szene mit Tränen in den Augen.

In dem Moment ergriff Emilia ihre Hand. »Du musst dir keine Vorwürfe machen, Mama. Mir ist es bei Papa ausgezeichnet gegangen.«

Ihr Vater warf ihr ein liebevolles Lächeln zu und nickte.

32

Finley

Am frühen Montagmorgen brachte Finley Emilia zu ihrer Familie. Sie sprang so rasch aus dem Mini, dass er gar nicht mehr dazukam, sie zu küssen. Dabei hatten sie eine äußerst leidenschaftliche Nacht miteinander verbracht. Sie hatte ihm sogar gestanden, dass sie unglaublich glücklich mit ihm sei. Ihre Worte und der Blick, den sie ihm dabei zugeworfen hatte, hatten ihm beinahe den Verstand geraubt.

»Wann sehen wir uns wieder?«, rief er ihr schnell nach, bevor sie die Autotür zuwarf.

»Ich habe keine Ahnung! Meine Familie hat einiges vor, ich muss mich erst erkundigen, wie, was und wo. Sobald ich mehr weiß, schreibe ich dir.« Ihr unwiderstehliches Lächeln beruhigte ihn nur halb. Den Kussmund, den sie ihm zuwarf, hätte er lieber auf seinen Lippen gespürt.

»Bitte, tu das. Ich vermisse dich!«

»Ich dich auch!« Zum Abschied winkte sie ihm.

Finley sah ihr hinterher. Wieder hatte sie ihn nicht mit hineingenommen. Er versuchte, das zu verstehen.

Ihre Familie war ihr immens wichtig. Ihre Mutter hatte sie eben erst wiedergefunden. Und die Beziehung zu ihm stand erst ganz am Anfang. Da musste man nicht die gesamte Familie kennenlernen und einen auf Schwiegersohn spielen. Nein. Emilia lebte es ihm vor. Die wenigen Nächte, die sie vor seiner Abreise zusammen verbringen konnten, gehörten ihnen. Das Tageslicht war Emilias Familie gewidmet, und insbesondere ihrer Mutter. Emilia und Loredana hatten Jahre aufzuholen. Da stand er nur im Weg. Mit Sicherheit würde Emilia sowieso nicht mit ihm nach Hawaii kommen, so begeistert, wie sie ihm von ihrer Mutter erzählt hatte. Deshalb hatte er auch nicht gefragt, ob sie ihn begleiten würde, sondern ihre Gesellschaft in den wenigen Stunden genossen, die ihnen blieben. Obwohl sein Verstand ihm einbläute, dass es besser wäre, wenn er Emilia ziehen ließ, würde es ihm das Herz zerreißen. Das spürte er jetzt schon.

Seufzend fuhr er los, sobald sie im Haus verschwunden war.

Finley lenkte den Wagen zum Fistral Beach. Heute hatte er nichts vor, was er nicht verschieben konnte. Das Wetter war günstig, der Wellengang passend. Er hatte seit gefühlt Wochen nicht mehr auf dem Brett gestanden. Bestimmt machte es seinen Kopf frei, wenn er sich den Wellen aussetzte. Das war ihm bisher immer gelungen.

Am dafür vorgesehenen Parkplatz stellte er das Auto ab. Im Wasser entdeckte er etwa ein Dutzend Surfer, die wohl denselben Gedanken gehabt hatten wie er. Die

Wellen waren perfekt. Er machte sich auf zum Verleih und öffnete die Tür.

»Hi!« Ein älterer Mann wandte sich ihm zu. Er rückte eine Brille zurecht, die zu locker auf seiner Nase saß. Er trug eine blitzblaue Mütze, Cargos und ein übergroßes Shirt. Finley erkannte ihn trotz runzligem Gesicht sofort.

»Hi, Max!«

»Ja, tritt mich ein Esel! Finley, mein Lieblingssurfer, dass ich dich noch mal zu Gesicht bekomme! Wer hätte das gedacht.« Max kam um das Pult herum, drückte ihn fest an sich und klopfte ihm auf die Schulter. »Lust auf eine Welle?«

Finley kratzte sich verlegen hinter dem Ohr, sobald Max sich von ihm gelöst hatte. »Unbedingt. Ich bräuchte nur passende Ausrüstung zum Ausleihen.« Finley war zwar bereits hier gewesen zum Surfen, aber Max war er damals nicht begegnet.

»Aber klar doch. Also, ich schlag dir vor, du suchst dir selbst was raus. Kostet heute nichts.« Der sehnige ältere Mann mit dem wettergegerbten Gesicht lächelte breit, was seine Falten verstärkte.

»Ich wusste gar nicht, dass du noch immer hier arbeitest?« Finley stöberte nach einem passenden Neoprenanzug.

»Nur noch aushilfsweise. Aber du kennst mich. Ich bin nicht vom Brett zu bekommen.«

»Nichts anderes hätte ich vermutet. Ich würde gern eines der neuen Boards probieren. Ist das okay?«

»Für dich immer.«

Finley hatte sich rasch entschieden und ging zurück in den Hauptraum. »Das wäre alles. Bist du später noch hier?«

»Deinen Ritt lasse ich mir bestimmt nicht entgehen.« Max lachte schallend.

»Alles klar. Bis dann!«

Sobald die ersten Wellen seine Knöchel umspülten, war er in seinem Element. Er legte sich aufs Brett und paddelte raus. In der Line warteten einige andere auf ihre perfekte Welle. Ein paar Boards vor sich entdeckte er Joe, den Österreicher, der konzentriert auf den optimalen Start passte.

Das Meer um Finley brodelte. Die salzige Gischt sprühte in sein Gesicht und das Wasser schwappte über seinen Körper, sobald er eine Welle durchpaddelte und kühlte seinen Kopf. Der Neoprenanzug hielt ihn warm und so störten die knapp zwölf Grad kaum. Je weiter draußen, umso höher türmten sich die Wogen auf. Das heftige Schaukeln beruhigte ihn und ließ ihn seine Sorgen fast vergessen. Emilia. Nicht sie selbst, sondern der Gedanke, dass sich ihre Wege bald trennten. Schon allein deshalb hätte er die wenigen Tage, die ihnen blieben, gerne mit ihr verbracht. Aber in ihrem Kopf schien sich alles nur um ihre Familie zu drehen. Jene, zu der er nicht gehörte. Er würde nie zu irgendwem gehören. Das war ihm bewusst. Außer Adam hatte er keine engen Freunde. Und der hatte ihm erst gestern geschrieben, dass er bald mit ihm rechnete.

Zug um Zug kam Finley weiter raus. Das Wasser spritzte ihm ins Gesicht und löste die Spannung. Emilia war niemals auf Wellen geritten. Bestimmt verstand sie nicht, welche Leidenschaft dahinterstand, die besten Surfspots der Welt zu bereisen. Er hatte viele gesehen und in den Buchten gesurft. Er kannte jede Menge Leute, die das Surfen lebten, hatte viele schöne Stunden mit ihnen verbracht. Nichts war wichtiger als der nächste Ritt. Abends erzählte man sich an Lagerfeuern von den magischsten Plätzen, den Erlebnissen im Wasser und genoss das Beisammensein. Das Feeling würde er vermissen, falls er sein bisheriges Leben aufgäbe. Genauso wie die Sehnsucht nach Emilia ihn umbrächte, wenn er ohne sie zurück nach Hawaii reiste. Dabei hatte er anfangs gedacht, dass Emilia eine Weltenbummlerin war, die ihn, den einsamen Wolf, begleiten würde. Doch nun brauchte er sie gar nicht mehr zu fragen. Selbst ein Blinder sah, dass sie bei ihrer Familie bleiben wollte.

Eine Welle kam und hob ihn. Er ließ sie unter sich wegrollen. Die Nächste rauschte heran. So ging das eine Zeit lang, während der er die anderen Surfer beobachtete, wie sie aufstanden und lossurften.

Und dann war er an der Reihe. Unter ihm baute die Welle ihre Kraft auf. Sie hob ihn hoch, erfasste das Brett. Gekonnt stand er auf und richtete die Spitze seitlich zum Wellental. Rasant nahm er Fahrt auf. Seine Muskeln leisteten Höchstarbeit, um die Balance zu halten und das Board zu steuern. Er keuchte, fühlte sich gleichzeitig frei und leicht und flog über das Wasser. Finley stieß einen Schrei aus und ließ alles los, was ihn belastete. Der Wind schnitt ihm ins Gesicht, die Welle brach. Er raste aus dem Tunnel, der sich hinter ihm aufbaute. Einmal, zweimal stieß er daraus hervor. Er war schnell genug. Erst als zum dritten Mal die Welle über ihm niederschlug, ließ er sich ins Wasser gleiten. Er tauchte unter und kam wieder hoch. An der Leash zog er das Brett an sich, legte sich darauf und glitt ins seichte Wasser.

»Wie unglaublich! Haha!«

Finley blickte auf. Ein Typ in Jeans und einer Daunenjacke stand dort und winkte. Er konnte sich nicht erinnern, ihm jemals begegnet zu sein.

Weil Finley nicht genug hatte, paddelte er abermals raus. Und dann noch dreimal. So lange, bis die Muskeln derart schmerzten, dass es gefährlich geworden wäre, es ein weiteres Mal zu versuchen.

Am Surfshop angekommen nahm er das Handtuch aus dem Rucksack, schlüpfte aus dem Neoprenanzug und trocknete sich ab. Er schlang das Tuch um die Hüften, zog die nasse Badehose aus und ein Shirt sowie den Hoodie über.

Verdammt war es heute kalt hier! Der Wind schnitt ihm tief in die vor Kälte prickelnde Haut. Doch es schmerzte nicht, sondern erfrischte und stärkte Finley. Rasch schlüpfte er in seine restlichen Klamotten. Den Anzug hängte er auf den Haken am Gebäude. Das Brett lehnte er daneben.

Erst als er aufsah, bemerkte er den jungen Mann, der ihm die ganze Zeit über zugesehen hatte.

»Hi, entschuldige, wenn ich dich so direkt anspreche. Aber ich muss dir gratulieren. Entweder bist du ein Naturtalent oder ein Weltmeister. Haha! Übrigens, ich bin Nils.« Der Kerl hatte die schwarze Mütze tief ins Gesicht gezogen. Er hielt ihm die Hand hin. Seine

Aussprache war von einem starken deutschen Akzent geprägt.

»Hi Nils, weder dies noch das. Ich bin einfach ein Typ, der gern surft.«

»Und perfekt! Wo kann man das lernen? Es wäre toll, so etwas in eine Szene einzubauen, ohne dass man Stuntmen braucht.« Seine Augen leuchteten.

Finley lachte. »Wenn du surfen lernen willst, bist du hier richtig.« Er zeigte auf die Surfschule. »Aber ich fürchte, du brauchst lange, bis du diese Wellen stehst. Obwohl ... sportlich siehst du aus. Bist du etwa Filmemacher?«

»Schauspieler, um genau zu sein. Wir drehen hier eine Serie.«

»Ah, okay. Filmteams kommen hier oft vorbei. Manchmal sind sie eine Landplage.«

Nils lachte. »Haha! Kann ich mir vorstellen. Aber ehrlich, du bist doch Profi, oder?«

»War ich mal.« Finley überlegte, wann genau er diesen Entschluss gefasst hatte. Er kam nicht drauf. Vielleicht war es sogar gerade eben erst.

»Hej, danke! Es hat echt Spaß gemacht, dir zuzusehen. Wie kann ich dich erreichen, wenn ich mal einen Stunt brauche?«

»Frag hier in der Bude nach mir. Man kennt mich.« Finley zwinkerte ihm zu.

»Oh! Und wie ist dein Name?«

»Finley.«

»Mann, danke. Wir sehen uns.« Nils machte sich auf den Weg.

Und Finley dachte darüber nach, was ihm wirklich wichtig war. Unabhängig zu sein und sich eventuell doch noch mal an die Weltmeisterschaften heranwagen oder ein beschauliches Leben mit Frau und Kindern.

Kinder? Wie kam er denn auf so eine dumme Idee!

Er sah ja, wohin einen das führte. Man wuchs ohne Mutter auf und wurde von seinem Vater geschlagen. Nein. Wer weiß, womöglich hatte er die Gene seines Erzeugers geerbt?

»Na, so nachdenklich?« Max war aus dem Laden gekommen.

»Schon okay.«

»Ich weiß, dass es für dich nicht einfach ist, hier aufzutauchen. Warst lange weg. Kann ich dir nicht verdenken.« Der alte Surferkumpel drückte ihm die Schulter. Max hatte seinen Vater gekannt. Auch seine Mutter. Und Finley von Kindesbeinen an.

Wo kamen plötzlich die verdammten Tränen her? Das musste am Salzwasser und Wind liegen. Bestimmt eine Allergie.

»Du hast deinen Weg gemacht. Die Spots gesehen. Wirst du bei den Weltmeisterschaften noch einmal antreten?«

Finley schüttelte den Kopf. »Manchmal denke ich noch darüber nach. Aber meine Zeit ist vorbei.«

»Mag sein, dass deine Profikarriere vorbei ist. Aber glaub mir, deine Zeit, fängt erst an. Ich habe früher ebenfalls gedacht, nie aufgeben zu können und sesshaft zu werden. War viel unterwegs in jungen Jahren. Und jetzt bin ich hier und meine Jugendliebe hat mir eine zweite Chance gegeben. Susan ist eine wundervolle Frau. Sobald du älter wirst und deine Knochen und Gelenke schmerzen, bist du froh, wenn dir jemand, den du liebst, das Bett wärmt.«

»Da ist was dran.«

»Ich schätze, dir geht es wie mir damals. Wie heißt die hübsche Frau denn?« Aufmerksam sah er ihn an und Finley kam vor, als ob sein alter Surfkumpan in ihm lesen konnte wie in einem offenen Buch.

»Wie kommst du darauf, dass es sich um eine Frau handelt?«

Max lachte. »Die Liebe dringt tiefer in unsere Seele, als das Meer das je könnte.« Max nickte ihm aufmunternd zu und ließ ihn los, denn es war alles gesagt. So war Max schon immer gewesen. Aufmerksam, nachdenklich und weise wie die Zauberer in alten Mythen.

Finley ging zum Wagen, fuhr zum Anwesen und verfluchte es. Heute Nacht würde er wieder einmal allein darin wohnen. Emilia hatte ihm getextet, dass sie bei ihrer Familie blieb, weil sie länger unterwegs waren. Vielleicht war es besser so. Er sollte den Kontakt zu ihr abbrechen, bevor er sich zu sehr in etwas hineinsteigerte, das keine Zukunft hatte. Damit tat er nicht nur sich, sondern auch ihr einen Gefallen. Besser ein scharfer Schnitt als ein ewiges Gezerre.

33

Emilia

Emilia holte das Fahrrad aus dem Schuppen. Seit vier Tagen hatte sie kaum etwas von Finley gehört und ihn nicht getroffen. Es kam ihr vor, als wäre er wie vom Erdboden verschluckt. Dabei hatte sie ihm zwischendurch immer wieder Nachrichten geschickt und ihn angerufen. Doch er hatte ihr nur sporadisch zurückgetextet und sich beim Telefonieren sehr kurz gehalten. Als sie ihn gefragt hatte, ob sie sich abends treffen könnten, hatte er ihr wegen eines anderen Termins abgesagt. Hatte er so viel zu tun, dass er kaum Zeit fand, ihr zu antworten? Das wollte sie herausfinden. Vor allem aber hatte sie Sehnsucht nach ihm. Seine Nähe zu spüren und mit ihm den Tag zu verbringen, das gemeinsame Lachen, seine Umarmungen, die Gespräche vermisste sie. Mit einem Wort: Er fehlte ihr. Trotz aller Hektik mit ihrer Familie.

Kurzentschlossen machte sie sich auf den Weg, um ihm einen Besuch abzustatten und ihm tatkräftig unter die Arme zu greifen. Die letzten Tage waren für ihre Familie reserviert gewesen. Immerhin traf sie ihren Vater, Mary und ihre Geschwister nur alle paar Monate. Zuletzt, abgesehen von einem Zwischenstopp in London, kurz nach Tessys Geburt. Und nun gab es auch noch so etwas wie zusätzliche Großeltern zu ihrer Oma und ihrem Opa in Tirol und nicht zu vergessen ihre Mutter. Diese war jeden Tag vorbeigekommen und hatte gemeinsam mit ihnen den Tag verbracht. Sie hatten zusammen Ausflüge unternommen, hatten Weihnachtseinkäufe erledigt und waren mit den Kindern an den Strand spaziert. Dabei hatten sie sich darüber amüsiert, wie Samuel eine Möwe fütterte. Sie hatte ihm aus der Hand gefressen, was ihn anfangs ängstlich aufschreien hatte lassen. Letztlich hatten sie ihn beruhigen können und er hatte seinen Spaß daran gehabt, seine Kekse mit den Möwen zu teilen. Emilia trat in die Pedale und lächelte bei der Erinnerung.

An den Linksverkehr hatte sie sich mittlerweile gewöhnt. Nur an den Kreuzungen musste sie nach wie vor achtgeben, um nicht in die falsche Spur zu gelangen.

Das Anwesen der Sherrells lag außerhalb der Stadt. Sie schätzte, dass sie etwa zwanzig Minuten unterwegs sein würde. Gerade richtig, um ein wenig Sport zu betreiben.

Bald hatte sie die Häuser hinter sich gelassen und fuhr die schmale Straße zwischen den Hecken und Steinmauern entlang. Am Himmel war keine Wolke zu sehen und der Wind von gestern hatte sich gelegt. Es musste an die zehn Grad haben und somit war weit und breit nichts von weihnachtlicher Schneestimmung zu erspähen. Abgesehen von den vielen Dekorationen an den Häusern und den Beleuchtungen abends, wenn es dunkel wurde, wies nichts auf Weihnachten hin. Trotzdem kam eine Stimmung auf, wie Emilia sich das wünschte. Am Sonntag war Emilia mit Samuel eine Runde spazieren gegangen, um die Lampen zu bewundern. Er hatte von den bunten Lichtern nicht genug bekommen können und damit Emilias Herz berührt. Dieses Weihnachtsfest würde fantastisch! Mit dem kleinen Samuel konnte es ganz außerordentlich herzerwärmend werden. Und hoffentlich auch mit Finley. Ihre Wohnung in Wien konnte warten. Ihren Resturlaub hatte sie noch nicht abgebaut und das Gespräch mit Patrick bei Joe im Pub über dessen Chefin hatte sie im Hinterkopf behalten. Diese Annie, der das Pub gehörte, brauchte möglicherweise Hilfe in der Küche. Emilia würde die Tage mal vorbeischauen und sich erkundigen, nahm sie sich vor.

Ein Traktor kam ihr entgegen und sie hatte plötzlich das Gefühl, dass es nirgendwo schöner für Kinder war, als hier auf dem Land aufzuwachsen. Hätte sie Samuel mit zum Anwesen nehmen sollen? Bestimmt wäre er von dem riesigen Steingebäude begeistert gewesen und hätte Ritter gespielt. Aber was nicht war, konnte ja werden.

Mittlerweile war Emilia an der Abbiegung angekommen und fuhr die Zufahrtsstraße entlang. Sie konnte es kaum erwarten, Finley wiederzusehen. Sie hatte ihn neben all den wunderschönen Erlebnissen mit ihrer Familie wahnsinnig vermisst und sich über sich selbst geärgert, dass sie seit Montag keine Nacht miteinander verbracht hatten. Doch abends war sie derart müde gewesen, dass sie täglich vor zehn Uhr eingeschlafen war. Immerhin hatte sie auch Tessy nachts schreien gehört. Und das eine Mal hatte Finley ihr abgesagt. Zu ihrem großen Bedauern.

Das Cottage, in dem Beth, Fergus und Loredana wohnten, ließ sie rechts liegen. Die drei arbeiteten heute im Anwesen. Auf dem Vorplatz stieg sie vom Rad ab. Weil die Reifen sich im Kies vergruben, schob sie es bis zum Eingangsportal. Dort stellte sie es ab, ordnete ihre Kleidung und drückte auf den Klingelknopf. Es dauerte, bis jemand erschien.

»Ja, guten Morgen, Emilia. Das ist aber eine Freude, dich zu sehen.« Die Haushälterin wischte sich die Hände an der Schürze ab und lachte von einem Ohr bis zum anderen.

»Guten Morgen. Ich hatte vor, Finley zu besuchen und euch beim Putzen zu helfen. Ist er da?« Hoffentlich war er das. Falls nicht, war es zwar bedauerlich, aber zumindest konnte sie ihrer Mutter bei der Arbeit helfen, denn es galt einiges aufzuholen. Beth hatte darauf bestanden, dass Loredana zumindest ein paar Tage mit Emilia und deren Familie verbringt, um die Bindung zu stärken, wie sie es ausgedrückt hatte. Seit heute arbeitete Loredana wieder mit Peggy und Beth, weil sie die beiden nicht im Stich lassen wollte.

Beth nickte. »Ja, ja. Er ist drüben bei den Ställen. Die Pferde werden heute verkauft.«

»Ach?« Sie sah sich um und entdeckte einen Rover, der vor einem der Nebengebäude stand. »Ich schaue mal kurz hinüber. Danke.«

»Gern geschehen. Und viel Spaß«, flötete Beth und zwinkerte Emilia zu.

Voller Vorfreude klopfte Emilia an die Tür. Weil sie keine Antwort erhielt, öffnete sie und ging hinein. Zuerst landete sie in einem leeren Büroraum.

»Finley? Bist du hier?« Sie lauschte. Sie entdeckte eine zweite Tür. Wiederum klopfte sie, bevor sie diese aufmachte.

Nach einer dritten Tür stand sie in der Stallgasse. Finley und Fergus standen inmitten des langen Ganges und redeten mit einem Unbekannten. Sie ging auf die drei Männer zu.

Erst kurz bevor sie bei ihnen ankam, entdeckte Fergus sie. »Oh! Wir haben Besuch.«

»Emilia.« Finley war blass und auf seiner Stirn standen Schweißperlen. Er war doch hoffentlich nicht krank? Aber dann hätte Beth ihr sicherlich davon erzählt.

»Hi, Finley. Ich hoffe, ich störe nicht?« Sie musterte ihn besorgt.

»Nein, also, wir sind noch am Verhandeln. Mr Highflyer möchte unsere Pferde kaufen.«

»Dann gehe ich lieber wieder, denn davon habe ich nicht die leiseste Ahnung.«

»Von mir aus können Sie gerne bleiben, Miss.« Der Pferdehändler setzte ein breites Grinsen auf.

»Ja, wenn das so ist?« Unsicher nestelte sie an ihrem Schal.

»Ich denke, wir sind uns sowieso bereits einig. Oder was meinen Sie, Mr Sherrell?«

Finley nickte. »Erledigen wir das Schriftliche im Büro. Fergus, du kümmerst dich dann bitte darum, die Pferde in die Transporter zu laden, sobald Mr Highflyers Leute ankommen.«

»Alles klar, Chef.« Er tippte sich an die Stirn.

Wie von Taranteln gestochen hastete Finley aus dem Stall. Der Händler und Emilia folgten ihm in gemächlicherem Tempo.

Während die Männer sich um die Verträge kümmerten, wartete Emilia auf dem Vorplatz. Es dauerte nur wenige Minuten, bis beide erschienen.

Der Pferdehändler verabschiedete sich. »Ich schätze, in einer Stunde sind meine Leute hier und holen die Tiere.«

»Geht in Ordnung. Ich danke Ihnen nochmals und wünsche Ihnen einen guten Tag.«

»Ihnen ebenfalls.« Er sprang in den Rover und brauste davon.

»Emilia, nett, dass du hier bist.« Auf Finleys Gesicht erschien kurz ein Strahlen. Mit dem Jackenärmel wischte er den Schweiß weg.

»Geht es dir gut? Du siehst etwas krank aus.«

»Alles in Ordnung. Ich nenne den Zustand Pferdeallergie. Aber noch heute kommen die Tiere ja weg.«

»Oh, es ist wegen der Pferde. Daran hätte ich denken können, ich Schussel. Du hast Stress! Entschuldige, dass ich dich störe. Was hast du denn heute sonst noch vor?« Sie legte ihren Arm um ihn und zog ihn zu sich heran. Doch Finley machte einen Schritt zur Seite und warf ihr einen kurzen Blick zu.

»Einiges. Heute kommt noch jemand Wichtiges vorbei, deshalb muss ich hierbleiben und auch einigen anderen Kram erledigen.« Er stieß den Atem aus.

»Das ist zwar bedauerlich, aber Hauptsache wir zwei sehen uns zwischenzeitlich. Ich hatte vor, den drei Frauen beim Putzen zu helfen.« Die Aussicht, den Tag in Finleys Nähe zu verbringen, versetzte Emilia in positive Stimmung.

Abwesend schüttelte Finley den Kopf. »Lass uns ins Haus gehen. Ich brauche dringend Tee.«

Kam es Emilia nur so vor oder war Finley etwas reservierter als sonst? Normalerweise hatte er es gar nicht erwarten können, sie an sich zu ziehen und zu küssen. Doch heute sah er sie kaum an.

Sie lief hinter ihm her und kam sich dabei wie ein lästiges Anhängsel vor. Wahrscheinlich lag es an der vielen Arbeit oder an der Panik vor den Pferden.

Finley wusch die Hände, währenddessen startete Emilia den Wasserkocher. Glücklicherweise hatte sie bereits den Überblick, wo sich in der Küche was befand. Sie bereitete den Tee zu und setzte sich mit Finley an den Küchentisch.

»Wie war es mit deiner Familie?« Seine Stimme krächzte. Vielleicht war er doch krank.

»So wunderbar! Samuel ist ein so lieber Junge und Tessy einfach zum Knuddeln süß. Papa ist gut gelaunt wie immer und Mary mit ihrem frohen Gemüt ein Segen für alle. Harriet hat ein riesiges Herz und Fred ist sowieso ein ausgesprochen liebevoller Zeitgenosse. Und Mama? Ach, ich bin so erleichtert, dass alles sich so wunderbar fügt. Es ist, als wären wir nie getrennt gewesen. Manchmal denke ich, dass niemand auf der Welt so ein Glück hat wie ich.«

»Da kannst du ja froh sein.« Es schien nicht, als ob er ihr das gönnte. Es klang eher sarkastisch denn mitfühlend. Finley trank vom Tee.

»Entschuldige bitte. Ich schwärme von meiner Familie und ... ich wollte dich nicht verletzen. Die Aussage war dumm von mir. Tut mir leid«, erwiderte sie kleinlaut. Sie hätte ihr Familienglück nicht so offensichtlich zeigen sollen.

Darauf erwiderte Finley nichts, sondern rührte so fest in seinem Tee, dass der Löffel an der Tasse laut klirrte.

Etwas zwischen ihnen hatte sich massiv geändert. Emilia musterte Finley, während er den Blick starr auf die Teetasse richtete. Das Leuchten war aus seinen Augen verschwunden. Die Mundwinkel zog er nicht einmal nach oben. Im Gegenteil. Er wirkte mürrisch und abweisend. Vermutlich duldete er sie lediglich. Das schmerzte in ihrer Brust. Und sie konnte sich nicht erklären, was in den paar Tagen passiert war, dass er sich derart abweisend verhielt. Er hatte doch gesagt, dass er sie vermissen würde.

Bevor sie ihn fragen konnte, was mit ihm los war, klingelte es.

Finley stand auf. »Das werden sie sein.«

Emilia folgte ihm, um den Besuch zu begrüßen. Beth kam von oben die Treppe herunter, war jedoch nicht so schnell an der Tür.

Finley öffnete.

Draußen standen drei Herren in Anzug und Krawatte und eine Dame in hellbraunem Kaschmirmantel. Eine Parfumwolke breitete sich im Foyer aus.

»Guten Morgen, mein Name ist Finley Sherrell. Ich bin der Besitzer des Anwesens. Kommen Sie doch herein.«

»Lord Sherrell.« Einer der Anzugträger reichte ihm die Hand. »Darf ich vorstellen, das sind Mr und Mrs Dawson und ihr Anwalt Mr Hendricks. Sie würden sich gerne umsehen, bevor sie sich für einen Kauf entscheiden.«

»Kein Problem. Beginnen wir oben oder im Erdgeschoss?«

»Ich möchte zuerst nach oben gehen und die Aussicht begutachten. Damit kann ich mir einen guten Überblick über die Ländereien verschaffen.« Die Stimme der Dame klang, als habe sie eine Quietschente verschluckt.

Lord? Hier war es wieder dieses Wort. Sie hatten darüber noch gar nicht gesprochen. Emilia kam sich winzig und überflüssig vor. Sie war nicht einmal vorgestellt worden, was sie nicht weiter störte, weil sie mit den Leuten ja nichts zu tun hatte. Aber als Finley sie nicht mehr beachtete, ging sie zurück in die Küche. Sie setzte sich an den Tisch. Der Tee war inzwischen abgekühlt. Zügig trank sie die ganze Tasse leer. Das Radfahren hatte sie durstig gemacht.

Ihre Mutter kam herein. »Ciao Emilia. Habe ich mich doch nicht verhört. Du bist das.« Sie drückte ihr einen Kuss auf den Scheitel.

»Buongiorno Mama.« Die Freude, ihrer Mutter zu begegnen, war durch Finleys abweisendes Verhalten getrübt. »Weißt du, was hier los ist?«

»Ich vermute, das sind die ersten Interessenten für das Anwesen.« Ihre Mutter setzte sich zu ihr und streichelte über ihren Rücken.

»Die ersten Interessenten? Was meinst du damit?« In Emilia ratterten die Gedanken.

»Finley hat vor, das alles hier zu verkaufen. Hat er dir davon nicht erzählt?« Sie runzelte die Stirn.

Überrascht schüttelte Emilia den Kopf. »Kein Wort.«

»Das ist seltsam.«

Emilia schob nachdenklich die Lippen vor. »Wir haben darüber gesprochen, dass so ein altes Haus viel Geld verschlingt und er nicht weiß, was er damit machen soll. Aber dass er es verkaufen möchte, hat er mit keiner Silbe erwähnt. Es ist sein Zuhause. Das gibt man doch nicht so einfach auf, oder?«

Loredana verzog den Mund. »Zu diesem Thema fragst du die Falsche.« Sie lächelte. »Manchmal ist es besser, etwas aufzugeben und woanders neu zu beginnen, als ständig an schlechte Zeiten erinnert zu werden.«

Emilia nickte. Ihre Mutter hatte recht. Immerhin war auch sie von ihrem Zuhause geflohen. Sie wusste, wovon sie sprach. »Ich kann dich so gut verstehen. Und auch Finley. Er hatte es als Kind und Jugendlicher nicht leicht. Aber warum hat er mir nichts gesagt? Warum verhält er sich seit Tagen so abweisend? Und vor allem: Wo geht er hin? Nach Hawaii? Er hätte mich doch einfach fragen können, ob ich mit ihm komme.«

Emilias Mutter fasste nach ihrer Hand und sah sie mitfühlend an. Bevor sie noch etwas sagen konnte, redete Emilia weiter.

»Vermutlich habe ich mich in ihm getäuscht. Oder etwas falsch verstanden. Keine Ahnung. Es scheint so, als ob er mich nicht in seinem Leben haben möchte. Womöglich hat er auf Hawaii eine Frau und vielleicht sogar Kinder. Und ich war für den Lord nur ein Zeitvertreib, während er sich um sein Erbe kümmert. Und dabei bin ich davon ausgegangen, dass er es ernst mit mir meint.«

»Ach, komm her, Cara mia. Es tut mir so leid.« Ihre Mutter nahm Emilia in die Arme und drückte sie fest an sich. Zum ersten Mal in ihrem Leben fand sie Trost bei ihrer Mama. Doch leider reichte er nicht. Der Schmerz, der Emilia erfasste, ging zu tief. Sie musste weg. Weg aus diesem Haus und weg von Finley. Das abweisende Verhalten lag bestimmt nur daran, dass er sie loswerden wollte, bevor er zurück zu seiner Familie fuhr. Gott! Wie verdammt naiv war sie, dass sie auf diesen Typ Mann reingefallen war.

»Ich werde jetzt gehen. Das Putzen fällt leider flach. Ich muss sowieso noch Geschenke besorgen, das werde ich heute erledigen. Ja. Das ist eine gute Idee. Wir sehen uns heute Abend, Mama. Ist das in Ordnung für dich?« Emilia setzte ein Lächeln auf, um ihre Mama zu besänftigen. Nicht dass diese wegen ihr in einen Streit verwickelt wurde und zwischen die Stühle geriet. Immerhin war Finley ihr Arbeitgeber.

Ihre Mutter strich ihr mit beiden Händen das Haar aus dem Gesicht, hielt ihren Kopf und sah ihr eindringlich in die Augen. »Wenn du reden möchtest, ich bin jederzeit für dich da, Cara mia.«

»Danke, Mama, ich weiß. Aber ich muss jetzt gehen. Ich brauche noch jede Menge Geschenke. Ich freue mich schon so. Das wird ein ganz besonderes

Weihnachten dieses Jahr.« Die aufkommenden Tränen unterdrückte Emilia. Hoffentlich hatte sie ihre Stimme ausreichend unter Kontrolle gehabt, um das Zittern zu verbergen.

»Das wird es.« Mit einer festen Umarmung verabschiedeten sich die beiden. Ihre Mutter seufzte, bevor Emilia die Tür schloss. Bestimmt machte sie sich Sorgen um sie. Das war ein gutes Gefühl und rührte sie zusätzlich.

Draußen nahm sie ihr Rad und fuhr um die nächste Biegung. Dort hielt sie an, lehnte sich an einen Baumstamm und konnte die Tränen nicht mehr zurückhalten. Wie zur Hölle hatte sie verdrängen können, was ihr schon mal passiert war? Männer waren nun mal Jäger und sammelten Eroberungen wie Trophäen. Und Finley war keinen Deut besser. Er hätte sie doch einfach fragen können, ob sie mit ihm nach Hawaii käme, um dort mit ihm zu leben. Immerhin war sie ungebunden und frei und konnte ihren Job ausüben, wo auch immer sie wollte. Doch er hatte den Mund gehalten und ihr die Sterne vom Himmel geholt und von Wind und Wetter geschwafelt, um sie in sein Bett zu kriegen. Nein, nicht mit ihr!

Jetzt war Schluss mit den romantischen Wanderungen und heißen Nächten. Sollte dieser eingebildete Schnösel doch zurück zu seiner Frau nach Hawaii. Zumindest lag das auf der anderen Seite der Welt und somit weit weg von ihr.

Das war ihr nur recht. Obwohl – und das musste sie selbst für sich zugeben - sich das untrügliche Gefühl in ihr breitmachte, dass es sich ausgerechnet bei Finley, dem Surfer, um ihre große Liebe handelte. Der Liebe ihres Lebens. Auch wenn er ein verdammter Lord war und sie nur eine einfache Köchin mit mafiösem Familienhintergrund. Womöglich war das der Grund, warum er nichts mehr mit ihr zu tun haben wollte?

Emilia rauschte der Kopf.

34

Finley

Diese Mrs Dawson hätte er am liebsten aus dem Kaschmirmantel geschält, in einen Neoprenanzug verfrachtet und mit dem Board auf die Reise geschickt. Himmel noch einmal! Es hatte so gut ausgesehen, das Anwesen an Mr Dawson zu verkaufen. Dann grätschte diese aufgeprotzte Kaschmirtante dazwischen.

»Darling«, hatte sie ihren Gatten angezwitschert. »Der Park grenzt nicht ans Meer. Und überhaupt. Das Haus verfügt über absolut keinen Chic und Charme. Wie soll ich mit diesem alten Kasten vor meinen Freundinnen aus London brillieren? Die würden sofort wieder abreisen. Nichts mit Drinks am Pool und Blick an den Horizont. Hier findet man nur Hühner und Schweine.« Angeekelt hatte sie in ihrer Handtasche gekramt, ein Spray hervorgezaubert und sich in eine synthetische Duftwolke gehüllt. Als ob es im Haus stinken würde.

Hier existierten keine Tiere und sogar die Pferde waren während der Besichtigung abtransportiert worden. Wovon sie bestimmt nichts mitbekommen hatte, weil sie zu der Zeit am entgegengesetzten Flügel den Garten bestaunt hatten. Nicht einmal das leiseste Wiehern war zu ihnen durchgedrungen. Denn das hätte Finley mit Sicherheit gehört.

Also saß er noch immer auf seinem Erbe und musste abwarten, bis er Käufer fand. Okay. Er würde dennoch abreisen, auf Mr Cordmire und den Makler konnte er sich verlassen. Die beiden verstanden etwas vom Geschäft und würden ihn benachrichtigen, sobald sich Käufer fanden. Finleys Laune war nach einer schlaflosen Nacht im Keller. Und nicht nur das Erbe hatte ihm zu schaffen gemacht. Viel zu viele Gedanken hatten sich um Emilia gedreht. Sein Plan, ihr den Abschied von ihm zu erleichtern, indem er sich von ihr zurückzog, schmerzte ihn mehr, als er vermutet hatte, und er schämte sich für diese dumme Idee. Emilia konnte zwar bei ihrer Familie bleiben, das würde sie vermutlich auf Dauer trösten. Aber er stand nun vor ihr als das Arschloch , als das er sich fühlte. Und was blieb ihm schon? War es das Surfen wert, auf die große Liebe seines Lebens zu verzichten?

Er seufzte und nahm den letzten Schluck von seinem Breakfast Tea. Nicht nur das ausgiebige Frühstück, das Beth ihm servierte, würde er auf Hawaii vermissen, sondern auch sie.

Es klingelte. Diesmal hatte er keine Ahnung, wer vor der Tür stand. Ob das Emilia war, die sich entschuldigen wollte, weil sie gestern so mir nichts, dir nichts verschwunden war? Oder hatte er einen Termin übersehen? Der Versicherungsmann hatte ihm seines

Wissens nach keinen weiteren Termin für eine Begutachtung der Sturmschäden geschickt.

Weil Beth oben beschäftigt war, stand er selbst auf. Er würde schon sehen, wer sich in diese Gemäuer wagte.

Missmutig öffnete er die Tür.

Zwei Frauen standen davor. Die jüngere hatte ein breites Grinsen im Gesicht, die ältere lächelte liebevoll. Daneben stand ein Kinderwagen.

»Überraschung!«, rief die Jüngere ihm ins Gesicht.

Was, wer, warum? Die beiden Damen hatte er noch nie gesehen. Ihm fiel ein, dass es sich um Christmas Carol Sängerinnen handeln könnte. Doch dann eilte Peggy über die Treppe herunter und rief: »Da seid ihr ja endlich. Ich dachte schon, ihr kommt nie.«

Überrumpelt drehte sich Finley um und starrte Peggy an. »Was ist hier los und wer sind diese beiden Damen?«

»Darf ich vorstellen? Das sind Harriet und ihre Tochter Mary. Emilias Stiefmutter und Stiefgroßmutter. Oh, Shit. Gibt es so etwas überhaupt?« Peggy lachte.

»Wenn du das erfindest, dann bestimmt. Dürfen wir reinkommen? Ich habe nicht so lange Zeit, sonst wird Tessy wach und braucht den Busen.« Die Jüngere warf einen Blick in den Kinderwagen. Tessy. Und da kapierte er, wer sie war. Das musste die Frau von Emilias Vater sein. Was wollte die hier?

»Finley, steh nicht im Weg herum, begrüß die Damen! Sie werden uns dabei unterstützen, den alten Kasten so richtig auf Vordermann zu bringen. Gestern ist der Verkauf schiefgegangen. Das wollen wir ändern.« Peggy schob ihn sachte beiseite.

»Oh. Darum geht es. Jetzt verstehe ich erst. Entschuldigen Sie meine Unhöflichkeit. Bitte, kommen Sie herein. Ich bin Finley Sherrell. Ach, das wissen Sie ja bereits.« Verwirrt fuhr er sich durchs Haar.

»Hi Finley! Schön, dich wiederzusehen. Ist lange her. Kannst du dich nicht mehr an mich erinnern? Ich bin die lachende Mary, die beim Schultheater damals die Witze erzählt hat.« Sie zwinkerte ihm zu und schenkte ihm ein Lächeln.

Das Zeitrad in seinem Kopf drehte sich zurück. »Die Mary?« Er stieß den Atem aus und sah sie genauer an. »Ich hatte ja gar keine Ahnung.«

»Du hattest nie eine Ahnung. Das Brett unter deinen Füßen trägst du wohl manchmal auch vor dem Kopf.« Mary lachte über ihren eigenen Witz. Peggy und Harriet fielen mit ein. Und das löste sogar bei Finley ein Schmunzeln aus.

»Auf den Mund bist du noch immer nicht gefallen, wie mir scheint.«

Sie schüttelte den Kopf. »Nimm das Leben mit Humor, so kommt es dir viel spaßiger vor. Also, was ist? Hilfst du mir, den Kinderwagen hereinzuhieven, oder lässt du Babys gern in der Kälte?«

»Nein, sorry. Wo muss ich denn hier anpacken, damit nichts passiert?«

Mary schulte ihn kurzerhand ein und schon stand Tessy in ihrem Wägelchen im Foyer.

Harriet, die bisher nichts gesagt hatte, schloss die Tür. »Damit es nicht so zieht. So kurz vor Weihnachten brauche ich kein krankes Enkelkind.«

Beth und Loredana stießen zu ihnen. Beide trugen Putzutensilien mit sich.

»Wie du siehst, haben wir jede Menge Arbeit. Du gehst jetzt am besten eine Runde surfen und wenn du damit fertig bist, kaufst du dir Fish & Chips. Also, raus mit dir, Finley!«

Bei so viel Frauenpower konnte er nicht Nein sagen. Und um ehrlich zu sein, hatte er sowieso vorgehabt, ein letztes Mal die keltische See mit dem Brett zu bezwingen, bevor er abreiste. Also machte er sich auf den Weg.

Obwohl er wesentlich lieber die einsame Bucht der Watergate Bay aufgesucht hätte, entschied er sich für den Fistral Beach. Bei Max gab es einfach die besten Boards. Heute würde er eine neue Marke probieren. Er klopfte an die Tür und öffnete sie.

»Hi Max.« Der alte Surflehrer war tatsächlich anwesend.

»Finley. Du brauchst einen Ritt.«

»Definitiv. Darf ich?« Er deutete in den Nebenraum, wo sich die Utensilien befanden.

»Bedien dich.«

Kurz darauf paddelte Finley hinaus aufs Meer. Sofort stellte sich die gewohnte Ruhe in ihm ein. Zug um Zug glitt er über die heranrollenden Wellen und schwebte auf dem türkisgrünen Wasser. Das Wetter ließ nichts zu wünschen übrig. Die Sonne schien, die Möwen kreischten. Die Gischt spritzte ihm kaltes Salzwasser ins Gesicht. Der Wind könnte etwas stärker sein, sodass die Wellen höher wurden. Aber man konnte nicht alles haben. Auch nicht, wenn man es liebte. Warum zur Hölle musste er schon wieder an Emilia denken?

Ihr Lächeln, ihre gute Laune, die blitzenden Augen, die manchmal diesen traurigen Schleier bekommen hatten, als sie ihrer Mutter noch nicht begegnet war. Die dunklen Locken, die ihr frech ins Gesicht fielen, sobald ein Lüftchen wehte. Sie waren so samtig weich und verführerisch wie Emilias Haut und ihre Lippen. Er vermisste sie und ihre Küsse, die winzigen Seufzer. Ob er sie noch einmal treffen sollte, bevor er abreiste? Gestern war sie von selbst verschwunden. Womit sie ihm einerseits einen Gefallen getan hatte, andererseits hatte er kaum geschlafen, weil er sich so stur wie sein Vater vorgekommen war. Nein. Sein gestriges Verhalten war nicht zu entschuldigen. Er hatte Emilia verletzt.

Die Welle musste er nehmen! Er stellte sich aufs Brett und surfte los. Dem wenigen Wind zum Trotz türmte sie sich hinter ihm auf und er geriet in den Funnel. Jetzt nur nicht stürzen. Er gewann an Geschwindigkeit und kam wieder heraus. Die Woge der Welle hatte ihn nicht unter sich begraben. Dennoch ließ er sich ins Wasser fallen. Sobald er auftauchte, hörte er die Surfer rund um sich jubeln. Er hatte gar nicht mitbekommen, dass er nicht allein hier war.

»Perfekt! Super! Yeah!«

Auch vom Strand her bekam er Applaus und Zurufe. Und in seinem Sichtfeld erschien eine Person, die er unter Tausenden erkannt hätte. Ausgerechnet Emilia. An der Hand hielt sie einen kleinen Jungen. Das konnte nur ihr Bruder sein.

Der Junge hüpfte vor Begeisterung auf und ab und winkte ihm zu. Finley erinnerte sich, wie er mit seiner Mum den Surfern zugesehen hatte, bis er selbst auf dem Board stehen konnte. Wie hieß der Kleine noch mal? Samuel?

Finley ging auf die beiden zu. Es drängte ihn, Emilia zu sehen und sie zu küssen. Denn wie er sich eingestand, vermisste er sie wahnsinnig. Er konnte ohne sie nicht leben und das wollte er auch nicht. Vermutlich hatte exakt dieser Grund ihn noch mürrischer gemacht, während er seinen dummen Entschluss, einen Trennstrich zu ziehen, durchgezogen hatte.

Langsam ließ Emilia die Hand sinken. Samuel lief ihm entgegen, Emilia dem Kleinen hinterher.

»Samuel, bleib stehen! Du wirst ganz nass! Warte!«

Finley beeilte sich, der Brandung zu entkommen, damit der Junge nicht ins Wasser lief.

Der stoppte und hatte nur Augen für das Board.

Emilia war hinzugekommen. Sie blieb vor Finley stehen und sah ihn an. »Ich habe nicht gewusst, dass du das bist. Ich dachte …«

»Dass hier ein Weltmeister surft?« Was für eine blöde Aussage. Vor allem mit diesem aggressiven Ton. Wo er doch darauf bedacht war, nicht als Weltmeister definiert zu werden. Fiel ihm nichts Besseres ein? Eine Entschuldigung für sein Verhalten gestern zum Beispiel? Doch allein Emilias Anblick ließ seinen Verstand aufs nächste Board springen und in den Sonnenuntergang rasen.

Sie biss auf ihre Unterlippe. »Dass ich dich nie wieder sehe.«

Sein Herz setzte aus. »Wie kommst du darauf?« Ihm war die Antwort nur allzu bewusst. Schließlich hatte er die letzten Tage alles darangesetzt, ihr aus dem Weg zu gehen. Er legte das Board in den Sand. Samuel kletterte hinauf und versuchte, die Surfer draußen auf den Wellen nachzuahmen.

Emilia drehte sich weg und ging ein paar Schritte. Dann wandte sie sich ihm wieder zu. »Weil das zwischen uns ... es ist kompliziert. Viel zu kompliziert.«

»Das ist es. Und wird es wohl oft noch sein. Aber eines habe ich begriffen: Ich möchte dich nicht verlieren.« Die Sätze sprudelten so rasch aus seinem Mund, dass er es selbst nicht glauben konnte. Aus Angst, Emilia könnte etwas sagen, woraufhin das zarte Band zwischen ihnen vollständig zerriss.

»Das gestern ... was war das, Finley? Warum hast du dich so abweisend verhalten?« Sie hielt den Atem an. Ihr Blick hypnotisierte ihn beinahe.

»Es liegt nicht an dir, Emilia. Du bist der wertvollste Mensch, der mir jemals begegnet ist.«

»Woran dann? Hast du zu viel Arbeit, zu viel Stress? Eine ... eine andere Frau?«

Wie kam sie auf so was? Er schüttelte abwehrend den Kopf. »Da gibt es niemanden. Das versichere ich dir. Ich wollte dich nur vor mir beschützen. Ich gehe zurück nach Hawaii und du brauchst die Freiheit, mit deiner Familie zu leben. Dabei möchte ich dir nicht im Weg stehen.«

Sie stieß den Atem aus und ging ein paar Schritte weg von ihm. Dann warf sie den Kopf in den Nacken und legte beide Hände an die Stirn, bevor sie zu ihm zurückkehrte. »Ich hätte dich mit zu meiner Familie nehmen sollen.« Ihre Stimme klang kleinlaut.

»Du kannst nichts dafür, Emilia. Du hast deine Mutter gefunden und ihr braucht alle Zeit der Welt, um das nachzuholen, was ihr bisher versäumt habt.« Das verstand er sogar. Ihm ginge es nicht anders, wenn seine Mum plötzlich wieder auftauchen würde. Aber das war ein Ding der Unmöglichkeit.

»Das lässt sich wohl nicht aufholen. Aber was vor uns liegt, können wir beeinflussen.« Ihre Stimme klang resolut. Herausfordernd stemmte sie die Fäuste in die Seiten und sah ihn an.

»Das wird schwierig.« Er seufzte und fuhr durch sein nasses Haar. »Wir sollten keine Geheimnisse voreinander haben. Und darüber reden, wie wir uns die Zukunft vorstellen.«

»Sind das nicht Grundbedingungen für Beziehungen?« Sie fokussierte ihn aus zusammengekniffenen Lidern.

Und sie hatte verdammt noch mal recht. Er hatte von Anfang an seine Geheimnisse bewahrt und ihr bis zuletzt verheimlicht, dass er seine Zelte hier abbrechen würde. Ob sie trotzdem mit ihm nach Hawaii kommen würde?

»Darf ich ins Wasser mit dem Board?« Samuel unterbrach das Gespräch. Seine Augen leuchteten.

»Irgendwann schon. Aber heute ist es nicht so gut. Oder hast du einen Neoprenanzug und kannst du schwimmen?« Finley zog die Mundwinkel hoch. Der Junge amüsierte ihn trotz der Probleme, die er mit Emilia und sich selbst hatte.

»Nein.« Samuel riss die Augen auf und rümpfte die Nase. »Ich weiß, was ich von Father Christmas will!«

»Was denn?« Emilia schien eine Ahnung zu haben.

»Sachen zum Surfen. Und du lernst es mir!« Er zeigte auf Finley.

»Zuerst muss ich mir aber trockene Sachen anziehen, sonst liege ich mit Fieber im Bett, wenn Father Christmas die Socken füllt.« Er hüstelte absichtlich. Abgesehen davon bibberte er. Ihm war eiskalt. Zeit, für warme Klamotten.

»Das ist nicht gut. Dann brauchst du diesen ekeligen Saft. Den gibt Mum mir immer.« Samuel verzog das Gesicht.

Finley lachte. Nun konnte er verstehen, warum Emilia die letzten Tage keine Zeit für ihn gehabt hatte. Der Junge war der Hammer. Er stahl sogar einem Fast-Weltmeister die Show.

Samuel ließ Emilia null Chance einer Widerrede. Er heftete sich an Finleys Fersen und ging mit ihm hoch zur Surfschule. Dabei schwatzte er über Boards und Wellen, als gäbe es kein Morgen. Und Finley genoss es. Schließlich erinnerte ihn der Junge an sich selbst.

35

Emilia

»Warum bist du eigentlich nicht mitgekommen, als Harriet und Mary heute Morgen plötzlich bei mir auftauchten?« Finley war in trockene Kleidung geschlüpft. Sie begutachteten die Boards, die in der Surfschule ausgeliehen werden konnten. Samuel konnte sich nicht entscheiden, welches ihm besser gefiel.

»Harriet und Mary waren bei dir?« Das war ja interessant, das wusste sie auch noch nicht.

»Das sind sie vermutlich noch immer.« Er musterte sie.

»Sie wollten Weihnachtseinkäufe erledigen und erst am späten Nachmittag zurück sein. Und nun sind sie bei dir im Haus? Das verstehe ich nicht.«

»Sie helfen wohl Beth, Loredana und Peggy beim Aufräumen und Putzen.« Entschuldigend hielt er die Handflächen nach oben und runzelte die Stirn.

»Das ist ja ein Ding.« Die kleine Schwindelei ließ Emilia sprachlos zurück. Warum hatten sie ihr verheimlicht, was sie vorhatten? Seltsam.

»Was hältst du davon, wenn wir drei zu mir fahren und nachsehen, was die Frauen dort treiben? Wir könnten uns Lunch zubereiten. Samuel, hast du Hunger?«

Der Junge nickte heftig. »Ganz großen.«

Die Einladung betrachtete Emilia zwiespältig. Eigentlich hatte sie vorgehabt, sich von Finley fernzuhalten, weil er um nichts besser war als der Typ in Rimini. Und nun wickelte er sogar noch ihren Bruder um den kleinen Finger. Emilia schob die Lippen vor und haderte mit sich selbst. Dennoch stimmte sie Finleys Vorschlag zu. Harriet, Mary und ihre Mutter sowie Beth und Peggy waren ebenfalls im Haus. Bei so viel Frauenpower zog Finley sowieso den Kürzeren. Vielleicht kamen Finley und sie dazu, ihr Gespräch an der Stelle fortzusetzen, an der Samuel sie unterbrochen hatte? Sie rief ihren Vater an, dass der nicht auf sie wartete. Emilia und Samuel waren mit ihm und Fred in die Stadt gefahren. Fred hatte etwas von einem Angelshop geredet und einem Weihnachtsgeschenk für Harriet. Gemeinsam machten sich Finley, Samuel und sie auf den Weg zum Auto.

Nach einer kurzen Fahrt parkte Finley den Mini vor dem Herrenhaus. Samuel war begeistert.

»Ist das eine Ritterburg? Wohnen hier Ritter?« Offensichtlich hatte er die Kenntnisse aus einem österreichischen Kinderbuch, denn er redete deutsch. Sein Vater musste ihm daraus vorgelesen haben.

Finley zog fragend die Stirn kraus, Emilia erklärte ihm schmunzelnd, wovon der kleine Mann sprach.

»Lass uns mal nachsehen, ob wir ... Ritter ... finden.« Finley hob ihn hoch. Er war wie ausgewechselt.

Gut gelaunt und voller Euphorie betrat er mit dem Jungen auf dem Arm das Foyer. Gemeinsam betrachteten sie die Ahnengalerie und machten sich über die Kleidung und das finstere Aussehen mancher Herren lustig.

Harriet trat ins Foyer. »Ihr seid viel zu früh da. Wir sind noch nicht fertig!« Ihr Mund stand offen. Sie hielt die Hände an die Wangen und zog die Augenbrauen zusammen, sodass eine tiefe Furche ihre Stirn in zwei Hälften teilte.

»Was meinst du?« Emilia verstand gar nichts. »Und warum sind Mary und du hier?«

Harriet biss sich auf die Unterlippe. »Oh, ich … komm mit.« Sie fasste nach Emilias Arm und zog sie in den Salon.

Mary, Loredana und Peggy sahen auf. »Du bist zu früh. Viel zu früh«, rief Mary quietschend aus.

Den riesigen Weihnachtsbaum neben dem offenen Kamin konnten die Frauen trotz aller Bemühungen nicht hinter sich verbergen. Rundum und auf dem riesigen Eichentisch, der eine Hälfte des großen Raumes einnahm, türmten sich Boxen mit Dekorationen. An den mit dunklem Holz vertäfelten Wänden waren bunte Girlanden aufgehängt. Mistelzweige mit Schleifen und goldenen und roten Kugeln vervollständigten den Weihnachtsschmuck.

»Ihr schmückt den Salon? Aber … Finley verkauft doch das alles hier …«

»Da wäre ich mir nicht so sicher.« Beth war zu ihnen gestoßen. »Jetzt sind wir mal ganz ehrlich miteinander. Warum sollte der Kerl nach Hawaii abhauen, wenn hier alle leben, die ihn lieben?« Verschwörerisch zwinkerte sie Emilia zu.

»Ich dachte, ...«

»Dass er auf sein Glück verzichtet?«, setzte Beth den Satz fort. »Ich lasse bestimmt nicht zu, dass er den größten Fehler seines Lebens begeht.«

»Und der wäre?« Finley stand mit verschränkten Armen im Türrahmen und sah sie herausfordernd an, während Samuel an ihm vorbei zu seiner Mum lief.

»Wegen alten Grolls auf die große Liebe zu verzichten.« Beth ging auf ihn zu. »Die Vergangenheit liegt draußen unter dem Lindenbaum begraben. Du solltest dich davon überzeugen. Schau raus, lies die Grabsteine und wirf deine Traumata in die Grube, mein Junge. Deine Zukunft steht vor dir. Und sie liebt dich.« Beth packte Emilia am Unterarm und ging mit ihr zu Finley, der noch immer wie festgefroren dastand. In seiner Mimik spiegelte sich das, was ihn seit Jahrzehnten belastet hatte.

Erst als Beth mit Emilia knapp vor ihm stehen blieb und ihre Hand in seine legte, sah er auf. »Emilia.«

Sie kam sich vor wie eine Marionette. Beth zog an ihren Fäden. Aber es fühlte sich nicht unangenehm an. Eher als ob die Puppenspielerin sie mit Leichtigkeit dorthin lenkte, wohin sie gehörte.

»Ich ... es tut mir leid, wie ich mich gestern verhalten habe. Ich bin ein Idiot. Ich ... komm einfach mit. Bitte.« Auffordernd zog er an ihrer Hand.

Emilia folgte ihm.

Finley führte sie hinaus in den Garten. Ein Kiesweg schlängelte sich durch Strauchgruppen und Blumenbeete, die jetzt im Winter etwas trist aussahen, sowie zwischen Bäumen hindurch. Schließlich gelangten sie an eine Stelle, an der Grabsteine aus der Erde ragten.

»Das hier ist der private Friedhof des Anwesens.« Finley presste die Lippen zusammen.

Es war bestimmt nicht leicht für Finley, sich der Vergangenheit zu stellen. Seine Mutter war hier begraben und ebenso sein Vater, den er gehasst hatte, sowie sein Bruder.

»Das hier ist das Grab meiner Mum. Ich war fast täglich hier, solange ich im Haus gewohnt habe. Hi Mum. Hier bin ich wieder. War nur kurz auf den Wellen.« Er streichelte über den grauen Stein. »Und das hier ... mein Vater. Da schaust du Dad. Nun bin ich doch gekommen und stehe vor deinem Grab. Du hättest mich nicht so behandeln dürfen, dann wäre ich nie gegangen. Mir ist mittlerweile bewusst, dass Mums Tod dich in schwere Depressionen gestürzt hat. Trotzdem hättest du sie nicht an mir auslassen dürfen. Ich habe dich dafür gehasst. Das tue ich auch jetzt noch, auch wenn ich versuche, dir zu verzeihen.« Finley schluchzte.

Emilia legte ihre Hand um seine Hüfte und zog ihn zu sich heran. Auch ihr kullerten die Tränen die Wangen hinab. Seine Trauer schmerzte auch sie.

»Kendrick. Mein Bruder. Ich hätte dir gewünscht, dass du länger lebst. Tut mir leid für dich, Bro. Obwohl wir uns gebalgt haben, wenn auch immer die Möglichkeit dazu gegeben war, hatten wir auch viel Spaß miteinander.« Hastig wischte Finley sich mit dem Handrücken über die Augen. Er atmete tief durch. Dann nahm er Emilia in die Arme und musterte sie.

»Denkst du, du hältst es mit einem aus, dessen Kinderseele zerstört wurde?« Seine Augen waren rot gerändert. Eine Träne hatte sich auf den Weg gemacht und rollte die Wange entlang.

»Wessen Seele verfügt nicht über Kratzer und Wunden? Wunden heilen. Die Narben bleiben. Aber wie Beth sagte: Vor uns liegt die Zukunft. Keiner weiß, was sie bringt. Ich bin dabei, es mit dir herauszufinden. Egal wo. Es muss nicht hier sein. Ich bin frei wie ein Vogel.« Sie schniefte und wischte mit dem Handrücken die Tränen von ihren Wangen.

»Und deine Mutter? Möchtest du nicht dort sein, wo sie lebt?«

»Das wäre schön. Aber ich bin dreiunddreißig Jahre ohne sie ausgekommen. Da wird es wohl reichen, wenn ich sie hin und wieder besuche. Hawaii soll übrigens nicht übel sein, habe ich gehört.« Trotz der Trauer lächelte sie. Sie meinte es ernst. Denn wo auch immer sie ihren Job als Köchin ausübte, Hauptsache für sie war, dass Finley und sie zusammenblieben. Er war ihre Zukunft.

»Und wenn ich nicht nach Hawaii gehe?«

»Wie meinst du das?«

»Beth hat recht. Wir könnten hier leben. Ich muss nicht mehr fliehen. Alles, was ich liebe, halte ich in meinen Armen.«

Emilias Herz ging auf. Er liebte sie!

»Und ich liebe dich. Wo auch immer wir leben.«

»Meinst du das ernst? Das mit der Liebe?«

»Natürlich! Was denkst du denn? Und jetzt küss mich endlich. Ich musste viel zu lange darauf verzichten.«

Das tat er. Und Emilia hatte das Gefühl, dass seine Familie ihm zu seiner Entscheidung gratulierte. Denn ein Vogel trällerte in den kahlen Ästen der Linde sein Lied.

36

Finley

»Wenn du mich nicht loslässt, wird der Truthahn nie fertig.«

»Ich muss keinen Vogel haben, um zu wissen, dass ich dich jetzt küssen möchte, auch wenn du in diesem Moment nicht direkt unter einem Mistelzweig stehst.« Finley konnte nicht genug davon bekommen, sie unter jedem einzelnen dieser grünen Büschel zu küssen, die Beth, Peggy, Harriet und Mary über jedem Türrahmen befestigt hatten. Und das waren ziemlich viele! Außerdem liebte Finley Emilias selbstvergessene Konzentration, wenn sie kochte. Das hatte etwas, das sie für ihn unwiderstehlich machte.

»Okay, zwei Minuten, aber dann muss die Fülle rein.«

Ihre weichen Lippen erinnerten ihn an letzte Nacht. Seit sie sich ausgesprochen und versöhnt hatten, schlief Emilia jede Nacht bei ihm. Nach Weihnachten hatten sie vor, gemeinsam nach Österreich zu reisen, um zuerst Emilias Großeltern in Tirol zu besuchen und danach ihre Sachen aus Wien zu holen, auf die sie nicht verzichten wollte. Dasselbe würden sie bei einem Besuch auf Hawaii erledigen. Adam hatte Finley alles Glück der Welt gewünscht und bestimmt würden sie eine Lösung finden, die Surfschule weiter zu betreiben. Max hatte dazu bereits einige Ideen, denn er kannte jede Menge Leute, welche die Spots dort zu erkunden gedachten. Und Finley konnte immer noch Joe den Vorschlag unterbreiten, sich in wärmere Gefilde zu begeben, wie dieser es mal als Wunsch erwähnt hatte.

Finley hingegen hatte für den Moment genug hier zu tun. Der kleine Samuel ließ nicht locker, er wünschte sich, surfen zu lernen. Deswegen hatte Finley dafür gesorgt, dass der Junge unter dem Weihnachtsbaum das passende Geschenk dazu fand. Zwar war es noch ein wenig zu früh, weil Samuel zuerst schwimmen lernen sollte, aber sich an das Wasser zu gewöhnen und mit einem Brett darin zu spielen, machte dem kleinen Kerl bestimmt Spaß.

Plötzlich versickerten diese vielen Gedanken im Nichts und Finley ging auf in Emilias Küssen.

Leider sollte er aber das Küssen jetzt beenden, denn die ersten Gäste würden bald eintreffen. Schweren Herzens löste er sich von Emilia.

»Womit wirst du den Truthahn füllen?« Über ihre Schulter hinweg überblickte er die Schüsseln auf dem Küchentresen, die sein Rätsel nicht lösten. Das ging auch gar nicht, denn sein Kopf war bei Emilia und dem Verlangen, das sie in ihm auslöste.

»Keine Ahnung. Du hast mich eben auf ganz andere Ideen gebracht, als einen Vogel zu stopfen.« Ihre verhangenen Augen, das Rosa auf ihren Wangen und der gerötete Mund verrieten, dass sie im Moment weniger ans Kochen als an die Fortsetzung dessen dachte, was sie beide soeben gestartet hatten. Er konnte es ihr nicht verübeln, er war ebenfalls ausgehungert nach ihr.

»Ich hoffe, ich bin nicht zu spät dran?« Beth kam zur Tür herein.

»Keine Sorge. Wenn der Kerl hier mich endlich loslässt, schiebe ich den Truthahn in den Ofen.«

»Der ist noch nicht drin? Oh. Lass mich dir helfen.«

Es dauerte nur zwei Minuten, da erschienen Harriet, Mary und Loredana in der Küche.

»Wir haben die österreichischen Weihnachtskekse und die Christmas Cakes mitgebracht.« Harriets Stimme klang fröhlich. »Samuel hat sich heute Morgen so sehr über die Geschenke gefreut. Das hättet ihr sehen müssen. Er ist noch im Pyjama. Fred und Paul kommen später mit ihm nach. Obwohl der Kleine es kaum erwarten kann, auch hier seine Päckchen zu öffnen.«

»Er wird staunen.« Finley wackelte mit den Augenbrauen.

»Du hast ihm aber kein Surfboard gekauft. Oder?« Mary wiegte Tessy im Arm, die etwas unruhig quäkte.

»Doch. Mein erster Schüler hier in Cornwall braucht ein Brett, an das er sich sein Lebtag erinnert.« Finley lachte und er dachte an seines, das ihm seine Mum damals geschenkt und das jetzt im Büro einen Ehrenplatz erhalten hatte. »Das Päckchen für Tessy liegt übrigens unter dem Baum. Und die Christmas Stockings am Kamin sind für euch alle gefüllt.«

»Gibt es jetzt auch schon Boards für Babys?« Amüsiert zog Mary die Oberlippe hoch.

»Lass dich überraschen.«

»Ciao, Emilia. Wobei kann ich dir helfen?« Loredana drückte ihrer Tochter zwei Küsse auf die Wangen.

»Ciao, Mama. Du und Harriet könntet den Esstisch im Salon decken. Wir nehmen das Festtagsservice aus der Vitrine. Fergus und seine Freundin sowie Peggy mit ihrem Mann und den Kindern kommen auch. Und bitte schaut mal nach dem Feuer im Kamin.«

»Hast du die Knallbonbons besorgt, Loredana?« Harriet hielt den Atem an.

»Tadaa! Ich habe alles im Weihnachtsladen bekommen.« Sie zeigte auf drei prall gefüllte Tüten.

»Huch, bin ich froh, dass du daran gedacht hast. Beinahe hätte ich das vergessen.« Harriets Aufregung legte sich wieder.

»Kartoffeln, Rosenkohl, Erbsen, Karotten, Süßkartoffeln, Blumenkohl ... irgendwas fehlt.« Beth zählte die Beilagen auf, die Emilia bereitgelegt hatte.

»Der Rest ist noch in der Speisekammer. So, jetzt ist der Vogel im Ofen.« Emilia schloss das Backrohr.

Den Weihnachtstag verbrachten die Frauen gemeinsam in der Küche, bis sie die Köstlichkeiten servierten. Für die Weihnachtsansprache des neuen Königs versammelten sich alle im Salon.

»Sag mal, hast du das damals ernst gemeint, als du erwähnt hast, du wärst ein Lord?« Emilia flüsterte Finley ins Ohr, um die Anwesenden während der Ansprache nicht zu stören.

Er räusperte sich und setzte ein schelmisches Grinsen auf. »Das habe ich nur gesagt, um dich zu beeindrucken.« Er zwinkerte ihr zu, damit ihr klar war, dass ihm sein Rang nicht wichtig war.

»Mich?« Sie kicherte und zeigte ihm somit, dass sie die Ironie dahinter verstanden hatte. »Damit hättest du mich nie und nimmer beeindruckt. Unter Lords stelle ich mir abgehalfterte tweed- und knickerbockertragende, weißhaarige, knorrige, alte Männer mit dunkelbraunen Kappen vor. Nicht so heiße Kerle wie dich.«

»Du findest mich also heiß?«

»Und wie, Eure Lordschaft!«

Diesen frechen Blick musste er ihr mit einem Kuss austreiben.

»Könnt ihr mal zu knutschen aufhören?«, mischte sich Mary ein.

»Entschuldigung! Ist es wegen der Kinder?« Finley löste sich abrupt von Emilias Lippen.

»Nope. Aber King Charles wird rot.«

Die Anwesenden lachten und übertönten somit das TV-Gerät.

Der Truthahn samt jeder Menge Beilagen wurde verspeist, die Knallbonbons sorgten so wie die bunten Hütchen für lustige Stimmung. Die österreichischen Weihnachtskekse und der kornische Christmas Cake fanden riesigen Anklang.

Müde, satt und mit glücklichen Gesichtern machten sich die Gäste spätabends auf den Weg nach Hause.

Finley und Emilia setzten sich mit Blick auf den offenen Kamin und den beleuchteten Weihnachtsbaum auf das Sofa.

»Ich hatte noch nie derart traditionelle und gleichzeitig fröhliche Weihnachten wie heute.« Nachdenklich hielt Finley seine Tasse mit heißer Schokolade in Händen, auf der ein surfender Santa Claus abgebildet war.

Emilia lehnte ihren Kopf an seinen. »Es liegt an den lieben Menschen, die mit uns gefeiert haben, an dem Schmuck, den sie für uns angebracht haben, und an so vielem anderem. Aber nicht zuletzt an dir. Ich kenne dich noch nicht lange, aber ich denke, du hast dich sehr verändert.«

»Damit könntest du recht haben. Schon allein, dass ich heute und hier mit dir sitze und diese Schokolade trinke ... Emilia, du hast mich neu erfunden. Ich fühle mich anders. So leicht, fast so, als würde ich ständig auf einer Welle surfen, ohne Angst haben zu müssen, zu fallen.«

»Das freut mich. Aber mit mir hat das nicht viel zu tun. Du hast dir dein Glück selbst geschaffen.«

»Mag sein. Und es wird auch sein, dass mich Stürme der Vergangenheit immer wieder einholen. Und genau aus diesem Grund danke ich dem Schicksal, dass es mir dich in dieses Haus gespült hat. Du bist mein Leben.«

Mit einem bezauberndsten Lächeln dankte sie ihm. Und er brauchte nicht mehr als das, um glücklich zu sein.

»Sind die Wünsche, die du der Sternschnuppe gesendet hast, ebenfalls in Erfüllung gegangen?« Er ahnte bereits ihre Antwort.

»Mehr als das. Ich habe nicht nur meine Mama gefunden, sondern insbesondere auch dich. Ich kann mir nicht vorstellen, ohne dich zu leben.«

Finley stellte die Tasse ab und nahm stattdessen Emilias Gesicht in beide Hände. »Ich liebe dich, Emilia. Und wenn du damit einverstanden bist, bleiben wir hier und machen aus dem alten Anwesen ein chilliges Surferhotel, in dem unsere gemeinsamen Kinder eine Kindheit voller Glück genießen können.«

»Hotel? Kinder?«

»Ganz wie du möchtest. Patrick meinte, der alte Kasten sei groß genug, um sich für beides gleichzeitig zu eignen.«

Ihr herzerwärmendes Lachen, das sie ihm als Antwort schenkte, bedeckte er mit seinen Lippen und küsste sie zärtlich.

Nur ein paar Worte

Das vierte gemeinsame Buchprojekt und der dritte Weihnachtsroman in unserer Autorinnenrunde sollte diesmal etwas Neues sein. Jede Autorin sucht sich einen anderen Sehnsuchtsort. Das war eine der Aufgaben, denen wir uns gestellt haben. Obwohl ich leider noch niemals dorthin gereist bin, entschied ich mich für Cornwall. Bei der Recherche zu diesem wunderschönen Stück Weltgegend habe ich mich sofort in die traumhafte Küstenlandschaft verliebt und vieles Interessante darüber erfahren. Einiges davon habe ich versucht, ins Buch zu integrieren, anderes musste in der Schublade bleiben, weil es den Rahmen gesprengt hätte. Die Stadt Newquay gibt es wirklich. Ebenso die Strände und die vielen Surfer. Wobei Finley leider eine Romanfigur bleibt, denn ich hätte ihm gern einmal zugesehen. Beim Surfen selbst geht es mir wie Emilia. Ein paar Meter Windsurfen habe ich in jungen Jahren geschafft, aber die Wende ist mir nie gelungen. Mit echten Lords habe ich ebenfalls nichts zu tun, außer mir ist zufällig einer über den Weg gelaufen und er hat es mir verschwiegen. So ähnlich verhält es sich auch mit dem Weihnachtsmann. Denken Sie sich bitte an dieser Stelle, dass ich lächelnd zwinkere.

Aus tiefstem Herzen danke ich Ihnen, liebe Leser:innen, dass Sie mein Buch gelesen haben und es bewerten.

Ganz herzlich bedanke ich mich auch bei meinen Autorenkolleginnen **Lotte R. Wöss, Danielle A. Patricks, Ingrid Fuchs** und **Sandra Pulletz** für das wie immer sehr inspirierende Teamwork. Es bereitet mir große Freude, mit euch zusammenzuarbeiten und neue Ideen zu entwickeln.

Insbesondere danke ich dem **Empire-Verlag**, mir als Autorin eine Chance zu geben. Es war meine erste Zusammenarbeit mit dem Verlag und deshalb für mich sehr spannend. Die Aufregung hat sich mit dem Team rund um Thomas Seidl sowie Nicole Siemer, der Lektorin Carolin Wenner, der Korrektorin Heidemarie Rabe und dem Coverdesigner Chris Gilcher allerdings gleich gelegt. Ihr seid die Besten und euer Engagement ist mein Motor. Danke!

An der Stelle danke ich auch allen Blogger:innen. Euer Feedback, eure Postings, Likes, Rezensionen beflügeln meine Motivation. DANKE dafür!

Wenn Ihnen meine Bücher gefallen, folgen Sie mir auf Amazon.

Sie finden mich ebenso auf Instagram (lisa_diletta) oder auf Facebook (lisa.diletta.autorin). Oder besuchen Sie meine Homepage.

Herzlichen Dank und alles Liebe!

Lisa Diletta